ALLERGIEN

Symptome, Risiken, Therapie

ALLERGIEN

Symptome, Risiken, Therapie

NEUER HONOS VERLAG

Herausgeber:

Dr. med. Ralf D. Fischbach

Dr. med. Guido Ern

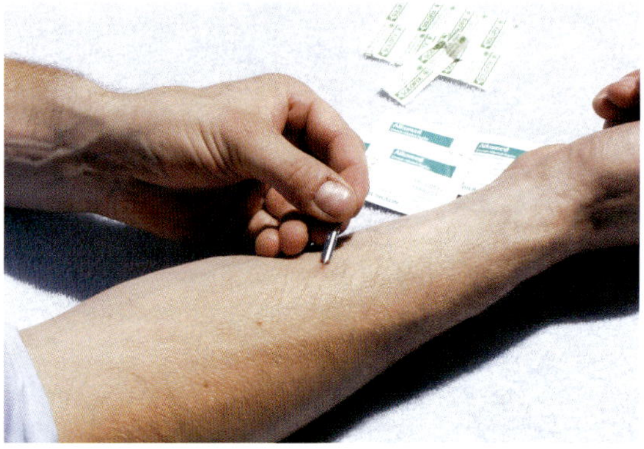

in der VEMAG Verlags- und Medien Aktiengesellschaft, Köln
Dieses Buch entstand mit freundlicher Unterstützung
der Qualimedic.com AG (www.qualimedic.de)
Redaktion: Das Redaktionsbüro, Köln
Covermotive: Zefa, PhotoDisc
Fotos: PhotoDisc, mediXtra 2001 (Andreas Frädrich)
Infografiken: Kerstin Pressel, Thomas Hammer
Fotos: Peter Schmidt
Gesamtherstellung: Neuer Honos Verlag

ISBN 3-8299-5545-6

Inhalt

Vorwort

Mediziner schlagen Alarm, denn die Allergien nehmen zu. Galt der Heuschnupfen beispielsweise noch vor zwei Generationen als eine exotische Erkrankung, so ist er heute fast schon zu einer Volkskrankheit aufgestiegen.

Allergien können durch zahlreiche künstliche und natürliche Substanzen ausgelöst werden und unser Immunsystem in die Irre führen. Es reagiert über und verwechselt – einmal sensibilisiert – beispielsweise harmlose Stoffe mit krankmachenden Keimen, die es abzuwehren gälte. In der Folge kann es dann zu selbst hervorgerufenen Entzündungen kommen.

Die allergischen Erkrankungen sind in ihren Formen und Symptomen vielfältig – die große Welt der Allergene, also der Substanzen, die sie auslösen können, ist kaum noch überschaubar. Auch der Schweregrad einer Allergie kann von Patient zu Patient enorm variieren. So gibt es Allergiker, deren Erkrankung kaum Folgen hat und fast keine Beeinträchtigungen mit sich bringt, und andere, deren Leben sogar bedroht sein kann.

Längst hat die moderne Medizin hier Handlungsbedarf entdeckt und verfügt heute über ein hoch entwickeltes Netz von Diagnostik- und Therapieverfahren, die in diesem Buch ausführlich und anschaulich dargestellt werden sollen.

Natürlich kann der medizinische Rat eines Spezialisten nicht ersetzt werden. Den Lesern wird nahegelegt, für die Diagnostik und Behandlung ihrer Allergien einen Facharzt aufzusuchen. Dieses Buch soll lediglich die vielen Facetten der Allergien in ihren unterschiedlichen Formen aufzeigen und mit zahlreichen Ratschlägen helfen, den Weg zum Facharzt vorzubereiten und so den mündigen, informierten Patienten zu einem guten Partner zu machen.

Dr. med. Ralf D. Fischbach
Dr. med. Guido Ern

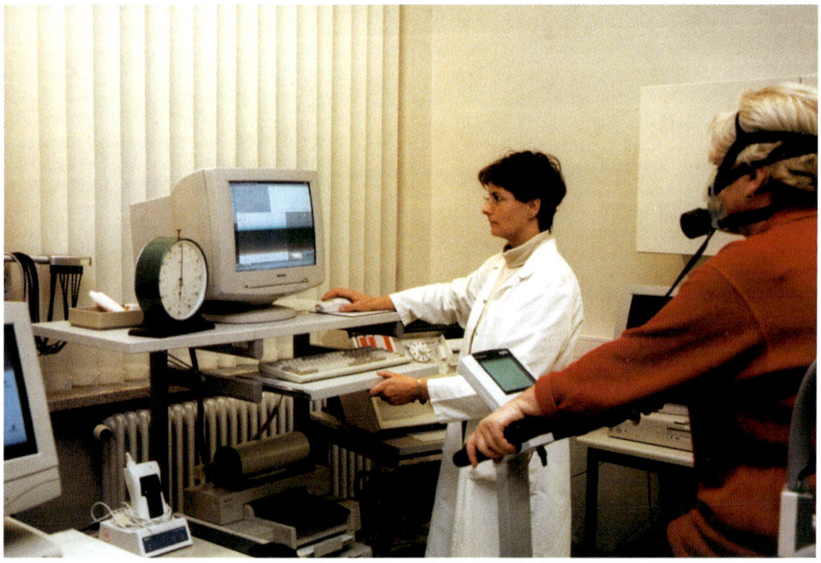

Grundsätzliches zur Allergie

Allergie ist ein Sammelbegriff und keine Einzelkrankheit. Der Begriff umfasst alle Erkrankungen, die aufgrund einer Sensibilisierung durch ein so genanntes Allergen (Pollen, Chemikalien, Nickel etc.) mit nachfolgender krankhaft übersteigerter Abwehrreaktion (Immunreaktion) des Körpers entstehen.

Die Geschichte der Allergie

Allergien sind nicht erst Erkrankungen unserer Zeit, sie waren bereits vor Jahrtausenden bekannt. Man weiß von Hippokrates, der ungefähr 400 v. Chr. lebte, dass er allergische Reaktionen auf Milch und Käse hatte. Der ägyptische Pharao Menes starb 2640 v. Chr. an einem Wespenstich aufgrund einer allergischen Reaktion.

Das Wort „Allergie"

Der Begriff Allergie (von griechisch allos = anders, fremd; ergon = Arbeit) war bis zum Anfang dieses Jahrhunderts in der Medizin unbekannt. Man findet zwar in alten Medizinbüchern Begriffe wie „Heufieber" und „Asthma", das Wort „Allergie" wurde aber erst 1906 von dem Wiener Kinderarzt Clemens Pirquet (1874–1929) in die medizinische Fachsprache eingeführt.

Abb. 1.1: Die Milch- und Käseallergie ist bereits seit über zwei Jahrtausenden historisch belegt.

Die Entdeckungen von Pirquet und Shick

Seit 1891 wurde die passive Immunisierung durch Serum von Pferden bei Diphtherie erfolgreich eingesetzt. Doch schon zwei Jahre nach der Einführung dieser Impfung gab es erste Berichte über Zwischenfälle bei den Geimpften, wie zum Beispiel Atemnot, Ausschläge und Ähnliches. Nachdem der Arzt Robert Langerhans seinen zweijährigen Sohn vorsorglich gegen Diphtherie geimpft hatte, starb dieser zehn Minuten später unter entsetzlichen Qualen. Im Gegensatz zum Obduktionsbericht erklärte Langerhans die Giftwirkung des Serums zur eigentlichen Todesursache. Allerdings war ihm damals noch nicht bekannt, welche Stoffe des Serums diese Reaktionen hervorgerufen hatten.

1906 identifizierten die Kinderärzte Clemens Pirquet und Bela Shick durch eine Reihe von Tests das körperfremde Pferdeprotein als den Auslöser der Komplikationen. Sie bemerkten auch, dass bei einer erneuten Injektion die Reaktion wesentlich schneller eintrat.

Ihre Folgerung, dass sich im Körper Antikörper gegen das fremde Eiweiß gebildet hatten, die bei erneutem Kontakt zu einer viel heftigeren Reaktion führten, konnten sie zwar nicht beweisen, sie erwies sich aber Jahre später als richtig. In ihren Köpfen wurde der Begriff der Allergie geboren. In der Folgezeit wurde er allerdings recht unspezifisch verwendet. Es entstand sogar die „Allergie des Alterns", mit der man die Tatsache bezeichnete, dass im Alter manche Reaktionen anders ablaufen.

Der Beginn der Allergieforschung

Der Wiener Kinderarzt Pirquet musste sich – in der Pionierzeit der Allergieforschung – mit seiner Meinung gegen andere Theorien zur Erklärung der Ursachen durchsetzen. Eine Gruppe von Forschern, zu denen der französische Physiologe Charles Richet gehörte, ging von einem toxisch (giftig) wirkenden Stoff aus, der auf chemischem Weg allergische Reaktionen auslöst. Der Heidelberger Serologe Hans Sachs und der Baseler Pathologe Robert Doerr meinten, als Ursache physikalische Veränderungen im Blut und in Geweben erkannt zu haben. Andere berichteten von überreizten Gehirnzellen.

Entscheidend für die Allergieforschung war dann 1913 die Anerkennung der Histamintheorie, die der britische Physiologe Henry Hallett Dale beschrieben hatte. Er hatte erkannt, dass bei einer allergischen Reaktion das Gewebshormon Histamin freigesetzt wird und dadurch die Symptomatik (Rötung, Schwellung, Juckreiz etc.) entsteht.

Die bis heute gültige Erkenntnis, dass eine allergieauslösende Substanz (Antigen) sich mit einem vom Körper gebildeten Abwehrstoff (Antikörper) erst verbinden muss, um die überschießenden Reaktionen auszulösen, hatten der Bakteriologe Jules Vincent Bordet und Octave Gengou schon 1901 festgestellt. Aber erst die Einigung der Mediziner auf einen prinzipiellen Mechanismus, der verschiedene Krankheitsarten auslösen kann, führte zu einer zielgerichteten Forschung auf dem Fachgebiet der Allergologie.

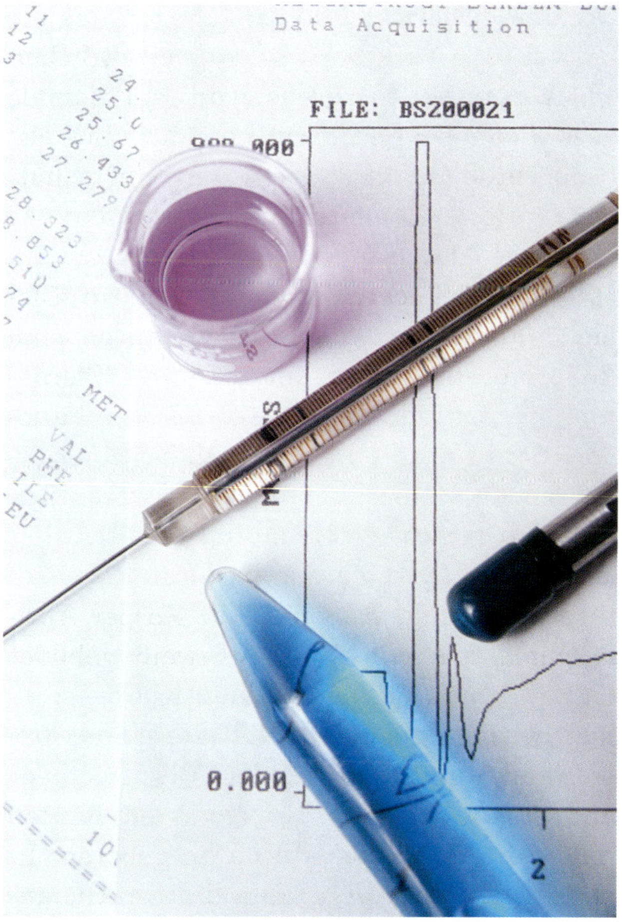

Abb. 1.2: Die Allergieforschung begann im frühen 20. Jahrhundert mit der Anerkennung der Histamintheorie.

Die Einteilung der Allergien

Aufgrund von Forschungsergebnissen wurde zunächst festgestellt, dass es keine eigentliche Allergie gibt, sondern mehrere Gruppen allergischer Krankheiten existieren. Ursprünglich wurden die Krankheitserscheinungen von immunologischen Vorgängen in zwei Überempfindlichkeits-Reaktionen eingeteilt, und zwar

- den Soforttyp und
- den verzögerten Typ.

Diese Einteilung bezieht sich auf die erforderliche Zeit nach dem Kontakt mit dem Antigen, um eine Reaktion im Körper auszulösen.

1963 teilten Coombs und Gell diese allergischen Reaktionen in die Typen I, II, III und IV ein. Diese Einteilung erfolgte aufgrund der immunologischen Mechanismen, die den Allergietypen eigen sind, und wird noch heute verwendet.

Was ist eine Allergie?

Unser Immunsystem – das Abwehrsystem unseres Körpers – hat die Aufgabe, körperfremde Stoffe (Antigene) und schädigende Einflüsse, die auf den Organismus einwirken, unschädlich zu machen. Dies ist notwendig, um verschiedene Krankheitserreger und Viren abzuwehren. Dazu bildet das Immunsystem Antikörper, die auch als Immunglobuline bezeichnet werden. Die Immunglobuline, die aus verschiedenen Eiweißen zusammengesetzt sind, sind wiederum in verschiedene Klassen eingeteilt und können mit Hilfe der Elektrophorese nachgewiesen werden. Immunglobuline (Antikörper) aktivieren bestimmte weiße Blutkörperchen, die die Antigene vernichten sollen.

Bei einer Allergie zeigt das Immunsystem auf bestimmte Stoffe in der Umwelt eine übersteigerte Reaktion. Die Reaktion ist deswegen übersteigert, weil das Immunsystem auf Stoffe reagiert, die normalerweise gar keine Gefahr für den Organismus darstellen und die bei anderen Menschen in vergleichbaren Mengen keine Reaktionen auslösen. Es ist die Reaktion des Immunsystems, die den Körper krank macht, und nicht der eigentlich harmlose Stoff.

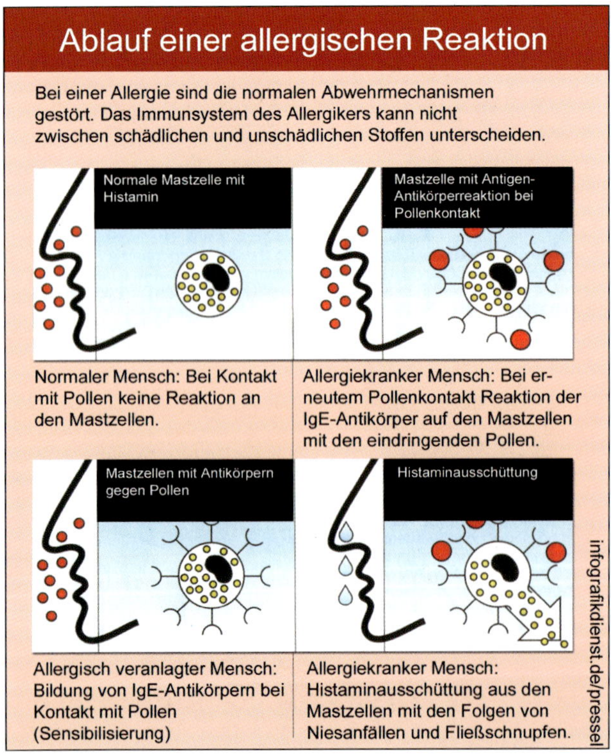

Die überschießende Abwehrreaktion führt zu Entzündungsprozessen in Körpergeweben oder in den Organen. Insbesondere die Schleimhäute von Darm, Augen, Nase und Bronchien und die Haut neigen zu heftigen Reaktionen. Hat das Immunsystem einmal übersteigert reagiert, erinnert es sich mit Hilfe so genannter Gedächtniszellen immer wieder daran und reagiert beim nächsten Kontakt mit dem Fremdstoff viel schneller als beim ersten Mal.

Was ist keine Allergie?

Im Verlauf der Allergieforschung wurden verschiedene immunologische Mechanismen beobachtet, die schließlich in vier grundlegende Mechanismen eingeteilt wurden, wobei die so genannte Sofortreaktion, zum Beispiel der Heuschnupfenanfall als Typ-I-Reaktion bezeichnet wird. Leider werden auch unspezifische Reaktionen, wie zum Beispiel nicht einzuordnende Unverträglichkeiten von Nahrungsmitteln, im täglichen Sprachgebrauch als Allergie bezeichnet. Hier sollte auf eine genaue Verwendung des Begriffes Allergie geachtet werden. So kann Durchfall nach Genuss von Milch sicherlich eine Kuhmilchallergie sein. Die meisten Patienten mit diesen Symptomen leiden jedoch an einer Unverträglichkeitsreaktion, der Laktose-Intoleranz, die mit einer Allergie nichts außer dem Symptom Durchfall gemeinsam hat. Bei der Laktose-Intoleranz werden je nach Erkrankungszustand geringe Mengen an Kuhmilch vertragen. Erst wenn größere Mengen an Laktose (Milchzucker) über die Nahrung aufgenommen werden, kommt es zu Symptomen. Bei der Kuhmilchallergie

Abb. 1.3: Vor allem die Zusatzstoffe wie Konservierungsmittel, Farbstoffe, Weichmacher und Emulgatoren können sowohl Allergien als auch Unverträglichkeitsreaktionen hervorrufen.

dagegen genügen jedoch schon Spuren des Kuhmilchproteins, um den Patienten erkranken zu lassen.

Es muss also unbedingt differenziert werden zwischen einer allergischen Reaktion und einer Unverträglichkeit auf bestimmte Stoffe, die durch eine reizende oder irritative Wirkung dieser Stoffe hervorgerufen wird. Hierbei handelt es sich also nicht um eine echte Allergie, sondern um eine echte Unverträglichkeit.

Die allergische Reaktion

Wie bereits erwähnt erkennt das Abwehrsystem bei einer Allergie bestimmte Stoffe als fremd und gefährlich und setzt einen Abwehrprozess in Gang. Es werden über die Vermittlung verschiedener Zellen ungewöhnlich große Mengen von Abwehrstoffen (so genannte Antikörper vom Typ IgE) gebildet. Diese binden sich an bestimmte Zellen und veranlassen sie, verschiedene Gewebshormone freizusetzen, unter denen das Histamin das wichtigste ist. Das Histamin ist für viele allergische Reaktionen des Körpers verantwortlich. Zu ihnen gehören:

- Hautrötung,
- Schwellung,
- Luftnot infolge von Atemwegsverengung,
- Erhöhung der Durchlässigkeit von Blutgefäßen.

Dadurch kommt es besonders an den Schleimhäuten von Auge, Nase, Bronchien und Darm sowie an der Haut zu heftigen Reaktionen. Dazu zählen:

- tränende Augen,
- laufende Nase,
- Asthmaanfall mit Luftnot,
- Durchfall,
- Ausschlag,
- Rötung und Jucken der Haut.

Beim ersten Kontakt erfolgt die Aktivierung des Immunsystems, bei jedem weiteren Kontakt mit einem bereits als fremd erkannten Stoff reagiert der Körper ohne Verzögerung. Das bedeutet: Hat das Immunsystem einmal derart allergisch reagiert, merkt es sich das fortan. Dadurch kommt es bei erneutem Kontakt mit demselben Stoff, also dem Allergen, sehr schnell (meist innerhalb von Minuten bis zu einer Stunde) zu einer allergischen Reaktion.

Abb. 1.4: Häufig ist eine Allergie für tränende Augen verantwortlich.

Vererbung oder nicht?

Die Neigung zu einer allergischen Reaktion ist wahrscheinlich angeboren und liegt bei Personen, bei denen beide Elternteile Allergiker sind, zwischen 40 und 60 Prozent. Ist nur ein Elternteil betroffen, entwickelt sich in etwa 20 bis 40 Prozent der Fälle eine Allergie. Die Veranlagung für eine Allergie wird also meistenteils vererbt, allerdings kann sie auch im Laufe des Lebens erworben werden.

Die Veranlagung für eine Allergie wird als Atopie bezeichnet. Das Wort stammt aus dem Griechischen und bedeutet wörtlich übersetzt „das Ungewöhnliche" oder auch „seltsame Menschen". Damit ist gemeint, dass ein Atopiker eine ungewöhnliche Bereitschaft zeigt, auf Umwelteinflüsse allergisch zu reagieren.

Patientenfrage: *Ich habe schon seit meiner Kindheit Heuschnupfen und mein Mann ist sehr stark gegen Hausstaub allergisch. Jetzt bin ich schwanger. Ist es sicher, dass unser Kind auch Allergiker wird?*

Antwort des Experten: *Die Wahrscheinlichkeit, dass ein Kind eine Allergie entwickelt, wenn beide Eltern Allergiker sind, liegt bei 50 Prozent. Sicher ist es also nicht. Doch machen Sie sich nicht zu viele Sorgen, die meisten Allergien sind gut behandelbar.*

Häufig zeigt sich, dass Kinder allergischer Eltern ebenfalls allergisch reagieren. Insbesondere einige allergische Erkrankungen kommen in diesem Zusammenhang oft in einer Familie vor. Es kann als sicher gelten, dass bei folgenden Erkrankungen eine erbliche Veranlagung an die Kinder weitergegeben wird:

- Nesselsucht,
- Heuschnupfen,
- allergische Konjunktivitis (Bindehautentzündung),
- Neurodermitis,
- Asthma.

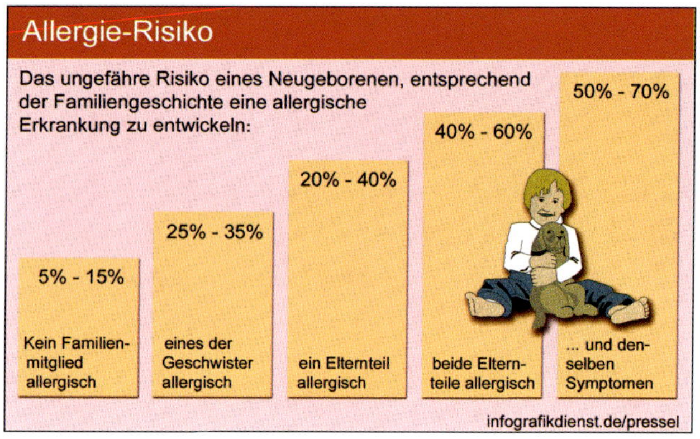

Ein Atopiker, der die Veranlagung für eine Allergie in sich trägt, hat nicht nur selbst ein erhöhtes Risiko, er kann diese Veranlagung auch an seine Kinder weitergeben. Ob jemand Atopiker ist, lässt sich unter anderem über die so genannte IgE-Bestimmung feststellen. (Näheres dazu finden Sie im Kapitel „Das Immunsystem und die allergische Reaktion".) Atopiker haben in der Regel von Geburt an einen erhöhten IgE-Spiegel im Blut. Dies kann man schon bei der Geburt

Abb. 1.5: In der alternativen Medizin gelten die Allergien – auch die der Babys – als erworben und nicht als angeboren.

Die Ansicht der alternativen Medizin

Die aus schulmedizinischen Kreisen stammende Behauptung, dass Allergien vererbbar sind, kann insofern widerlegt werden, da Allergien heilbar sind. Allergien werden immer im Leben erworben, sogar die der Babys. Echte Erbkrankheiten sind hingegen gar nicht oder nur sehr schwer heilbar. Das einzige, was hingegen seit Jahrtausenden von einer Generation zur nächsten vererbt wird, sind die genetisch bedingten Schwachstellen (Krankheitsanlagen) des Körpers, die leichter als andere Körperbereiche erkranken und an denen sich die allergischen Reaktionen letztendlich äußern können. Zu diesen Schwachstellen kann natürlich auch das Immunsystem selbst gehören, so dass diese Menschen dann eher zu Allergien neigen oder eine immunologische Erkrankung bekommen als andere.

durch eine Probe des Nabelschnurblutes feststellen. Allerdings ist ein erhöhter IgE-Spiegel kein sicherer Hinweis auf eine später entstehende Allergie. Die Ausbildung einer Allergie hängt neben der Veranlagung auch in sehr starkem Maße von der Menge und Häufigkeit des Kontaktes mit Allergenen ab. Atopiker sollten deshalb immer vorsichtig mit Allergenen umgehen.

Die Ausprägungen

Es gibt unterschiedliche Ausprägungen. Die atopische Veranlagung kann sich in Form eines allergischen Schnupfens (Heuschnupfen), eines atopischen Ekzems (Neurodermitis) oder eines allergischen Asthmas äußern. Bei 30 Prozent der Pollenallergiker tritt im Laufe des Lebens neben dem Heuschnupfen auch ein Bronchialasthma auf. Ob es sich bei dieser oftmals als „Etagenwechsel“ bezeichneten Entwicklung wirklich um einen kontinuierlichen, von den oberen Atemwegen zu den unteren Atemwegen absteigenden Krankheitsprozess handelt oder aber andere Mechanismen eine Rolle spielen, ist derzeit noch eine Frage der Forschung.

Kreuzallergie

Manchmal ist die allergische Reaktion darauf zurückzuführen, dass bereits eine Allergie gegen einen bestimmten Stoff besteht und diese gleichzeitig eine Allergie gegen einen weiteren bewirkt. Wenn bereits eine Allergie gegen Birkenpollen besteht, kann beispielsweise eine Reaktion auf Haselnüsse folgen. Dieses Phänomen nennt man Kreuzallergie, da sich gewissermaßen zwei Allergien überkreuzen.

Mögliche Komplikationen

Es ist dabei aber zu berücksichtigen, dass unbehandelte Allergien eher dazu neigen, sich mit der Zeit zu verschlechtern, also zu einer chronischen Erkrankung zu werden. Die möglichen Komplikationen einer allergischen Reaktion richten sich nach dem zugrunde liegenden Reaktionstyp der allergischen Reaktion und sind dort näher beschrieben. Sie können grundsätzlich von der Entwicklung einer chronischen Mittelohrentzündung oder Nasennebenhöhlenentzündung über die Entwicklung eines Asthma bronchiale bis hin zu dauerhaften Organschäden oder sogar zum Tod eines Menschen führen.

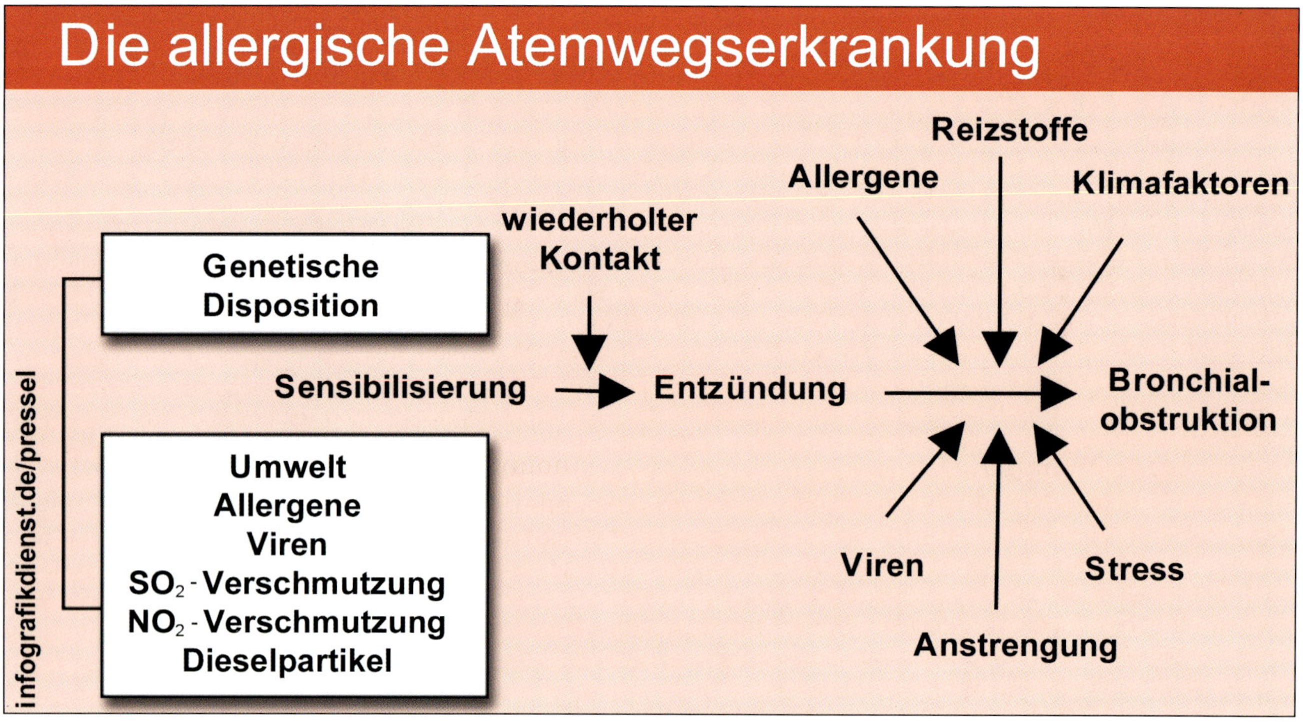

Allergien wirken sich auf viele Bereiche des menschlichen Körpers aus:

- **Atmung:** Niesreiz, Schnupfen, Bronchialverengung (Asthma), Schwellung an Kehlkopf und Hals, Entzündung der Lungenbläschen
- **Auge:** Bindehautentzündung, Lidschwellungen
- **Blut:** Verminderung und Zerstörung von Blutkörperchen oder Blutplättchen
- **Blutgefäße:** Entzündung der Blutgefäße, Schock
- **Gelenke:** Gelenkentzündung
- **Haut:** Quaddelbildung, Schwellungen, Ekzeme, Neurodermitis
- **Nieren:** Nierenentzündung
- **Verdauungssysteme:** Übelkeit, Durchfall, Entzündung der Magenschleimhaut
- **Zentrales Nervensystem:** Fieber

Die Prognose

Sowohl die Art der allergischen Reaktion als auch deren Ausmaß unterliegen im Laufe des Lebens gewissen Schwankungen. So wird bei einer Vielzahl von Patienten eine Abschwächung der allergischen Reaktionen mit zunehmendem Alter beobachtet. Andererseits ist ein Wandel des auslösenden Allergens möglich, das heißt, dass ein Patient, der gegen Pollen allergisch ist, später durchaus eine Allergie gegen Konservierungsstoffe entwickeln kann.

Grundsätzlich besteht eine Allergie ein Leben lang. Allerdings bessern sich die Beschwerden mit zunehmendem Alter – etwa ab dem 30. Lebensjahr – meist deutlich. Immunologisch gesehen ist der Mensch mit 25 Jahren schon „alt“, das Immunsystem kennt mehr oder weniger alles – es lässt nach. Das Erste, worauf verzichtet wird, sind die überschüssigen Immunreaktionen, die Allergien.

Trotzdem: Die Allergie besteht nach wie vor und ist in Tests nachweisbar. Nur die Krankheitserscheinungen rücken in den Hintergrund.

Während die meisten Allergiker vor allem während der Exposition eine äußerst schlechte Lebensqualität haben, kommt es in etwa 80 Prozent der Fälle zu so gut wie keinen Einschränkungen hinsichtlich der Lebenserwartung. Die restlichen 20 Prozent entwickeln jedoch ein Asthma bronchiale, was sich bei schlechtem Verlauf durchaus lebensverkürzend auswirken kann. Zu diesen 20 Prozent zählen vor allem jene unvernünftigen Patienten, die sich etwa trotz einer Allergie Haustiere halten.

Unmittelbar tödlich kann hingegen der anaphylaktische Schock sein. Dazu kommt es hauptsächlich bei Unverträglichkeitsreaktionen gegen bestimmte Nahrungsmittel, wie etwa Gewürze, Fisch und Nüsse bzw. Medikamente sowie bei Insektenstichen.

Abb. 1.6: Nüsse können bei Allergikern einen lebensbedrohlichen anaphylaktischen Schock auslösen.

Was sind Allergene?

Allergene sind vor allem verschiedene winzig kleine, natürlich vorkommende Eiweiße, die bei Allergikern die Bildung von Abwehrstoffen hervorrufen, obwohl sie den Organismus an und für sich nicht bedrohen. Zu diesen Stoffen zählen:

- Über die Atmung aufgenommene Allergene (Inhalationsallergene); zum Beispiel Gräserpollen, Pilzsporen, Mehl, Wohnungsstaub, Tierhaare.

- Allergene, die mit der Haut in Berührung kommen (Hautallergene); zum Beispiel Wiesenpflanzen, Primeln, Seide, Wolle, Teer, Nickel, Duftstoffe.

- Durch den Mund in den Körper aufgenommene Allergene (Nahrungsmittel- oder Arzneimittelallergene); zum Beispiel Milch, Eier, Erdbeeren, Krebse, Fisch, Fleisch, Schmerzmittel, Penicillin.

- Durch Insektenstiche oder Injektionen in den Körper gelangte Allergene (Insektenstich- und Injektionsallergene); zum Beispiel Bienengift, Wespengift, Medikamente bei Injektion.

Prinzipiell kann jeder Stoff in unserer Umwelt zum Allergen und damit zum Auslöser einer Allergie werden – vom Apfel bis zur Zwiebel, vom Angorafell bis zur Zahnpasta. Für 20 000 Substanzen ist nach vorsichtigen Schätzungen eine allergieauslösende Wirkung bekannt.

Aber auch Umweltgifte oder chemische Substanzen können zu Allergenen werden, wie etwa Autoabgase, Parfüm oder Farbstoffe. Gerade die chemischen Auslöser nehmen immer mehr zu, weil die Stoffe, die der Mensch in die Umwelt bringt, immer vielfältiger werden und ihre Zahl steigt. Auch Nahrungs- und Arzneimittel, Arbeitsstoffe des Berufslebens, Pflege- und Reinigungsmittel, Kosmetika, Schmuck und Textilfarbe sind neben vielen anderen oft unterschätzte Allergieauslöser.

Allergische Reaktionen auf Blüten- und Gräserpollen führen zu Heuschnupfen mit Niesattacken, tränenden Augen und laufender oder verstopfter Nase. Ähnliche Symp-

tome werden durch Bestandteile des Hausstaubmilbenkots erzeugt, diese plagen einen aber das ganze Jahr über und nicht nur während der Pollenflugzeiten. Gleiches gilt für die Schimmelpilzallergie. Dass Pollen nur im Frühjahr fliegen, mag der Laie glauben: Außer zwei Monaten – November und Dezember – hält der Pollenflugkalender das ganze Jahr über Unannehmlichkeiten für Allergiker parat: Es beginnt im Januar mit Erle und Hasel. Schon Anfang Februar und den ganzen März hindurch ist die Luft von

Abb. 1.7: Pollenallergene gibt es in unseren Breiten fast das ganze Jahr über.

Allergen: Pollen

Eine Blüte beherbergt männliches und weibliches Erbgut. Die Pollen sind Zellen, die das männliche Erbgut tragen. Deshalb müssen sie irgendwie an die weiblichen Eizellen einer anderen Blüte von derselben Art gelangen. Aus diesem Grunde locken manche Pflanzen Insekten, z. B. Bienen, Hummeln oder Schmetterlinge, an, die dann als Überträger „missbraucht" werden. Ihre Pollen bleiben an ihnen kleben, während sie Nektar sammeln. Um an den Nektar zu gelangen, müssen sie sich an den weiblichen Teilen einer Blüte vorbei drängeln. So werden die Pollen an die richtige Stelle geliefert.

Die meisten Blütenpflanzen haben große und schwere Pollen. Deshalb sind sie auch selten Ursache für eine Allergie. Das geschieht meistens nur bei Menschen, die häufig, z. B. wegen ihres Berufes, in Kontakt mit Blütenpflanzen kommen. Bei Gärtnern und Floristen sind Chrysanthemen oder Margeriten Hauptauslöser für eine Allergie.

Die Pollen von Bäumen, Gräsern und Kräutern sind dagegen sehr viel feiner. Sie sind ideale Allergene, weil sie tief in die Atemwege eindringen. Außerdem werden sie meistens nicht durch Insekten, sondern durch den Wind weit verteilt, so dass sehr große Flächen vom Pollenflug betroffen sind. Diese Pflanzen produzieren große Mengen an Pollen, damit sie sich flächendeckend verteilen und artgleiche Pflanzen befruchten können. Ein Haselstrauch beispielsweise produziert über 600 Millionen Pollenkörner. Pflanzen, die ihre Pollenkörner über den Wind verteilen, nennt man auch Windblütler.

Haselpollen erfüllt, Birken verstreuen ihre zahllosen Pollen im April und Anfang Mai, der Blütenstaub des Löwenzahn fliegt nahezu im gesamten Frühjahr und Sommer herum. Und so geht es dann bis November.

Der Allergieverlauf

Im Kindesalter treten viele Allergien nacheinander auf und geben sich hierbei geradezu die Klinke in die Hand: In den ersten Lebensjahren dominieren atopische Dermatitis (Neurodermitis) und Nahrungsmittelallergien, später stehen die Atemwegsallergien im Vordergrund (Asthma bronchiale, allergische Rhinitis, auch als allergischer Schnupfen oder Heuschnupfen bezeichnet). Bleiben die Ursachen für eine Allergie bestehen, kommt es häufig zu einer Ausweitung der Erkrankung: Zum Heuschnupfen kann beispielsweise Bronchialasthma hinzukommen. Es kann auch nur noch das Asthma im Vordergrund der Beschwerden stehen. Ob es sich bei dieser oftmals als „Etagenwechsel" bezeichneten Entwicklung wirklich um einen kontinuierlichen, von den oberen Atemwegen zu den unteren Atemwegen absteigenden Krankheitsprozess handelt oder aber andere Mechanismen eine Rolle spielen, ist wie bereits erwähnt nicht endgültig geklärt.

Sind Allergien behandelbar?

Allergien können nach den Aufnahmemöglichkeiten der einzelnen Allergene sowie nach den zugrunde liegenden pathologischen, also krankhaften Reaktionen des Immunsystems eingeteilt werden. Beschwerden treten so lange auf, wie die Allergene im Organismus vorhanden sind.

Dabei bestimmt der zugrunde liegende Reaktionstyp – auf die Reaktionstypen werden wir in einem gesonderten Kapitel zu sprechen kommen – und nicht das Allergen sowohl das zeitliche Auftreten der Symptome als auch die Art der Symptome, beispielsweise lokale oder allgemeine Beschwerden. Die Diagnosestellung erfolgt je nach Reaktionstyp durch Laboruntersuchungen, z. B. den Nachweis spezifischer Antikörper oder Abwehrzellen im Blut, oder durch Testverfahren am Patienten. Die Behandlung beginnt bereits mit der Vermeidung jeden Allergenkontaktes. Ist dies nicht möglich, stehen Medikamente zur Verfügung, die den Ausbruch einer allergischen Reaktion verhindern beziehungsweise in seiner Stärke abschwächen. Zu ihnen gehören:

- Antihistaminika,
- Cromoglycinsäure,
- Glucocorticoide.

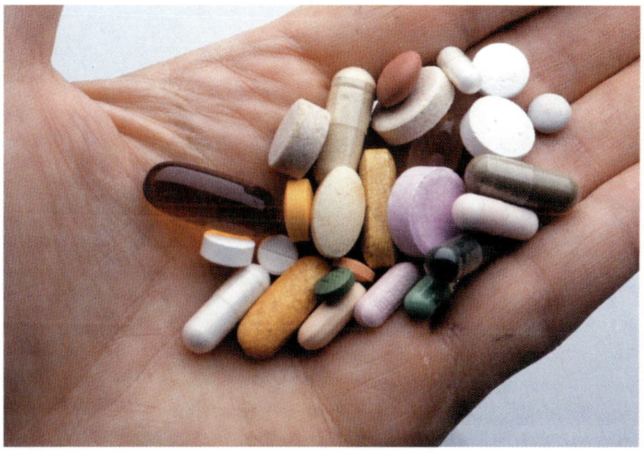

Abb. 1.8: Die Auswahl wirksamer Medikamente ist groß.

Eine Sonderform der Therapie ist die **Hyposensibilisierung** oder Spezifische Immuntherapie. Allergische Reaktionen können ohne rechtzeitige Therapie tödlich verlaufen, wenn es zur Ausbildung eines anaphylaktischen Schocks kommt.

Warum nehmen Allergien zu?

Allergien werden in den letzten Jahren immer häufiger beobachtet und treten zunehmend bereits im Kindesalter auf. In der Bundesrepublik Deutschland gibt es ungefähr zehn Millionen Pollenallergiker; 4,5 Millionen Menschen leiden an Neurodermitis, ca. acht Millionen an allergischem Asthma. Eine mögliche Ursache dafür ist die ständig steigende Belastung durch Fremdstoffe in der Umwelt, aber auch veränderte Lebens- und Ernährungsgewohnheiten, die beispielsweise auch mit einem gesteigerten Konsum von Genussmitteln oder Medikamenten einhergehen.

Es gibt Schätzungen, nach denen ca. 10 bis 20 Prozent der Bevölkerung unter Allergien leiden. Realistisch erscheint eine Häufigkeitsangabe von ca. 10 Prozent.

Abb. 1.9: Auch der steigende Konsum an Fastfood-Produkten wird für die zunehmenden Allergieerkrankungen verantwortlich gemacht.

Die Statistik

Noch vor zwei Generationen stellte Heuschnupfen eine fast exotische Erkrankung dar, und es stellt sich die Frage nach der Ursache der schnellen Zunahme, die empirisch belegt ist. Im Rahmen einer umfangreichen Studie, bei der zwischen 1992 und 1996 in 155 Studienzentren 463 800 Kinder im Alter zwischen 13 und 14 Jahren untersucht wurden, wurden folgende Zahlen zur Verbreitung von Allergien in Deutschland ermittelt:

Wenn Dreck stärkt

Nach einer neuen Untersuchung, die Mitte Mai 2001 vom bayerischen Umweltministerium vorgestellt wurde, ist mittlerweile eine der wesentlichen Ursachen für das gehäufte Auftreten von Allergien in einer übertriebenen Hygiene in den ersten Lebensjahren von Kleinkindern zu suchen. So leiden, den Ergebnissen der Studie zufolge, Stadtkinder 15-mal häufiger an Allergien als Kinder, die auf Bauernhöfen schon frühzeitig den zahlreichen Einflüssen von Gras-, Getreide- und Baumpollen sowie Tierhaaren oder Tierausscheidungen ausgesetzt waren.
Es gilt zwar weiterhin, bei entsprechend familiär belasteten Kindern in den ersten Lebensmonaten, in denen sich das Immunsystem entwickelt, den Allergenkontakt auf ein Mindestmaß zu reduzieren. Aus der angeführten Studie lässt sich aber ableiten, dass in den nächsten Lebensjahren der Kontakt zumindest mit Umweltallergenen um so wichtiger wird.

- Allergisches Asthma: 5 Prozent
- Allergische Rhinitis (allergisch bedingter Schnupfen): 15 Prozent
- Sensibilisierungen (gegen Typ I-Allergene): 30 bis 40 Prozent

Dabei belegte Deutschland bei der Studie, wie bereits erwähnt, nur einen Mittelplatz. Großbritannien, Neuseeland und Australien führen die Asthma-Statistik an; am unteren Ende der Skala finden sich Länder wie Rumänien und Albanien, Schlusslicht ist Indonesien mit einer Asthma-Prävalenz von unter zwei Prozent. Es ließ sich jedoch eindeutig festhalten, dass die Häufigkeit allergischer Erkrankungen seit 15 bis 20 Jahren stetig zugenommen hat.

Die Ursachen

Wissenschaftler streiten seit Jahren über die Frage, warum Allergien zunehmen, und haben verschiedene Hypothesen aufgestellt. Sie sind noch nicht endgültig erforscht, konkrete Ergebnisse hierzu sind erst in den nächsten Jahren zu erwarten.

Die Infektionshypothese

Glaubt man der „Infektionshypothese“, dann erkranken immer weniger Kinder an Infektionskrankheiten wie der früher gefürchteten Tuberkulose oder den Masern. Die Folge ist eine erhöhte Allergiebereitschaft des Körpers: Finden sich keine Krankheitserreger mehr, dann bekämpft der Körper beispielsweise Blütenpollen.

Als Hauptursachen werden vermutet:

- Die Veränderung unserer Lebensbedingungen und -gewohnheiten.
- Umwelteinflüsse, insbesondere Dieselpartikel.
- Ein wesentlicher Risikofaktor sind offenbar Lebens- und Wohnstil in westlichen Industriestaaten, denn beispielsweise ist es in Ostdeutschland seit der Wende zu einem rapiden Anstieg allergischer Erkrankungen gekommen: Innerhalb von nur zehn Jahren stieg die niedrige Allergierate im Osten (trotz der bekannten dortigen Umweltbelastungen!) auf das weit höhere westliche Niveau.
- Auch eine erbliche Komponente ist offensichtlich vorhanden.

Allergien bei Kindern

Mehr als ein Drittel aller Deutschen trägt die Neigung zu einer Allergie in den Genen. Leiden etwa beide Elternteile an einer Allergie, dann steigt das Risiko für das Kind stark an. Die erbliche Vorbelastung muss jedoch keineswegs zwangsläufig zum Ausbruch der Allergie führen.

Mütter, die ihre Kinder über einen längeren Zeitraum stillen, können den Ausbruch einer Nahrungsmittelallergie möglicherweise verhindern oder zumindest hinauszögern.

Grundsätzlich gelten die folgenden Prinzipien zur Reduzierung des Allergierisikos:

- Je mehr potenzielle Allergene ein Kind aufnimmt, desto höher ist auch die Wahrscheinlichkeit, an einer Allergie zu erkranken. Auch wer auf Hund und Katze im Haus verzichtet, reduziert das Allergierisiko.
- Zigarettenrauch senkt bei Kindern die Allergisierungsschwelle.
- Eine übertriebene Reinlichkeit im Haus wirkt sich im Kindesalter eher ungünstig aus. Es ist kein Problem, wenn Kinder auf dem Boden kriechen und normal gereinigte Dinge in den Mund nehmen. So

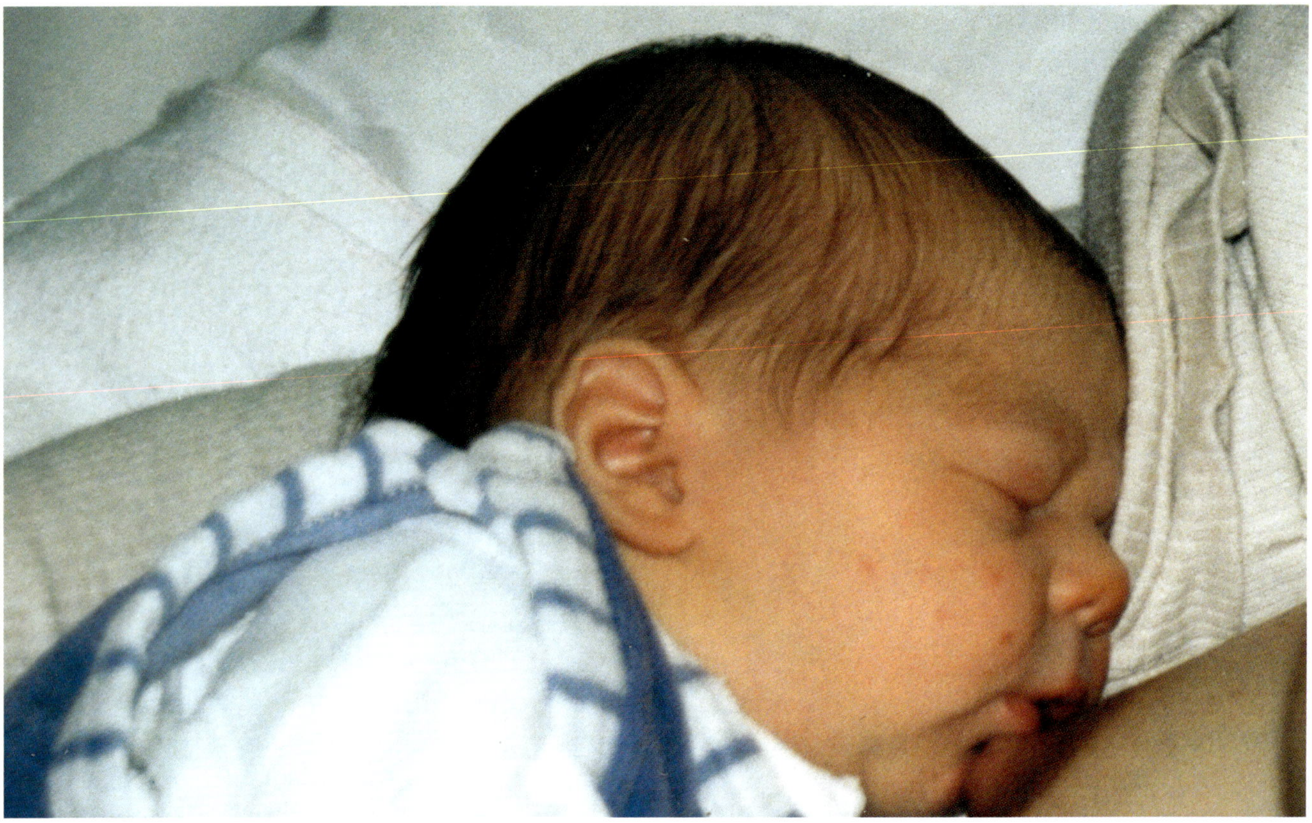

Abb. 1.10: Möglichst langes Stillen ist die beste Vorbeugung gegen Allergien.

trainieren sie ganz natürlich ihr Immunsystem. Natürlich sollen die Kinder auf der anderen Seite nicht fahrlässig verschmutzten Gegenständen ausgesetzt werden.

- Holz-, Parkett- und Vinyl-Böden in der Wohnung sind wesentlich vorteilhafter als Teppiche.

Als prophylaktische Maßnahmen zur Reduzierung des Risikos gelten:

- Stillen – kein Zufüttern – für die ersten vier bis sechs Lebensmonate,
- Schutz vor Zigarettenrauch,
- hochallergene Nahrungsmittel (Fisch, Ei, Milch, Nuss) erst nach dem vollendeten ersten Lebensjahr verabreichen,
- Vermeiden von so genannten Inhalationsallergenen (Hausstaub, Haustiere).

Die familiäre Belastung

Die so genannte Atopie, also die erhöhte Neigung zu allergischen Erkrankungen, ist eine genetische Veranlagung, die weitervererbt werden kann. Es ist daher durchaus sinnvoll, bei Frauen im gebärfähigen Alter und Kindern in jedem Alter diesbezügliche Tests durchzuführen. Durch eine einfache Blutabnahme kann man schließlich beim Säugling den IgE-Spiegel (spezielle Antikörper, die bei Allergieneigung erhöht sind) messen. Die ersten Erscheinungen einer Allergie betreffen die Haut und stehen meist in Zusammenhang mit Nahrungsmitteln. Eine über die Norm (6–9 Monate) ausgedehnte Stillzeit reduziert die Entwicklung von Nahrungsmittelallergien (vor allem gegen Milch und Ei) in der frühen Kindheit. Es gibt eine Reihe von Maßnahmen, mit denen das Risiko einer Allergie der Atemwege gesenkt werden kann. So sollte in Haushalten, in denen Kinder mit atopischer Veranlagung leben, eine Hausstaubmilbensanierung erfolgen.

Studien haben gezeigt, dass die Exposition, also die Konfrontation mit den die Allergie auslösenden Substanzen, der entscheidende Faktor bei der Sensibilisierung ist. Also:

Wo kein Allergen, da keine Allergieentwicklung!

Dabei spielt auch die Allergenmenge eine wichtige Rolle. Die Allergieschwelle für Hausstaubmilbenallergien liegt etwa bei einem Mikrogramm Allergen pro Gramm Staub. Auch Felltiere sollten in Allergikerhaushalten nicht gehalten werden.

Ein weiterer wichtiger Faktor ist das Rauchen. Es ist belegt, dass Passivrauchen den IgE-Antikörperspiegel erhöht. Wenn nun ein Kind mit entsprechender Veranlagung auch noch Zigarettenrauch ausgesetzt ist, so ist selbst bei niedriger Allergenbelastung das Risiko für eine Sensibilisierung hoch.

Auslösende Allergene bei Kindern

- **Insektengift:** Biene, Wespe
- **Nahrungsmittel:** Kuhmilch, Hühnereiweiß, Fisch, Nüsse
- **Medikamente:** z. B. Penicillin, Kontrastmittel, Allergenextrakte

Ein einfacher Allergietest kann helfen, die Ursache zu klären.

Frühsymptome

- Juckreiz,
- Quaddeln, Hautrötungen mit Hitzegefühl,
- juckende Augen oder Nase,
- Bauchschmerzen.

Eine mögliche Theorie: Umweltgifte

Viele Eltern fragen sich heute, warum ihre Babys oder Kleinkinder zum Teil hochgradig allergisch reagieren, obwohl sie doch nur relativ kurze Zeit Kontakt zur Außenwelt gehabt haben. Ursache für die Entstehung von Allergien bei Babys und Kleinkindern können die vielen verschiedenen Umweltgifte und chemischen Medikamente sein. In der Schwangerschaft löst sich unter dem Einfluss der Schwangerschaftshormone ein Teil dieser chemischen Substanzen und Schwermetalle neben den ganz normalen Stoffwechselablagerungen vermehrt aus dem Bindegewebe und den Organen und gelangt über die Plazenta in das heranwachsende Baby. Die immer häufiger vorkommende Schwangerschaftsübelkeit lässt sich vor allem auf eine starke Leberbelastung durch diese Entgiftung zurückführen, wenn die Leber mehr entgiften muss, als sie kann. Dabei stauen sich die gelösten Gifte und Schlacken dann regelrecht vor der Leber im

Abb. 1.11: Entsteht die Anlage zur Allergie bereits in der Schwangerschaft?

Blut. Und da der Magen, die Bauchspeicheldrüse und der Darm ihr Blut direkt der Leber zuführen, kann sich ein Rückstau natürlich primär in diesen Organen bemerkbar machen. Übelkeit, Erbrechen, vermehrte Blähungen, Stuhlbeschwerden, Hämorrhoiden und Venenstauungen in den Beinen bis hin zu stauungsbedingten Darmflorastörungen und Pilzerkrankungen sind daher häufige Symptome für dieses Leiden.

Alle Maßnahmen, die den Leberstoffwechsel unterstützen, können diese Beschwerden lindern oder beseitigen. Aber auch wenn der Leberstau durch eine geeignete Lebertherapie kompensiert wird, befinden sich die Gifte im Blut und erreichen über die Plazenta den Embryo beziehungsweise den Fötus. Beim nicht kompensierten Leberstau können das natürlich bedeutend mehr Giftstoffe sein!

Das ungeborene Kind lagert nun diese Umweltgifte und chemischen Medikamente in seinem Bindegewebe und in den Organen ab. Je nach der Affinität der Gifte zu bestimmten Körperregionen und der genetischen Veranlagung können sie auch in die abwehrzellbildenden Organe (Lymphknoten, Thymusdrüse, Milz etc.) gelangen, wodurch das Immunsystem bereits im Mutterleib in Mitleidenschaft gezogen wird. Immer häufiger sind von diesen Giftablagerungen aber auch die Bauchspeicheldrüse oder der Magen betroffen, weshalb die Bildung der Verdauungssäfte schon ab der Geburt mehr oder weniger geschwächt sein kann. In den meisten Fällen liegt dann eine Eiweißverdauungsstörung vor.

Das kann ein Grund sein, warum in den letzten Jahren immer mehr Babys mit einem stark geschwächten Immunsystem und einer durch chemische Substanzen oder Schwermetalle bedingten Verdauungsschwäche geboren werden. Manchmal weisen sie sogar nur ein Viertel oder Fünftel der normalen Verdauungskraft auf. Die Verdauungskraft ist dann so gering, dass diese Babys nicht einmal 200 Milliliter Muttermilch mit nur 2,4 Gramm Eiweiß verdauen können. In weniger starken Fällen reagieren sie darauf mit Blähungen, leichten Bauchschmerzen, Durchfällen und Darmflorastörungen. In extremeren Fällen werden die so genannten Drei-Monats-Koliken hingegen zu Sechs-Monats-Koliken oder enden überhaupt nicht mehr. Außerdem entstehen durch die vermehrte Eiweißfäulnis relativ häufig zusätzliche Pilzerkrankungen (Candidapilze etc.) im Darm. Und oft entwickeln sich schon in den ersten Tagen nach der Geburt Allergien auf das nicht verdaute Muttermilcheiweiß oder auf Inhaltsstoffe der adaptierten Flaschennahrung.

Kinder aus Ost und West

Leider gibt es keine genauen Zahlen über die Häufigkeit von allergischen Erkrankungen im Kindesalter. Die Zahlen der einzelnen Autoren liegen weit auseinander. Die Häufigkeit des Asthma bronchiale scheint sich jedoch in der Literatur um einen gewissen Wert einzupendeln. Mit einer Erkrankungshäufigkeit von ca. 15 Prozent stellt es die häufigste chronische Erkrankung im Kindes- und Jugendalter in der westlichen Welt dar. Die Zahlen scheinen in den letzten Jahrzehnten stetig steigend zu sein.

Interessant waren dazu die Zahlen aus dem wiedervereinigten Deutschland. Sicherlich gab es durch die Trennung nach dem Zweiten Weltkrieg keine genetischen Unterschiede zwischen Ost und West.

Wohl entwickelte sich die kulturelle und wirtschaftliche Situation in beiden Staaten unterschiedlich. Die unterschiedlichen Lebensbedingungen führten auch zu unterschiedlichen Erkrankungshäufigkeiten.

Abb. 1.12: Die unterschiedlichen Lebensbedingungen der Kinder in Ost und West beeinflussten die Häufigkeit verschiedener Erkrankungen.

So wurden bei einer Untersuchung von neun bis elf Jahre alten Schulkindern Unterschiede in der Erkrankungshäufigkeit zwischen den alten und neuen Bundesländern festgestellt. Vom Heuschnupfen waren im Westen der Republik 8,6 Prozent, im Osten nur 2,7 Prozent betroffen. Beim Asthma bronchiale lag der Prozentsatz bei 9,3 Prozent (West) gegenüber 7,2 Prozent (Ost). Eine bronchiale Überreaktionsbereitschaft lag bei 8,3 Prozent (West) und 5,5 Prozent (Ost).

Die unterschiedlichen Zahlen werden heute durch die so genannte „Schmuddelhypothese“ erklärt. So wurden in der damaligen DDR die Kinder früher und häufiger als in der Bundesrepublik in Gemeinschaftseinrichtungen untergebracht, was zu vermehrten Infekten bei den Kindern führte. Gerade diese Infekte sollen nach Meinung der Theoriebefürworter dafür verantwortlich sein, dass das Immunsystem durch die Bildung von Infektantikörpern vernünftig beschäftigt wird und nicht auf die unsinnige Idee kommt, IgE-Antikörper zu bilden und damit die Allergiekarriere zu starten.

Der Nutzen der unzähligen Infekte

Junge Mütter, deren Kinder im Winter mehrfach an banalen Infekten erkranken, können beruhigt sein. Hier tut das Immunsystem der kleinen Patienten etwas Sinnvolles und eine Allergie wird damit unwahrscheinlicher. Vereinfacht gesagt scheint zu gelten, dass durch die Beschäftigung des Immunsystems mit sinnvollen Aufgaben (Erregerabwehr) unsere körpereigene Abwehr nicht auf „dumme Gedanken“ zu kommen scheint (Allergiebildung).

Abb. 1.13: Die so genannte „Schmuddelhypothese“ ist mittlerweile in der Allergieforschung weitgehend anerkannt.

Der Verlauf mit zunehmendem Lebensalter

Es ist ein immer noch weit verbreiterter Irrtum, dass Säuglinge keine Allergien ausbilden können. Prinzipiell kann jedes Kind bereits im Mutterleib spezifische Antikörper als Zeichen der Sensibilisierung bilden. Somit ist eine Allergie in jedem Alter möglich.

Säuglinge bilden zumeist Antikörper gegen Kuhmilch und Hühnereiweiß über die Ernährung aus. Dies äußert sich dann in Hautsymptomen wie der Neurodermitis oder in Symptomen des Magen-Darm-Traktes. Bei letzteren kann es dann zu chronischen Durchfällen und Gedeihstörungen kommen.

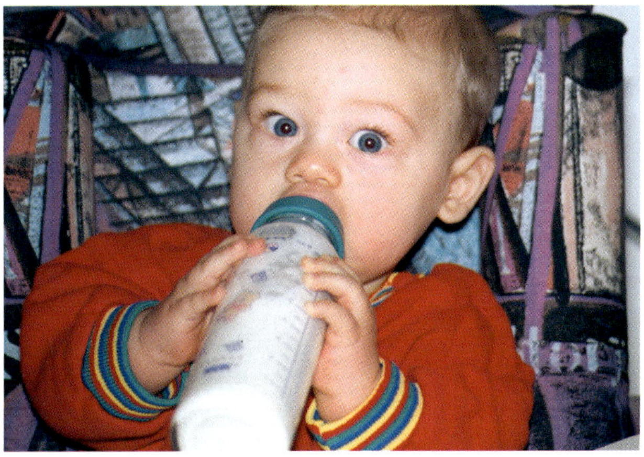

Abb. 1.14: Säuglinge bilden häufig Antikörper gegen Kuhmilch aus, die im weiteren Verlauf zu Allergien führen können.

Im Kleinkindes- und Schulalter werden dann allergische Symptome häufiger durch Innenraumallergene, wie Katzen- und Hausstaubmilbenallergene, ausgelöst. Das Katzenallergen scheint dabei besonders bahnend zu sein, da es sich an die Feinstäube bindet und sich somit permanent in der Raumluft schwebend dem Bewohner anbietet. Die Hausstaubmilbe mit ihren Ausscheidungen findet sich zumeist in unseren Betten. Wenn man bedenkt, dass Kinder mit einer Schlafdauer von zehn Stunden nahezu die Hälfte des Tages in ihren Betten verbringen, kann man sich die Relevanz des Milbenallergens leicht vorstellen. Im weiteren Leben finden wir bei Jugendlichen dann gehäuft die Pollensensibilisierung, die sich zum Beispiel als Heuschnupfen darstellen kann.

Allergische Erkrankungen verhindern

Inwieweit banale Infekte und die Innenraumallergene unser weiteres Leben durch Allergiebahnung beeinflussen und ob langes Stillen tatsächlich Allergien verhindert, müssen zukünftige Studien zeigen. Generell sollte möglichst lange gestillt und die Beikost spät und einseitig in den Ernährungsplan eingeführt werden. Ob dieses Vorgehen Allergien bei der zunehmenden Belastung unserer Haushalte durch das Milbenallergen verhindern kann, scheint fraglich. Wichtig scheint hier ein Überdenken der Bettpflege mit längeren Lüftungsintervallen und regelmäßigen Reinigungszyklen von Matratze und Bettzeug zu sein. Eltern sollten auf das Rauchen verzichten und die Wohnung zur nikotinfreien Zone erklären.

Die Therapie für allergische Kinder

Wenn es zu manifesten Allergien bei Kindern gekommen ist, wird heute leider immer noch zu spät und zu unspezifisch behandelt. Hier sollte beim Asthma bronchiale die Cortisonangst endlich der Vergangenheit angehören. In vielen Studien wurde bewiesen, dass eine frühzeitige Therapie mit inhalativem Cortison die Krankheit bestmöglich beeinflusst.

Die Kinder mit einem Asthma bronchiale, die ausreichend behandelt werden, haben ein besseres Längenwachstum, geringere Schulprobleme (Fehlzeiten, Sportausfallzeiten), weniger Allergien als die unzureichend behandelten Kinder, eine bessere Lungenfunktion und sie erhalten bereits verloren gegangene Lungenkapazität wieder zurück. Leider wird hier bei den Kindern noch häufig wertvolle Therapiezeit verschenkt. Eltern werden zu spät über die Erkrankung und deren Therapiemöglichkeiten informiert. Es wird mit Hustensäften und häufiger Antibiose behandelt und die Krankheit schreitet weiter fort.

Auf der anderen Seite muss man sich davor hüten, in Übervorsicht jedem Säugling mit pfeifender Bronchitis im Winter ein Asthma bronchiale anzudichten. Auch die Hyposensibilisierung, bei der das krankmachende Allergen in regelmäßigen Abständen unter die Haut gespritzt wird, wird immer noch zu spät bei Kindern und Jugendlichen angewendet. Die Beobachtungen der letzten Jahre scheinen jedoch zu bestätigen, dass die Hyposensibilisierung am besten wirkt, wenn die Allergie noch nicht lange besteht und nur wenige Allergien zu behandeln sind. Somit ist diese „Allergiespritze" eigentlich eine bevorzugte Therapie im Kindes- und Jugendalter.

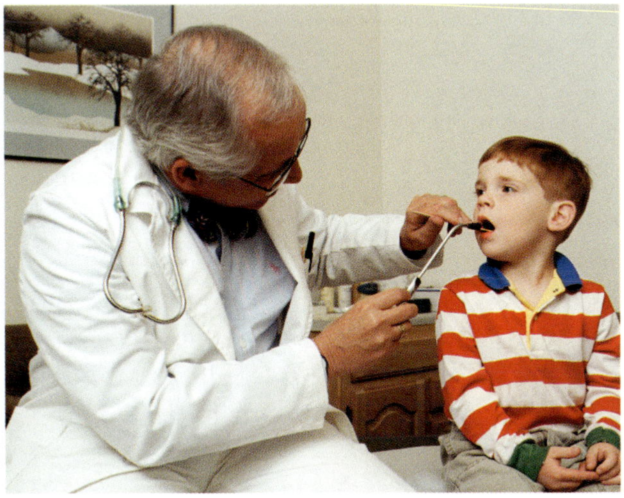

Abb. 1.15: Kinder mit Allergien gehören so früh wie möglich in ärztliche Behandlung.

Psyche und Allergien

Neben den umweltbedingten Allergien gibt es zwar auch noch einige andere körperliche, seelische und ernährungsbedingte Möglichkeiten, Allergien zu bekommen, jedoch spielen diese bei der Allergieentstehung meistens nur eine sekundäre Rolle. Man bedenke, dass Allergien vor allem in den letzten beiden Jahrzehnten zu einer Massenerscheinung in den Industrienationen geworden sind und dass es in diesen Ländern heute kaum noch einen Menschen gibt, der nicht bereits ein durch lebensfeindliche Umweltfaktoren belastetes oder geschwächtes Immunsystem aufweist. Somit können psychische Faktoren, wie Stress, Ängste, Aversionen oder Antipathien, zwar an der Entstehung von Allergien beteiligt sein und auch zu einer vorübergehenden Verstärkung der allergischen Reaktionen führen, die primären Ursachen stellen sie hingegen nur äußerst selten dar. Wäre der Körper nicht bereits durch die abgelagerten Umweltgifte oder chemischen Medikamente geschwächt, würde er auf derartige seelische Belastungen, wenn überhaupt, dann nur in abgeschwächter Form mit allergischen Symptomen reagieren!

Umweltfaktoren als Allergierisiko

Während man früher davon ausgegangen ist, dass Schmutz, schlechte Luft oder unhygienische Lebensumstände die Entwicklung von Allergien fördern, so zeichnet sich nun eine Tendenz zum Gegenteil ab. Mittlerweile hat sich die Ansicht durchgesetzt, dass übertriebene Hygiene und ein steriles Umfeld dem Immunsystem die Chance nehmen, sich optimal zu entwickeln.

Das Immunsystem und die allergische Reaktion

Das Immunsystem hat die Aufgabe, den Körper vor möglichen Krankheitserregern, zum Beispiel vor Bakterien und Viren, zu schützen, die auf die unterschiedlichste Art in ihn eindringen. Wird dagegen durch einen Allergenkontakt eine Allergie ausgelöst, so wird eine komplexe Abwehrreaktion gestartet, an der das gesamte Immunsystem beteiligt sein kann. Je nach Allergen und Eintrittspforte kann diese Reaktion an unterschiedlichen Körperstellen mit unterschiedlicher Geschwindigkeit auftreten.

Der Ablauf der allergischen Reaktion

Als Beispiel soll hier das Geschehen der so genannten „Sofortreaktion“ angeführt werden, zu der es bei Heuschnupfen und allergischem Asthma kommt.

Abb. 2.1: Die eigentliche Aufgabe des Immunsystems ist die Abwehr von Bakterien und Keimen.

Der erste Kontakt mit dem Allergen

Tritt ein Allergen in Form von Pflanzenpollen mit dem Körper in Kontakt, so schlägt das Immunsystem Alarm und beginnt sofort mit der Bildung größerer Mengen eines Antikörpers, dem Immunglobulin E (IgE). Dieser Antikörper, der in den Blutzellen gebildet wird, hat die Aufgabe, den „Eindringling“ unschädlich zu machen.

Bei einer normalen Abwehrreaktion auf Allergene produziert der Körper nur so viele

Abb. 2.2: Der Kontakt mit Pollen ist vor allem von Frühling bis Herbst kaum zu vermeiden.

Antikörper, wie zur Vernichtung der „Eindringlinge“ nötig sind. Beim Allergiker werden dagegen zu viele Antikörper gebildet.

Der Botenstoff Histamin

Die Antikörper lagern sich überwiegend an den Oberflächen der Mastzellen an, wodurch diese sensibilisiert, das heißt aktiviert werden. Das gestörte Immunsystem des Allergikers, das nicht mehr in der Lage ist, zwischen schädlichen und unschädlichen Eindringlingen zu unterscheiden, reagiert über bei erneutem Kontakt mit dem Allergen (Allergen-Antigen-Kontakt). Die sensibilisierten Mastzellen setzen unter anderem den körpereigenen Stoff Histamin frei. Histamin ist ein Botenstoff und wird in den Mastzellen in kleinen Bläschen gespeichert. Beim Kontakt mit dem Allergen öffnen sich die Bläschen und setzen das entzündungsverursachende Histamin frei. Durch das freigesetzte Histamin wird die allergische Reaktion im Körper ausgelöst. Die Blutgefäße erweitern sich, werden durchlässig, und Blutplasma kann austreten; es kommt zu Beschwerden wie Niesreiz, Schnupfen etc., die sich innerhalb von wenigen Minuten bis maximal einer Stunde bemerkbar machen.

Die Folgen und Beschwerden

Die Bindehaut der Augen rötet sich, die Augen beginnen zu tränen und zu jucken.

Schleimdrüsen sondern vermehrt Schleim ab. Die Nase kribbelt, es kommt zu heftigem Niesreiz, und die Nasenschleimhäute schwellen an.

Abb. 2.3: Eine laufende oder verstopfte Nase, tränende Augen sowie eine Bindehautschwellung gehören zu den gewöhnlichen Symptomen eines Heuschnupfens.

Neben diesen Heuschnupfen-Symptomen kann es, ausgelöst durch die beschriebene allergische Reaktion, zu weiteren Folgen kommen:

- **in der Lunge:** Verkrampfung der Bronchien, Atembeschwerden und andauernder Husten;
- **im Darm:** Verkrampfung der Darmmuskulatur (Koliken) und Durchfall;
- **in der Haut:** Rötung, Bläschenbildung und starker Juckreiz.

Bei sehr starker allergischer Reaktion kann sich das ganze Blutgefäßsystem erweitern, so dass das Blut versackt und nicht mehr ausreichend im Körper zirkuliert.

Die Mediatoren

Die allergischen Erscheinungen in der Frühphase werden fast ausschließlich durch Histamin ausgelöst. Neben diesem Botenstoff gibt es nach neueren wissenschaftlichen Erkenntnissen weitere Entzündungsverursacher, „Mediatoren" genannt, die sowohl an den Sofortsymptomen als auch an der Spätreaktion 4 bis 24 Stunden nach Allergenkontakt beteiligt sind. Diese Mediatoren werden gleichzeitig mit dem Histamin aus den Mastzellen, aber auch aus anderen Abwehrzellen freigesetzt.

Dadurch kann es zu Kreislaufbeschwerden kommen. Die schlimmste Folge ist ein Kreislaufkollaps mit Bewusstlosigkeit, der so genannte anaphylaktische Schock.

Immunglobuline und ihre Funktion

Das Immunsystem kann körperfremde Erreger, die auch Antigene genannt werden, erkennen und stellt zu ihrer Abwehr spezifische Antikörper her. Diese Antikörper – auch als Immunglobuline bezeichnet – unterscheiden sich in ihrem Aufbau und in ihrer Funktion voneinander. Aus diesem Grunde können sie in verschiedene Klassen eingeteilt werden.

Die Immunglobuline bestehen aus einer unterschiedlichen Zusammensetzung von Eiweißen. Durch ein spezielles Untersuchungsverfahren, die Elektrophorese, können die verschiedenen Eiweiße sichtbar gemacht werden. Gleichzeitig ermöglicht die Elektrophorese auch, die Immunglobuline zu „zählen". Die Ergebnisse dieser Untersuchung erlauben dann beispielsweise Rückschlüsse auf den Krankheitserreger oder auf die bisherige Dauer einer Infektion.

Die verschiedenen Immunglobulin-Klassen werden mit Buchstaben bezeichnet. Man spricht von der GAMDE-Einteilung, womit folgende Klassen gemeint sind:

- Immunglobulin G oder IgG,
- Immunglobulin A oder IgA,
- Immunglobulin M oder IgM,
- Immunglobulin D oder IgD,
- Immunglobulin E oder IgE.

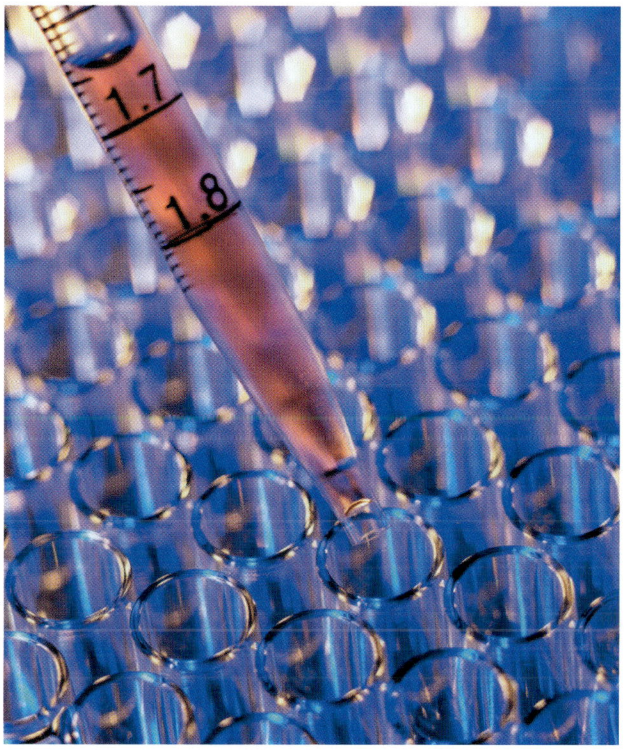

Abb. 2.4: Intensive Forschungen führten zur Entdeckung der Immunglobuline.

Immunglobulin G (IgG)

Die weitaus größte Menge der Antikörper ist mit ungefähr 75 Prozent das Immunglobulin G (IgG). Das IgG wird bei einer Erstinfektion nach ungefähr drei Wochen gebildet. Erst dann lässt es sich mit Hilfe der Elektrophorese nachweisen.

Tritt dieselbe Infektion aber noch einmal auf, so werden IgG-Antikörper sehr schnell und in sehr großer Menge produziert, um den erneuten Ausbruch einer Erkrankung zu verhindern.

Eine weitere Besonderheit von IgG ist, dass sie bei einer Schwangerschaft die Plazenta durchdringen können. So wird auch das Kind vor sowie ebenfalls nach der Geburt vor einer Infektion geschützt. Dieser Schutz hält aber nur für die ersten drei Lebensmonate an.

Immunglobulin A (IgA)

Das Immunglobulin A (IgA) ist spezialisiert auf die Abwehr von Antigenen an den Oberflächen der menschlichen Schleimhäute, zum Beispiel in Nase, Rachen und Darm. Ihr Anteil an der gesamten Antikörpermenge beträgt ungefähr 17 Prozent. Häufig werden Krankheitserreger und Allergene schon durch die IgA abgefangen und neutralisiert. IgA gelangt in die Milch einer stillenden Mutter, die so ihre Abwehrstoffe auf ihren Säugling übertragen kann.

Immunglobulin M (IgM)

Wenn ein fremder Erreger in den Organismus gelangt, reagiert der Körper als Erstes mit der Produktion von Immunglobulin M (IgM).

Weil IgM so schnell zur Verfügung steht, wird es gelegentlich auch als Frühantikörper bezeichnet. IgM und IgG arbeiten Hand in Hand. Dadurch wird die Beantwortung zielgerichteter Fragen erst ermöglicht.

Die Produktion von IgM sinkt einige Wochen nach Beginn der Infektion ab. In der

Immunglobuline und ihre Funktion

Immunglobulin G

- Größte Menge der Antikörper (ca. 75%)
- Wird bei Erstinfektion erst nach ca. 3 Wochen gebildet
- Tritt eine Infektion erneut auf, wird sehr schnell eine große Menge Antikörper produziert
- Kann bei Schwangerschaft die schützende Plazenta durchdringen und somit auch das Kind vor und nach der Geburt schützen

Immunglobulin A

- Anteil an der gesamten Antikörpermenge beträgt ca. 17%
- Spezialisierung auf Abwehr von Antigenen an der Oberfläche der Schleimhäute
- Gelangt in die Milch einer stillenden Mutter, die so Abwehrstoffe an den Säugling überträgt

Immunglobulin M

- Erste Produktion des Körpers bei Eindringen eines fremden Erregers in den Organismus
- Starkes Ansteigen der IgM-Produktion bei einer Erstinfektion
- Geringe Konzentration bei Zweitinfektion
- Konzentration sinkt weiter, wenn die akute Phase der Infektion überwunden ist

Immunglobulin D

- Im Serum in nur sehr geringen Mengen nachweisbar

Immunglobulin E

- Spielt speziell bei Wurminfektionen und Allergien eine Rolle
- Nur in winzigen Mengen nachweisbar (nur ca. 0,001% am Gesamtglobulinanteil)
- Ausschüttung von Mediatoren (z.B. Histamin), die eine Entzündungsreaktion hervorrufen
- Hauptvorkommen in der Haut und in den Schleimhäuten

infografikdienst.de / hamme

Zwischenzeit sind zum Schutz des Organismus verstärkt die IgG-Antikörper gebildet worden, die einen speziellen Schutz bieten. Durch diese zeitversetzte Abwehrreaktion ist es mittels Labordiagnostik möglich, gezielte Fragen zu beantworten:

- Besteht der Verdacht auf eine Infektion durch einen bestimmten Erreger, so müssen sich in der Elektrophorese IgM-Antikörper nachweisen lassen.
- Ist die Infektion eine Erstinfektion, dann steigt die IgM-Produktion rasch an.
- Ist die Infektion eine Zweitinfektion, dann bleibt die IgM-Konzentration gering.
- Ist die akute Phase einer Infektion überwunden, sinkt die Konzentration des IgM wieder ab, der IgG-Spiegel steigt an.

Finden sich nur IgG-Antikörper und keine IgM-Antikörper, so spricht dies für eine früher einmal abgelaufene Infektion.

Immunglobulin D (IgD)

Das Immunglobulin D (IgD) ist im Serum nur in sehr geringen Mengen nachweisbar. Über seine genaue Funktion und Bedeutung ist bisher nicht sehr viel bekannt. Es wird aber vermutet, dass es bei der Aktivierung der B-Lymphozyten (siehe unten) eine Rolle spielt, denn es „sitzt" auf der Oberfläche der B-Lymphozyten und kreist mit ihnen im Blutstrom.

Immunglobulin E (IgE)

Das Immunglobulin E (IgE) ist ebenfalls stark spezialisiert und spielt bei der Abwehr von Wurminfektionen und bei Allergien eine Rolle. Es stammt aus den Plasmazellen und dem Lymphgewebe, das in der Nähe der Atemwege und des Verdauungstraktes liegt. IgE ist nur in winzigen Mengen nachweisbar. Nur 0,001 Prozent aller Immunglobuline sind IgE. Trotzdem spielt es bei über 90 Prozent aller allergischen Prozesse eine wichtige Rolle.

Die geringe Menge des IgE ist auch dafür verantwortlich, dass es erst viel später entdeckt wurde als die anderen Immunglobuline. Man wusste aber schon vorher, dass der Körper besonders bei allergischen Reaktionen mit einem bestimmten Stoff auf das Vorhandensein von Allergenen reagiert, und nannte diesen zunächst unbekannten Stoff Reagin.

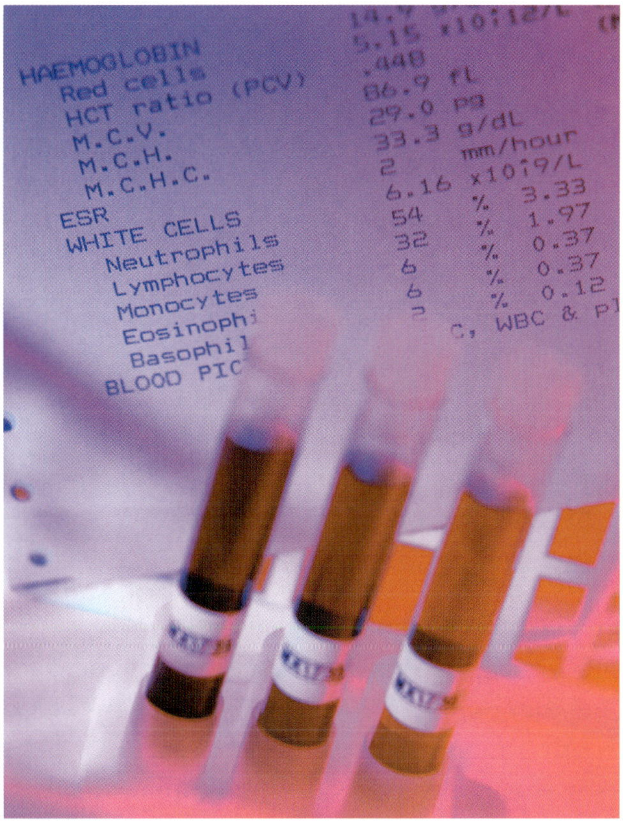

Abb. 2.5: Die Konzentration der Immunglobuline kann durch Bluttests nachgewiesen werden.

Weil der Kampf gegen Würmer gewonnen ist ...

Das Immunglobulin E ist an sich für die Abwehr von Wurmparasiten, Wanzen, Krätzmilben und Ähnlichem zuständig. Die durch das IgE freigesetzten Stoffe greifen den Parasiten an und „lösen“ ihn auf. Durch die in unseren Breiten übliche hygienische Lebensweise kommen Wurminfektionen aber nur noch sehr selten vor. Dieser Teil unseres Immunsystems liegt daher brach. Allergien sind, sofern sie IgE-vermittelt sind, möglicherweise Fehlauslösungen dieses nicht benutzten Abwehrsystems.

IgE führt zur Ausschüttung von Mediatoren, die eine Entzündungsreaktion bewirken.

IgE ist, wie alle Immunglobuline, ein Eiweißkörper. Er kann sich leicht an alle anderen Körperzellen ankoppeln. IgE ist vor allem in der Haut und in den Schleimhäuten zu finden, die bei allergischen Reaktionen auf Allergene beteiligt sind. Kommen Allergene auf der Haut und den Schleimhäuten mit IgE in Berührung, bewirkt das IgE über eine Funktionsänderung verschiedener Zellen eine Ausschüttung von Stoffen, die wiederum eine Entzündungsreaktion hervorrufen.

IgE-Antikörper haben eine Halbwertzeit von 2–3 Tagen, das heißt nach dieser Zeit ist die Hälfte der IgE zerstört bzw. vom Körper abgebaut worden. An Mastzellen gebunden können sie allerdings bis zu zwölf Wochen „überleben“.

Die spezifische Abwehr

Das Abwehrsystem des Menschen besteht aus vier Teilsystemen. Dabei unterscheidet man einerseits die unspezifische und die spezifische Abwehr, andererseits die zelluläre und die humorale Abwehr.

Die unspezifische Abwehr richtet sich gegen alle „Fremdlinge“ im Körper. Ihre Mechanismen sind angeboren.

Die spezifische Abwehr richtet sich dagegen gezielt gegen bestimmte Antigene, die auch wiedererkannt werden können. Die Vorgänge der spezifischen Abwehr sind erworben. Das bedeutet, dass jeder Mensch erst lernen kann, einen bestimmten Krankheitserreger spezifisch abzuwehren, wenn er mit ihm in Kontakt gekommen ist.

Die Teilsysteme der spezifischen und der unspezifischen Abwehr greifen ineinander.

Sowohl die spezifische als auch die unspezifische Abwehr bedienen sich bestimmter Zellen. Man spricht in diesen Fällen von zellulärer Abwehr.

Erfolgt die Abwehr aber nicht durch Zellen, sondern durch Abwehrstoffe (beispielsweise durch Antikörper), so nennt man diese Art der Abwehr die humorale Abwehr.

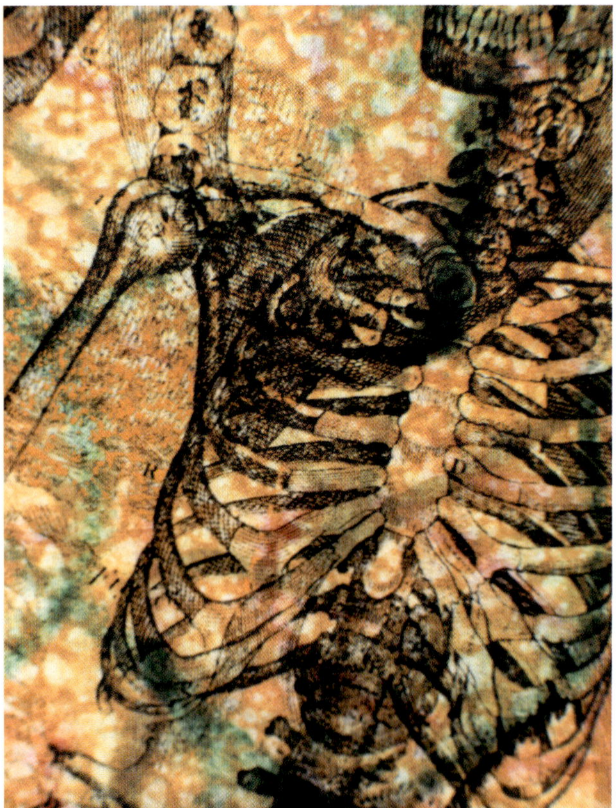

Abb. 2.6: Der menschliche Körper verfügt über ein ausgetüfteltes Abwehrsystem.

Spezifische humorale Abwehr

Ziel der spezifischen humoralen Abwehr ist die Bildung großer Mengen von Antikörpern. Diese Aufgabe übernehmen die B-Lymphozyten. Sie werden im Knochenmark geprägt. Das bedeutet, dass sie dort auf das Finden eines bestimmten Antigens (Fremdkörper, Krankheitserreger) trainiert werden. Ist das Training abgeschlossen, werden die B-Lymphozyten über das Blut und die Lymphbahnen entlassen. Kommen sie dann mit „ihrem“ Antigen in Berührung, wandeln sie sich in Plasmazellen um.

Dabei vermehren sie sich stark. Die Plasmazellen produzieren dann jede Menge jeweils identischer Eiweiße, die als Immunglobuline oder Antikörper bezeichnet werden. Nach einer Infektion bleibt ein Teil der B-Lymphozyten als B-Gedächtniszellen erhalten.

Spezifische zelluläre Abwehr

Die T-Lymphozyten sind die wichtigsten Zellen der spezifischen zellulären Abwehr. Nicht immer gelingt es der unspezifischen Abwehr und der spezifischen humoralen Abwehr, alle Krankheitserreger vollständig zu vernichten. Dann treten die T-Zellen in Aktion. Ähnlich den B-Zellen werden die T-Lymphozyten auf ihre spezielle Aufgabe hin ausgebildet. Das geschieht im Thymus. Nach der Ausbildung zirkulieren die T-Lymphozyten in Blut- und Lymphbahnen. Treffen sie auf eine antigenpräsentierende Zelle, die ihr spezielles Antigen auf ihrer Oberfläche abgebildet hat, so docken sie mit ihrem Rezeptor an diese Zelle an. Dieses Zusammentreffen ist aber nicht „zufällig“. Die antigenpräsentierende Zelle hat Interleukin1 (eine das Immunsystem modulierende Substanz) gebildet und ausgeschüttet. Dieses Zytokin (ein in den Zellen gebildeter Stoff, hier Interleukin1) lockt die T-Lympho-

Abb. 2.7: Viren und Keime sind die eigentlichen Angriffsziele unserer körpereigenen Abwehr.

zyten herbei. Nach dem Andockmanöver fängt der T-Lymphozyt an, sich zu teilen und spezielle T-Zellen auszubilden.

Dazu gehören:

- **T-Helferzellen:** Sie können Antigene auf antigenpräsentierenden Zellen erkennen.

- **T-Suppressorzellen:** Sie haben eine wichtige Kontrollfunktion. Damit die Immunreaktion nicht unkontrolliert immer weiter läuft, können die T-Suppressorzellen die Reaktion je nach Bedarf hemmen und reduzierend eingreifen.

- **T-Gedächtniszellen:** Diese speziellen Helferzellen können die einmal gelernte spezielle Immunreaktion speichern. Kommt dann der Organismus wieder mit demselben Antigen in Kontakt, lösen die T-Gedächtniszellen schnell eine gezielte Abwehrreaktion aus.

- **Zytotoxische T-Zellen:** Diese Zellen wurden früher T-Killerzellen genannt. Sie sind auf die Abwehr von Viren spezialisiert. Ist eine Körperzelle von Viren befallen, so haben die zytotoxischen T-Zellen die Fähigkeit, die Hülle der Zellen zu durchlöchern. Dadurch löst sich die Zelle praktisch auf. Man nennt diesen Vorgang auch Lyse. Durch die Auflösung der Zelle werden die Viren im Innern meistens vernichtet. Das gelingt nicht immer. Manchmal bleiben Viren im Körper und können immer wieder Infektionen hervorrufen.

Typisches Beispiel für dieses Prinzip ist die Gürtelrose, die durch Varicella-Viren hervorgerufen wird. Die erste Infektion mit Varicella-Viren führt zu Windpocken. Die Windpocken heilen durch die Immun-Abwehr ab, die Viren werden aber nicht vollständig vernichtet und bleiben stumm im Körper. Verschlechtert sich später die allgemeine Abwehrlage des Körpers (durch Alter, Infekte oder andere schwere Erkrankungen), können sie wieder aktiv werden und lösen dann eine Gürtelrose aus.

Die Allergietypen

Die Einteilung nach der Reaktionszeit
- *Allergietyp I: Soforttyp*
- *Allergietyp II: verzögerter Typ*
- *Allergietyp III: verzögerter Typ*
- *Allergietyp IV: Spättyp*

Die Einteilung nach den Aufnahmemöglichkeiten

Verschiedene Typen von Allergien werden durch unterschiedliche Typen von Antikörpern im menschlichen Körper verursacht. Nur selten kommt es vor, dass bei einer Allergie verschiedene Typen von Antikörpern gleichzeitig gegen ein einziges Antigen vorliegen und so mehrere verschiedene allergische Reaktionen parallel ausgelöst werden. Bei den unterschiedlichen Allergietypen sind aber nicht nur unterschiedliche Antikörper vorhanden, sondern es treten auch unterschiedliche Formen allergischer Reaktionen auf, das heißt es kommt zu unterschiedlichen körperlichen Prozessen.

Die Einteilung nach der Reaktionszeit

Die meisten Allergien lassen sich nach den bei einer allergischen Reaktion vorhandenen Antikörpern und nach den ausgelösten körperlichen Prozessen relativ eindeutig einem der folgenden vier Allergietypen zuordnen. Man unterscheidet:

- Typ I (Soforttyp),
- Typ II (Zellschädigung),
- Typ III (Antigen-Antikörper-Komplex) und
- Typ IV (Spättyp).

Allergietypen

Typ I (Soforttyp):
Dazu gehören u.a. Heuschnupfen, Nesselsucht, allergisches Asthma.

Typ II (Zytotoxische Reaktionen):
durch Antigen-/ Antikörper-Reaktionen an der Oberfläche werden Blutkörperchen zerstört. Folge: Anämie

Typ III (Immunkomplex-vermittelte Reaktionen):
Antigen-/ Antikörper-Komplex zirkuliert im Blut und ruft Entzündungen an verschiedenen Organen hervor.

Typ IV (Zellvermittelte Reaktionen, auch Spättyp genannt):
Hier spielen die sensiblen T-Helferzellen eine große Rolle. Beispiel: Tuberkulin-Reaktion, Ekzeme etc.

infografikdienst.de/pressel

Die Einteilung nach Coombs und Gell

Der britische Pathologe Robin C. Coombs (geb. 1921) beschrieb gemeinsam mit seinem Kollegen Gell vier Typen allergischer Reaktionen, Reaktionen vom Typ I, II, III und IV, die auch als Mischformen auftreten können. Diese vier Reaktionstypen sind prinzipiell normale Reaktionsformen des menschlichen Immunsystems, die im Falle der Allergie allerdings „über ihr Ziel hinausschießen“ und so den Charakter einer Erkrankung erlangen. Die Typen I bis III dieser allergischen Reaktionen werden durch Antikörper vermittelt, wohingegen die Typ-IV-Reaktion durch bestimmte Zellen des Immunsystems, die T-Zellen, vermittelt wird.

Allergietyp I: Soforttyp

Die Typ-I-Allergien sind die so genannten Soforttyp-Allergien. Die Soforttyp-Allergien haben zahlenmäßig die größte Bedeutung. Mit etwa 90 Prozent aller Allergien kommen sie am häufigsten vor. Sie umfassen allergische Reaktionen, die schnell und oft heftig eintreten, zum Beispiel:

- Heuschnupfen,
- allergisches Asthma, Nesselsucht,
- Insektengiftallergie,
- anaphylaktischer Schock (Diese allergische Reaktion ist nicht auf bestimmte Bereiche des Körpers begrenzt, sondern führt zu einem lebensbedrohlichen Zustand des gesamten Organismus.)

Bei der Allergie vom Soforttyp treten bereits wenige Minuten nach dem Antigen-Kontakt allergische Reaktionen auf. Diese werden ausgelöst durch die Antigenverbindung mit bestimmten Antikörpern. Diese Antikörper finden sich oft auf den Oberflächen Histamin-speichernder Zellen (Mastzellen). Im Plasma der Mastzellen befinden sich Histamin enthaltende Körner. Diese werden bei einer Antigen-Antikörper-Reaktion ausgestoßen, das Histamin wird freigesetzt. Dadurch kommt es beispielsweise zu einem Anschwellen der Schleimhäute, zu starker Schleimsekretion und möglicherweise zu einem Abfall des Blutdruckes. Im schlimmsten Fall kann ein lebensbedrohlicher Schock auftreten.

Weniger Bedeutung als diese Verbindung von Antigenen mit auf Mastzellen sitzenden

Abb. 3.1: Der Heuschnupfen ist eine Allergie des Soforttyps.

Antikörpern besitzt die direkte Reaktion frei zirkulierender Antikörper mit Antigenen und die nachfolgenden Veränderungen bestimmter Eiweißkörper im strömenden Blut. Durch diese Veränderungen kommt es zu einer Aktivierung so genannter Kinine, die die gleichen Wirkungseigenschaften aufweisen wie das Histamin. Kinine besitzen auch beim Allergietyp III (Antigen-Antikörper-Reaktion vom verzögerten Typ) eine Bedeutung.

Allergietyp II: verzögerter Typ

Die Typ-II-Allergie ist eine sehr seltene Form der Allergie. Auslöser der Typ-II-Allergie können beispielsweise Medikamente sein. Dieser Allergietyp geht – wie auch Allergietyp III – mit verzögerten, nicht unmittelbar erkennbaren allergischen Reaktionen des Organismus einher. Durch Zellzerstörung kann es jedoch zu Folgeschäden wie etwa Blutarmut kommen.

Bei Allergien dieses Typs liegen frei im Blut zirkulierende Antikörper vor. Antigene setzen sich auf die Wände von Zellen oder an die Außenseite anderer wichtiger Bausteine des Organismus. Daraufhin verbinden sich die hinzukommenden Antikörper mit den Antigenen und verursachen (u. a. mit Hilfe so genannter Komplementfaktoren) eine Auflösung der Zellen beziehungsweise eine Veränderung der Strukturen und Funktionen der Zelle. Auswirkungen dieser Zellauflösungen und -veränderungen können wie beim Allergie-Typ IV beispielsweise ein Mangel an bestimmten Blutbestandteilen (mit den Folgen Blutarmut, Blutgerinnungs-

Abb. 3.2: Medikamente können sowohl Allergien des verzögerten Typs als auch des Spättyps auslösen.

störung und Abwehrschwäche), die Abstoßung von Fremdorganen oder Abwehrreaktionen gegen körpereigene Stoffe sein.

Zur Therapie des Allergietyps II (Typ Zellschädigung) stehen die Allergen-Karenz und verschiedene allgemeine Maßnahmen zur Verfügung.

Allergietyp III: verzögerter Typ

Beim verzögerten Typ (z. B. Pilzsporenallergien) liegt zwischen dem Antigen-Kontakt und dem Auftreten der körperlichen Symptome ein Zeitraum von mindestens sechs Stunden. Die bei allergischen Reaktionen vom verzögerten Typ vorliegenden Antikörper reagieren mit dem Antigen unter Bildung unlöslicher Komplexe, die ausgefällt werden, das heißt nicht länger im Blut gelöst sind. Diese Komplexe werden in den Gefäßen bestimmter Organe abgelagert, bevorzugt in der Niere, der Herzinnenwand oder der Gelenke. Durch solche Ablagerungen werden die Gefäße verengt und es können Gefäßverschlüsse entstehen.

Wenn beim verzögerten Typ Antigene im Überschuss vorliegen, kommt es auch zur Bildung frei zirkulierender Antigen-Antikörper-Verbindungen (Immunkomplexe), wodurch Veränderungen bestimmter Eiweißkörper im strömenden Blut auftreten. Aus diesen Veränderungen resultieren dann zellschädigende Wirkungen wie bei Allergietyp II (Zellschädigung). Auch kommt es bei Antigen-Überschuss zu einer Bildung von Kininen, die die gleichen Wirkungseigenschaften aufweisen wie Histamin. Kinine können auch bei Typ-I-Allergien (Soforttyp) auftreten.

Ödeme, Juckreiz, Rötung sowie Entzündungen der kleinen Arterien und Venen sind die Folge.

Die Serumkrankheit (Allergietyp III)

Die Serumkrankheit kommt vor allem bei Allergien gegen Medikamente vor. Typisch ist eine Nieren- und Schlagaderentzündung, die durch Ablagerungen von Immunkomplexen in Nieren und Gefäßen ausgelöst wird. Als Infektionskrankheiten noch hauptsächlich durch passive Immunisierung, also mit Impfseren von Tieren, behandelt wurden, kam die Serumkrankheit häufig vor.

Allergietyp IV: Spättyp

Bei den Allergien vom Spättyp (z. B. Kontaktekzem, Tuberkulosehauttest, Arzneimittelallergien) liegen mindestens 24, häufig sogar 48 Stunden und manchmal auch 72 Stunden zwischen Antigen-Kontakt und Auftreten der körperlichen Beschwerden. Bei diesem Allergietyp sind die Antikörper fest an weiße Blutkörperchen gebunden. Die

Auslösung der allergischen Reaktion vom Typ IV erfolgt meist durch Aufbringung von Antigenen auf die Haut. Nach dem Hautkontakt werden die Antigene durch bestimmte Hautzellen in den Organismus aufgenommen. Die Antigene reagieren dann mit den antikörpertragenden weißen Blutkörperchen, wodurch eine Freisetzung von Stoffen mit entzündungserregender Wirkung erfolgt. Diese Stoffe locken weitere weiße Blutzellen an, deren Sekretions- und Zerfallsprodukte dann nach 24 bis 48 Stunden zur Ausbildung einer ekzematösen (entzündlichen) Hautreaktion (allergisches Kontaktekzem) führen.

Abb. 3.3: Das allergische Kontaktekzem kann auch durch Münzen ausgelöst werden und gehört zu den Allergien des Typs IV.

Andere Folgen von allergischen Reaktionen des Typ IV sind beispielsweise die Abstoßung von Transplantaten oder Autoimmunreaktionen (allergische Reaktionen gegen körpereigene Stoffe).

Da bei diesem Typ die Reaktion erst spät auftritt, ist die Diagnostik schwieriger als beispielsweise bei Typ-I-Reaktionen.

Die Einteilung nach den Aufnahmemöglichkeiten

Es gibt jedoch noch andere Möglichkeiten, Allergien einzuteilen. Während sich in der Medizin die Einteilung nach den pathologischen, also krankhaften Reaktionen des Immunsystems durchgesetzt hat, werden im Alltag des „Normalbürgers" die Allergien am häufigsten nach den Aufnahmemöglichkeiten der einzelnen Allergene eingeteilt.

Danach können die folgende Formen von Allergien unterschieden werden:

- **Inhalationsallergie:** durch das Einatmen von Allergenen in Staubform, z. B. Pollen, Hausstaub.
- **Nahrungsmittelallergie:** durch den Verzehr von allergenhaltigen Nahrungsmitteln, zum Beispiel Erdbeeren, Meeresfrüchten, Konservierungsstoffen.
- **Arzneimittelallergie:** als Reaktion auf bestimmte Medikamente, unabhängig von ihrer Darreichungsform als Tablette, Zäpfchen, Infusion usw. Ein besonders häufiges Allergen ist zum Beispiel Penicillin.
- **Insektengiftallergie:** nach Insektenstichen von zum Beispiel Bienen oder Wespen.
- **Parasitäre oder mikrobielle Allergie:** durch Befall mit Parasiten, wie zum Beispiel Würmern, oder auch durch Infektionen mit Viren oder Bakterien.
- **Kontaktallergie:** durch Hautkontakt mit Allergenen, wie zum Beispiel Nickel, Kosmetika.

Die Symptome

Beschwerden treten bei allergischen Reaktionen so lange auf, wie die Allergene im Organismus vorhanden sind. Sie sind von dem zugrunde liegenden Reaktionstyp und nicht vom Allergen selbst abhängig. Der Reaktionstyp bestimmt auch das zeitliche Auftreten der Symptome. Grundsätzlich können allergische Reaktionen sowohl zu lokalen als auch zu allgemeinen Beschwerden führen, je nachdem, wo sich die Allergene befinden: an ihrer Eintrittspforte (Kontaktstelle) oder im Blutstrom.

Lokale Beschwerden äußern sich im Allgemeinen dort, wo der Kontakt mit dem Allergen stattgefunden hat, wie zum Beispiel:

- an den Schleimhäuten der Atemwege mit Niesen, Schnupfen oder Atemnot,
- an den Schleimhäuten des Magen-Darm-Traktes mit Erbrechen oder Durchfall,
- an der Haut mit Nesselsucht oder Hautausschlägen.

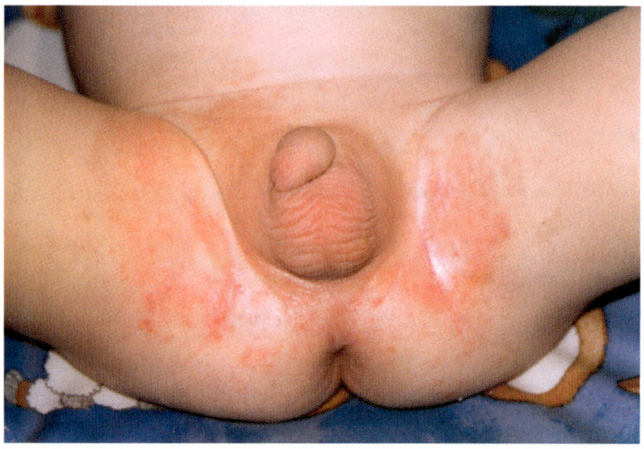

Abb. 4.1: Häufig reagiert die empfindliche Haut eines Kindes allergisch auf die in Kunststoffwindeln enthaltenen Zusätze.

Allgemeine Beschwerden im Rahmen allergischer Reaktionen betreffen vor allem das Herzkreislauf-System mit einer Beschleunigung der Herzfrequenz und einem Abfall des Blutdrucks. Die schwerste Ausprägung einer antikörpervermittelten allergischen Reaktion vom Typ I ist der anaphylaktische Schock, der meist mehrere Organsysteme gleichzeitig betrifft und innerhalb weniger Minuten zum Tod des Patienten führen kann. So sind Fälle bekannt, wo Menschen nach dem Stich einer Wespe im anaphylaktischen Schock verstorben sind.

Aber auch eine permanente Müdigkeit, Kopfschmerzen und Migräne, Herzrhythmusstörungen und Kreislaufbeschwerden, nervale Störungen und Nervenschmerzen, Muskelzuckungen und Muskelkrämpfe, Geschmacks-, Riech- und Hörstörungen, Ohrensausen und Schwindel, chronische Atemwegsbeschwerden, wie ständiger Schnupfen, permanentes Räuspern oder chronischer Husten, sowie chronische Beschwerden des Verdauungstraktes, der Blase oder Vaginalschleimhäute stehen immer häufiger mit Allergien in Verbindung.

Neben diesen körperlichen Beschwerden nehmen auch die psychischen Allergiesymptome immer mehr zu. Dazu gehören vor allem eine übersteigerte Sensibilität auf alle Außenreize, weshalb die Betroffenen oft gereizt sind oder zur Aggressivität neigen, unerklärliche Stimmungsschwankungen bis hin zu Depressionen, Konzentrationsstörungen und Vergesslichkeit sowie eine starke seelische und körperliche Erschöpfung.

Abb. 4.2: Auch Depressionen, physische und psychische Erschöpfungszustände können auf eine Allergie zurückzuführen sein.

Was geschieht im Körper?

Die klassischen Beschwerden einer allergischen Reaktion von Soforttyp hängen eng mit der Zahl der Mastzellen und des entleerten Histamins zusammen. Weil besonders viele Mastzellen an den Schleimhäuten der Atemwege und der Lunge vorhanden sind, machen sich die Beschwerden bevorzugt hier bemerkbar. Innerhalb weniger Minuten nach dem Allergenkontakt kommt es zu einer Schwellung und Rötung der Nasenschleimhaut, der Schleimhaut in den großen und kleineren Verzweigungen des Bronchialbaums sowie zu einer vermehrten Schleimbildung. Heftiges Niesen, Atembeschwerden und Juckreiz der Nase und der Bindehaut des Auges (Konjunktivitis) treten unmittelbar auf.

Die allergischen Reaktionen auf bestimmte Pollen stellen sich Jahr für Jahr zu bestimmten Jahreszeiten wieder ein. Zusätzlich kann jede allergische Entzündung zu strukturellen Veränderungen des betroffenen Gewebes führen. So entwickelt sich schließlich eine Überempfindlichkeit der Schleimhaut, die immer weniger in der Lage ist, eindringende Fremdstoffe abzuwehren. Als Hinterlassenschaft einer Allergie werden unterschiedliche Stoffe registriert, die dazu beitragen, dass sich körpereigene Zellen verändern. Veränderte Zellen und Zellverbände locken im Körper aber Reparaturmechanismen an, die am Ort des Geschehens ihre Aufgabe wahrnehmen. Bei einer Verletzung beispielsweise haben sie die Aufgabe, das Gefäß eng zu stellen und so die Blutung zu begrenzen. Sie locken Fibroblasten an, die sich zu einem Netz auf der Wunde zusammenschließen und diese verschließen. Wenn ähnliche Mechanismen in der Folge einer Entzündungsreaktion auftreten, ohne dass eine Verletzung vorliegt, sind die Zellverklebungen nur störend und behindern die Wiederherstellung der Zellen in den ursprünglichen gesunden Zustand.

Welche Organe können betroffen sein?

Während manche Allergiker noch glimpflich davonkommen, sind andere von schwersten Gesundheitsschäden betroffen. So vielfältig wie die allergieauslösenden Stoffe sind auch die möglichen Symptome einer Allergie. Sie reichen vom leichten Niesreiz bis zum Kreislaufstillstand mit akuter Lebensgefahr.

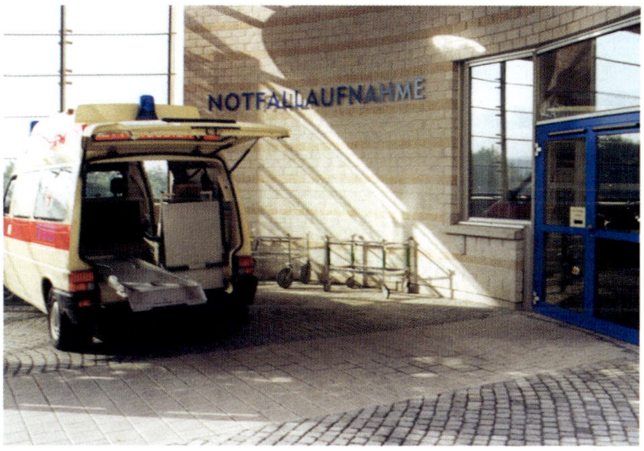

Abb. 4.3: Bei einem anaphylaktischen Schock sollte man nicht zögern, Notarzt und Rettungswagen zu verständigen.

Wenn ein Mensch auf eine bestimmte Substanz allergisch reagiert, kann sich dies auf die unterschiedlichste Weise zeigen. Am bekanntesten sind wohl der Heuschnupfen und die Nesselsucht. Neben den Atemwegen und der Haut gibt es jedoch noch weitere Bereiche des Körpers, die von einer allergischen Reaktion betroffen sein können.

Die verschiedenen Angriffspunkte wollen wir hier noch einmal zusammenfassen:

- **Die Augen:** Bindehautentzündung, Lidschwellung
- **Die Atemwege:** Niesreiz, saisonaler oder Dauerschnupfen, Schwellung und Verkrampfung der Atemwege, Atemnot

- **Den Magen-Darm-Trakt:** Übelkeit, Durchfall, Entzündung der Magenschleimhaut
- **Die Haut:** Nesselsucht (Urtikaria), Schwellungen (Angio-Ödem/Quincke-Ödem), Ekzeme, Neurodermitis
- **Das zentrale Nervensystem:** Fieber, Migräne, Depression, anhaltende Müdigkeit
- **Die Gelenke:** Gelenkentzündung (rheumatische Beschwerden)
- **Das Herz-Kreislauf-System:** Kreislaufzusammenbruch (anaphylaktischer Schock)

Im Falle eines Asthmas sind auch die Bronchien mitbetroffen, es wird für Pollenallergiker besonders unangenehm und gelegentlich sogar lebensgefährlich. Hier sind eine frühe Diagnose und eine gezielte Behandlung extrem wichtig. Typisch für einen Asthmaanfall ist ein plötzlich auftretender Husten sowie ein Pfeifen oder Brummen beim Ausatmen, das durch die krampfartige Verengung der Bronchien hervorgerufen wird. Die erhöhte Produktion des Bronchialsekrets sowie die Schwellung der Schleimhaut behindern den Luftstrom in den bereits verengten Luftwegen zusätzlich.

Die typischen Heuschnupfen-Symptome

Das Jucken der Augen und die verstärkte Tränenproduktion sind bei Pollenallergikern meist auf eine allergische Bindehautentzündung zurückzuführen. Sie bewirkt häufig auch eine Rötung und ein Anschwellen der Bindehäute.

Die Nase reagiert ebenfalls mit Juckreiz und schnell folgenden Niesattacken. Große Mengen klaren, dünnflüssigen Nasensekrets werden produziert, große Mengen Taschentücher verbraucht. Es kann durch die Schleimhautschwellung die Belüftung der Nasennebenhöhlen verringert werden, dies kann zu einer schmerzhaften Nebenhöhlenentzündung führen. Da auch das Mittelohr über den Nasenrachenraum belüftet wird, kann es hier im Falle einer Verlegung des Belüftungskanals zu einem Druckgefühl oder sogar zu einer Beeinträchtigung der Hörleistung kommen.

Abb. 4.4: Für Pollenallergiker kann nicht nur der Frühling zur Qual werden.

Die typischen Augenbeschwerden

Fast jeder Patient, der unter Heuschnupfen leidet, kennt auch die unangenehmen allergischen Erscheinungen an den Augenlidern und an der Bindehaut. Diese Symptome können auf sehr unterschiedliche Weise entstehen und sich in vielfacher Ausprägung zeigen.

Die allgemeine allergische Reaktionsbereitschaft des Körpers zeigt sich in den meisten Fällen an den Schleimhäuten der Nase und der Atemwege oder an der Haut. Die Reaktionen am Auge stellen besonders lästige begleitende Erscheinungen der eigentlichen Allergie dar. Eine entzündliche Hautreaktion (Ekzem) kann auch die Augenlider betreffen, ebenso wird dies bei einigen Patienten mit Neurodermitis beobachtet. Ist die allergische Reaktion des Körpers als Nesselsucht mit starkem Juckreiz (Urtikaria) vorhanden, können sich diese sehr lästigen Beschwerden auch an den Lidrändern oder an der Bindehaut bemerkbar machen. Bekannt ist auch eine allergische Mitbeteiligung der Augenlider, wenn eine Neigung zur Flüssigkeitseinlagerung ins Gewebe (allergisches Ödem) besteht. Die Hautpartien rund um die Augen sind besonders empfindlich, hier lagert sich häufig Flüssigkeit im Rahmen einer allergischen Entzündung ab und führt zu oft erheblichen Schwellungen an einem oder beiden Augen.

Die Bindehaut

Die Bindehaut überzieht den Augapfel und das Innere der Augenlider bis zum Lidrand. Diese sehr empfindliche Schutzschicht des Auges reagiert rasch auf Stoffe, die eine Entzündung verursachen. Häufig sind es Pollen oder andere Allergene, die von außen einwirken. Möglich ist auch, dass erhöhte Histaminkonzentrationen und körpereigene Entzündungsstoffe zur vorübergehenden Schädigung der Bindehaut führen.

In den meisten Fällen treffen die Allergene jedoch von außen auf die Bindehaut. Meist sind es Pollen von blühenden Gräsern, Bäumen oder Sträuchern, bei einzelnen Patienten können es aber auch allergisch wirkende Stoffe in Arzneimitteln (wie Augentropfen oder Augensalben) sein. Nicht zu vergessen sind Hautpflege- und Reinigungsmittel. Obwohl sie meist allergiegetestet sind, tritt in manchen Fällen trotzdem eine allergische Entzündung auf. Relativ einfach ist die Suche nach dem Verursacher der Augenbeschwerden, wenn diese gleichzeitig mit einem Heuschnupfen und regelmäßig zu bestimmten Blütezeiten auftreten. Bei Heuschnupfen-Patienten ist eine Beteiligung der Augen fast normal. Diese Beschwerden können aber, beispielsweise bei Tierhaarallergikern auch das ganze Jahr über erscheinen.

Die Symptome

Die folgenden Symptome sind kennzeichnend für eine allergische Augenbeteiligung:

- *Brennen und starker Juckreiz an den Lidrändern und der Bindehaut,*
- *starke Tränenproduktion,*
- *schmerzhafte Lichtempfindlichkeit,*
- *deutliches Anschwellen der Bindehaut.*

Die Schwellung der Lider und der Bindehaut sowie die Rötung werden meist durch das hemmungslose Reiben an den Augen noch verstärkt.

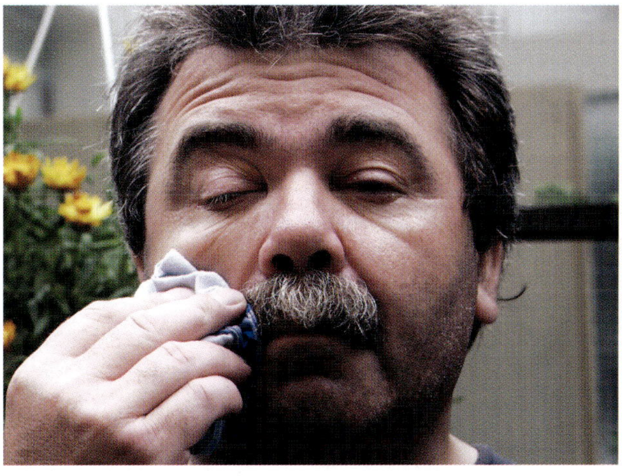

Abb. 4.5: Augenbeschwerden können das gesamte Wohlbefinden beeinträchtigen.

Die Therapie

Für die Behandlung einer allergischen Reaktion der Augen gelten grundsätzlich vergleichbare Maßnahmen wie bei allen anderen Allergien. So sollte die auslösende Ursache gesucht und identifiziert werden. Die akuten und sehr unangenehmen allergischen Erscheinungen an den Augenlidern oder der Bindehaut können mit abschwellenden Augentropfen gelindert werden. Während diese nur kurzfristig verwendet werden sollten, eignen sich andere Augentropfen zur Vorsorge (Prävention), indem sie die allergische Reaktion und die Beschwerden begrenzen.

Im Falle von stärkeren Beschwerden empfiehlt es sich, ein Antihistaminikum in Tablettenform einzunehmen. Moderne Antihistaminika haben gegenüber älteren Präparaten den Vorteil, dass sie den Patienten nicht so müde machen. Gerade im Straßenverkehr spielt diese Eigenschaft eine wichtige Rolle!

In sehr hartnäckigen Fällen kann auch die lokale Anwendung von cortisonhaltigen Medikamenten in Erwägung gezogen werden. Diese Therapie sollte aber nur nach Rücksprache mit einem erfahrenen Allergologen oder Augenarzt durchgeführt werden.

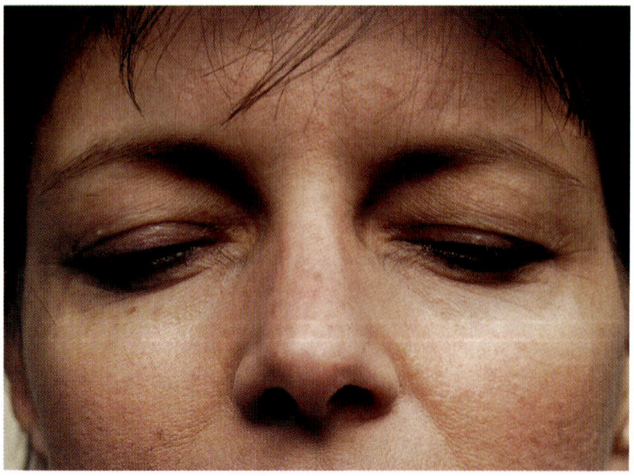

Abb. 4.6: Gönnen Sie Ihren Augen Ruhe und vermeiden Sie jegliches Reiben.

Der Juckreiz

Zu den unangenehmsten Empfindungen gehört der Juckreiz, der dem Schmerz durchaus vergleichbar quälend sein kann. Menschen, die von einem chronischen Juckreiz betroffen sind, können, selbst wenn sie es sich fest vornehmen, das Kratzen oder Reiben an der juckenden Stelle nicht unterdrücken.

Warum juckt es?

Der Juckreiz kennt die verschiedensten Ursachen:

- *allergische Hautreaktionen,*
- *Berufsdermatosen,*
- *extrem trockene Haut,*
- *Hautknötchen,*
- *Hautbläschen,*
- *Insektenstiche,*
- *abheilende Verletzungen,*
- *Schuppenflechte,*
- *Infektionen,*
- *leichte Verbrennungen.*

In den meisten Fällen tritt die quälende Empfindung an der Haut auf, aber auch die Schleimhäute der Augen, des Darmausgangs oder der Geschlechtsorgane können bei einer Infektion durch Pilze, Bakterien oder Viren und ganz besonders bei einer allergischen Reaktion empfindlich jucken. Das nicht unterdrückbare Kratzen verursacht aber eine zusätzlich Reizung der Haut oder Schleimhaut und lässt oft Verletzungen der Hautoberfläche zurück.

Im Gegensatz zum Schmerz, der ebenfalls zu den subjektiv empfundenen Symptomen gehört und medikamentös gut behandelt werden kann, ist über die Entstehung und die Behandlung des Juckreizes noch zu wenig bekannt.

Die Ursachen

Nahezu alles kann einen Juckreiz verursachen, es gibt sogar den Begriff des Juckreizes „sine materia“ – es ist praktisch nichts zu erkennen und dennoch juckt die Haut. Schwierig ist es, die Qualität des Juckreizes zu beschreiben, weil dieser sehr subjektiv empfunden wird. Ob es ein stechendes, ein prickelndes oder ein schmerzhaftes Gefühl ist, ob es nur leicht, mittelschwer oder erheblich juckt, kann von den wenigsten Betroffenen präzise angegeben werden. Welche Faktoren den Juckreiz letztendlich auslösen, ist bisher nur teilweise erforscht. Sicher ist, dass Histamin an dem Phänomen beteiligt ist. Auch einige andere so genannte Transmitter wirken als Auslöser oder Triggerfaktoren (Verstärker).

Abb. 4.7: Zahlreiche Kosmetika können bei Allergikern zu Juckreiz führen.

Bekannt ist auch, dass neben dem Histamin, bestimmten Immunzellen und biogenen Eiweißen auch die so genannte „Substanz P“ vermehrt in der juckenden Hautregion angetroffen wird. Diese Substanz wirkt auf bestimmte Nervenfasern, die auch für die Weiterleitung des Signals Schmerz zuständig sind. Es ist daher möglich, mittels eines Schmerzreizes, etwa festes Kneifen, die Nervenbahn quasi zu blockieren und die subjektive Juckreizwahrnehmung abzuschwächen.

Die typischen Beschwerden bei einer Kreuzallergie

Von Januar bis März blühen die Erle, der Haselstrauch und die Weide, die so genannten Frühblüher. Von Mai bis August haben nicht nur fast alle Gräser und Getreide blühende Saison, sondern auch die unterschiedlichen Bäume entlassen ihre fruchtbaren Blütenpollen in die Luft. In den Monaten September und Oktober sind immer noch einige Blütenpollen der Gräser und zusätzlich Kräuterpollen wie Beifuß unterwegs, aber auch Bäume wie Birke, Eiche, Kiefer oder Linde steuern zur allgemeinen Pollenbelastung bei, und erst in den letzten beiden Monaten des Jahres tritt Ruhe ein.

Die meisten Pollenallergiker reagieren innerhalb einer bestimmten Saison. Ob nun die Frühblüher für eine juckende Nase und Fließschnupfen mit gleichzeitig juckenden, geröteten und tränenden Augen sorgen, ob Gräser oder Getreide im Hochsommer verantwortlich sind oder ob spätblühende Bäume die Leidenszeit bestimmen, immer muss jeder Allergiker auch mit Kreuzallergien rechnen.

Was ist eine Kreuzallergie?

Bevor wir in diesem Zusammenhang auf die Beschwerden zu sprechen kommen, sei zunächst erklärt, worum es sich bei einer Kreuzallergie eigentlich handelt.

Eine Kreuzreaktion bedeutet, dass sich bei einer bestehenden Allergie gegen einen Stoff auch eine Allergie gegen einen anderen Stoff, der in seiner Struktur dem ersten sehr ähnlich ist, entwickeln kann. Diese Reaktion kann bei sämtlichen Formen von Allergien auftreten (z. B. bei Pollen, Medikamenten etc.).

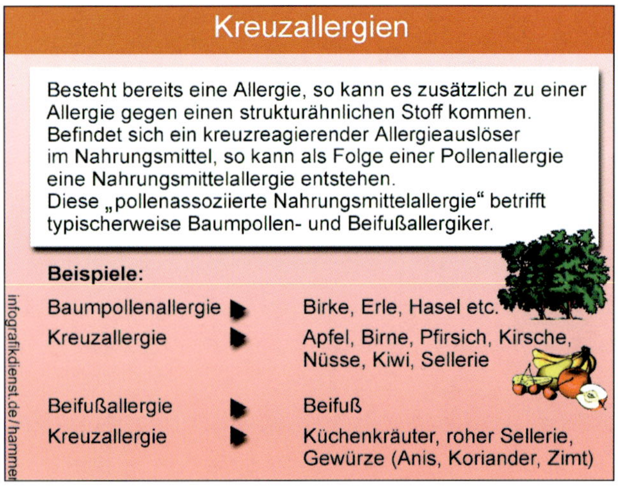

So kann eine Kreuzallergie zwischen verschiedenen Arten von Pollen auftreten. Besteht zum Beispiel eine Allergie gegen Gräserpollen, so reagieren dieselben Antikörper, welche die Gräserpollen erkennen, auch mit den Pollen verwandter Pflanzen, zum Beispiel mit Getreidepollen.

Befinden sich die kreuzreagierenden Allergieauslöser in Nahrungsmitteln, so kann als Folge einer Pollenallergie eine Nahrungsmittelallergie entstehen. Diese so genannte pollenassoziierte Nahrungsmittelallergie betrifft typischerweise Baumpollen- und Beifußpollenallergiker.

Am einfachsten ist die Kreuzallergie anhand von Beispielen zu verstehen:

Beispiel 1: Besteht eine Allergie gegen Birkenpollen, so besteht zumeist auch eine gegen die Pollen verwandter Bäume (z. B. Erle, Eiche, Hasel usw.). Das Immunsystem erkennt dieselbe Eiweißstruktur auch in den Früchten der Hasel, den Haselnüssen.

Beispiel 2: Besteht eine Allergie gegen Beifuß (Beifuß gehört zu den Kräutern), so besteht ebenfalls eine Allergie gegen diverse, botanisch mit Beifuß verwandte Kräuter, die als Gewürze verwendet werden können.

Es gibt auch Ausnahmen: Die Kreuzreaktivität zwischen Gräserpollen und Getreide ist zwar oft im Labor feststellbar, sie führt aber normalerweise nicht zu Symptomen einer Nahrungsmittelallergie, auch nicht gegen Mehle und Mehlprodukte.

Die Symptome

Viele Pollenallergiker reagieren unmittelbar nach dem Verzehr von Äpfeln, Pfirsichen oder Nüssen mit einem Juckreiz an den Lippen, mit Kratzen im Hals und ähnlichen Phänomenen. In einigen Fällen werden allergische Reaktionen berichtet, die zu einem Juckreiz am ganzen Körper oder sogar zum anaphylaktischen Schock führen. Die

Abb. 4.8: Meist sind Pollenallergiker gegen Frühblüher von einer Kreuzallergie betroffen.

Ursache hierfür sind Allergene aus dem Obst, die ins Blut gelangen und so über den ganzen Körper verteilt werden. Von diesen Obstsorten sind vorwiegend Pollenallergiker gegen Frühblüher (Birke, Erle, Hasel) betroffen.

Diejenigen Allergiker, die einen Heuschnupfen während der Sommermonate entwickeln und vorwiegend auf die Pollen der Gräser und Kräuter reagieren, sind oft von einer gleichzeitigen allergischen Reaktion durch unterschiedliche Gewürze betroffen. Wenn Beifuß beispielsweise das auslösende Pollenallergen liefert, ist beim Genuss von Sellerie, Karotten, Paprika und Knoblauch, aber auch bei Gewürzen wie Pfeffer, Anis, Curry oder Zimt Vorsicht geboten. Ist die Allergiesaison mit den jeweiligen Heuschnupfen- oder Atemnotsymptomen von der Blütezeit des Roggens oder anderen Getreides gekennzeichnet, kann sich durch Mehl und die entsprechenden Backwaren, durch Sojaprodukte oder Erdnüsse eine Kreuzreaktion einstellen.

Es ist gar nicht so schwer vorstellbar, dass ein Allergiker gegen Blütenpollen beim Kontakt mit bestimmten Nahrungsmitteln ebenfalls allergische Symptome entwickelt. Eine Erklärung liegt einerseits in der botanischen Verwandtschaft von Blütenstaub und Früchten. Auch sind die in Obst, Gewürzen oder Nüssen versteckten Allergene denjenigen sehr ähnlich, die eine Pollenallergie auslösen.

Die typischen Beschwerden einer Nahrungsmittelallergie

Die Symptome einer Nahrungsmittelallergie können sehr vielfältig sein. Auch in ihren Auswirkungen und Einschränkungen können sie von Patient zu Patient variieren. Da wir weiter unten noch ausführlich auf die Nahrungsmittelallergie eingehen werden, seien hier nur kurz die wichtigsten Symptome genannt:

- tränende oder juckende Augen,
- wässriger Schnupfen,
- Hautrötungen als Flecken oder Pusteln (Nesselfieber oder auch Urtikaria),
- stark ausgeprägter Juckreiz ohne erkennbare Ursache,
- Schwellungen der Rachenschleimhaut („Quincke-Ödem“), das sehr plötzlich auftritt und Atemnot mit sich bringen kann,
- Asthma-artige Atemnotanfälle,
- Schwindelgefühl, Müdigkeit, Schwäche und Migräne,
- Blähungen, Bauchschmerzen, Übelkeit und Brechreiz,
- krampfartige Durchfälle.

Abb. 4.9: Eine Nahrungsmittelallergie erfordert einen kritischen Blick in den Warenkorb.

Der anaphylaktische Schock

Der anaphylaktische Schock ist die stärkste allergische Reaktion vom Soforttyp. Es sind mehrere Organe oder sogar der gesamte Körper betroffen. Ein anaphylaktischer Schock ist lebensbedrohlich, denn innerhalb von Sekunden bricht der Kreislauf zusammen. Viele Insektengiftallergiker schweben im Sommer ständig in der Gefahr eines anaphylaktischen Schocks, sie müssen daher immer Medikamente bei sich tragen.

Aufgrund dieses Schockgeschehens kommt es zu einer Weitstellung der Gefäße und in der Folge zu einem Blutdruckabfall mit Minderdurchblutung lebenswichtiger Organe wie Gehirn, Herz und Nieren. Ohne ärztliche Hilfe kann dies in einem Kreislaufversagen und somit tödlich enden.

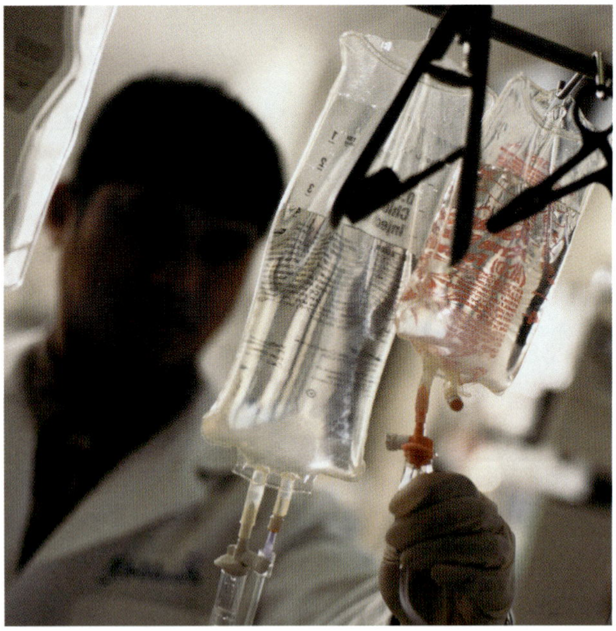

Abb. 4.10: Schnelle ärztliche Hilfe ist bei einem anaphylaktischen Schock lebenswichtig.

Je schneller allergische Reaktionen nach dem ersten Kontakt mit einem auslösenden Allergen auftreten, desto schwerer verlaufen wahrscheinlich die Komplikationen. Ein anaphylaktischer Schock führt zu einem lebensbedrohenden Versagen des Herz-Kreislauf-Systems. Die Betroffenen müssen sofort ins Krankenhaus. Daher ist es wichtig, auf frühe Symptome zu achten.

Die ersten Anzeichen sind meistens ein Brennen auf und unter der Zunge und im Rachenbereich. Hinzu kommen Juckreiz und Hitzegefühl. Diese zeigen sich auch oft an Händen und Füßen. Danach entwickeln sich rasch

- Rötung,
- Juckreiz,
- Quaddeln und
- Ödeme.

Der gesamte Kreislauf bricht zusammen.

Diese äußeren Symptome werden begleitet von

- zunehmenden Angstgefühlen,
- verengten Luftwegen,
- Übelkeit und Erbrechen,
- Krämpfen,
- Blutdruckabfall,
- beschleunigtem Herzschlag,
- Schwäche,
- Urin- und Stuhlabgang,
- Bewusstlosigkeit.

Die Auslöser

Die Ursache des Schocks ist eine gestörte Reaktion des Immunsystems auf die aufgenommene Fremdsubstanz. Nach dem ersten Kontakt entwickelt der Betroffene zunächst keine erkennbaren Symptome, es kommt dabei zu der „allergischen Sensibilisierung". Erst bei erneuter Zufuhr des Allergens antwortet der Organismus mit einer allergischen Reaktion. Ermöglicht wird dies durch das lebenslange „Gedächtnis" des Immunsystems, das in bestimmten Abwehrzellen verankert ist.

Auslöser ist in den meisten Fällen eine Substanz (Allergen), die direkt in die Blutbahn gelangt. Solche Auslöser kommen hauptsächlich aus drei Bereichen. Zu diesen zählen:

- **Medikamente:** In dieser Gruppe gehören Antibiotika, Rheumamittel, Organextrakte, Röntgenkontrastmittel, Allergenextrakte für Hauttests, Blutersatzmittel, Blut und Blutprodukte zu den häufigsten Auslösern.
- **Tierische Gifte:** Hier sind vor allem die Gifte von Wespen, Bienen, Hornissen, Hummeln, Ameisen und Ähnlichem zu nennen.
- **Nahrungsmittel:** Als häufigste Auslöser sind Hühnerei, Milch, Nüsse, Schalentiere und Fische bekannt.

Der anaphylaktische Schock setzt sofort (innerhalb von Minuten) nach dem Kontakt mit dem Auslöser, zum Beispiel gleich nach dem Bienenstich, ein!

Abb. 4.11: Schon Nusssplitter im Müsli können einen anaphylaktischen Schock auslösen.

Bei der Einnahme von Medikamenten und Nahrungsmitteln, die vom Körper erst abgebaut werden, können nach Stunden die allergieauslösenden Produkte entstehen, dann setzt die Schocksymptomatik erst später und langsamer ein. Diese Reaktionen sind jedoch eher selten.

Die Behandlung

Natürlich ist vor allem wichtig, dass schnell gehandelt wird. Der Körper des Betroffenen sollte flach gelagert werden. Eine leichte Tieflage von Kopf und Oberkörper ist wichtig, damit das Blut nicht „in den Beinen versackt“, sondern für das Gehirn und andere lebenswichtige Organe zur Verfügung steht.

Die wichtigste Erstmaßnahme ist das Erkennen des auslösenden Allergens sowie das Verhindern der weiteren Zufuhr.

Bei allergischen Reaktionen im Falle eines Insektenstiches unbedingt Ruhe bewahren und Panikhandlungen vermeiden. Die sofortige Alarmierung des Notarztes über Notruf kann lebenswichtig sein.

Bereits bei Symptomen eines beginnenden Kreislaufversagens sowie selbstverständlich bei manifestem Kreislauf-Schock wird Adrenalin verabreicht (vom Patienten als Fertigspritze unter die Haut, seitens des Notarztes zumeist intravenös). Adrenalin steigert in Sekundenschnelle die Herz-Kreislauf-Funktion. Es ist ein starkes Stresshormon und bewirkt, dass die Leistung des Herzens ansteigt und sich die Blutgefäße verengen. Außerdem erleichtert es die Atmung. So wird erreicht, dass der Körper wieder mehr Blut zur Verfügung hat.

Als Folge des Schocks ist die Flüssigkeitsmenge in den Gefäßen vermindert. Dieser Mangel wird durch Infusionen ausgeglichen.

Lebensgefahr!

Auch wenn nur Frühsymptome auftreten, sollten Sie umgehend einen Arzt aufsuchen oder in schweren Fällen den Notarzt verständigen. Ein weiterer Kontakt mit dem allergieauslösenden Stoff kann lebensbedrohlich werden.

Das soll vor allem helfen, den Blutdruck wieder zu steigern. Gleichzeitig mit der Infusion wird dem Körper Cortison zugeführt. Es hemmt die Entzündungsreaktion des Körpers.

Erste-Hilfe-Maßnahmen bei Kindern

- *Sofort den Notarzt verständigen!*
- *Kind mit erhöhten Beinen flach lagern (Schocklagerung), bei Atemnot den Oberkörper hoch lagern.*
- *Kind beruhigen, warm halten und nicht allein lassen, bis der Notarzt eintrifft.*
- *Wenn Sie Medikamente wie Asthmasprays zur Hand haben, verwenden Sie diese.*
- *Es gibt ein sehr wirksames Notfall-Set bestehend aus Antihistaminika-Tropfen, Cortison-Saft und einer Adrenalin-Fertigspritze, die auch medizinisch Ungeübte leicht verabreichen können. Dieses sollten Patienten (auch Kinder) ständig bei sich führen, bei denen schon einmal eine schwere allergische Reaktion aufgetreten ist. Vor allem bei Insektengiftallergikern, die oft mitten in der Natur und fernab von schneller ärztlicher Hilfe gestochen werden, kann dieses Notfall-Set lebensrettend sein.*

Ein anaphylaktischer Schock muss jedoch immer individuell behandelt werden. Die Behandlung muss sich dabei an der Schwere der Reaktion ausrichten. Deshalb können die Maßnahmen unterschiedlich sein.

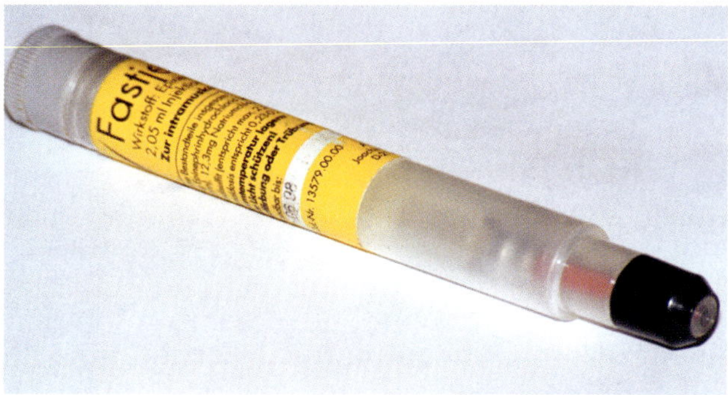

Abb. 4.12: Insektengiftallergiker sollten in der warmen Jahreszeit immer eine Fertigspritze als Gegenmittel bei sich tragen.

Die Verhütung (Prophylaxe)

Eine genaue Allergietestung muss die Ursache für den Zwischenfall klären. Bei Insektengiftallergie ist eine Hyposensibilisierung die Behandlung der Wahl und die beste Vorsorge für neuerliche Schockereignisse. Im Falle der Medikamente und der Nahrungsmittel ist die Meidung die effektivste Prophylaxe. Patienten mit Insektengiftallergie, die sich nicht impfen lassen wollen oder dürfen, und Patienten mit Allergien gegen häufige Nahrungsmittel (wie zum Beispiel Gewürze) sollten mit dem oben erwähnten Notfall-Set ausgerüstet werden, um sich im Notfall selbst behandeln zu können.

Nichtallergische Überempfindlichkeitsreaktionen

Allergische Symptome können auch auf Überempfindlichkeitsreaktionen beruhen, bei denen das Immunsystem keine Rolle spielt. Man unterscheidet drei verschiedene Formen:

- Pseudoallergie (gr. pseudos = Lüge, Täuschung),
- Intoleranzreaktion (lat. intolerantia = Unverträglichkeit),
- Idiosynkrasie (gr. idios = besonders; gr. synkrasis = Mischung).

Die Pseudoallergie

Hautausschläge, Quaddelbildung, Schnupfen, asthmatische Anfälle – das sind äußere Anzeichen, wie sie für allergische Reaktionen typisch sind. Nicht immer aber sind diese Krankheitserscheinungen auf eine Allergie zurückzuführen. In diesen Fällen wird von allergieähnlichen Reaktionen oder von einer Pseudoallergie gesprochen.

Das Immunsystem ist in diesen Fällen nicht beteiligt.

Bei einer „echten" Allergie wird das Krankheitsbild durch eine fehlgeleitete Funktion des Immunsystems verursacht. Bei einer Pseudoallergie ist der Wirkmechanismus direkter. Es ist zum Beispiel keine Sensibilisierung erforderlich, wie dies bei Allergien erfolgt.

Die Unterscheidung zwischen „Pseudo-" und „echten" Allergien bedeutet nicht, dass Menschen mit Allergien richtig krank sind und Pseudoallergiker nicht. Pseudoallergien sind keine „eingebildeten" Krankheitsbilder, sondern genau so schwerwiegend wie echte Allergien. Die Betroffenen leiden genau so heftig, auch wenn ihre Reaktion nicht vom Immunsystem abhängt.

Grundsätzlich gibt es verschiedene Mechanismen, die zur Auslösung einer pseudoallergischen Erkrankung führen:

- Einige Nahrungsmittel enthalten freies Histamin. Dazu gehören z. B. bestimmte Fischsorten wie Tunfisch, geräucherte Makrele und Sardellen. Bei der Verdauung gelangt das Histamin durch die Darmschleimhaut in den Körper und wirkt dort so, als wäre es in Folge einer Antigen-Antikörper-Reaktion von den Mastzellen ausgeschüttet worden. Betroffene leiden dann, wie bei einer „echten" Allergie unter Juckreiz, Nesselsucht, Magenschmerzen, Übelkeit, Durchfall und Kopfschmerzen. Bei schlecht konserviertem Fisch oder abgelaufenem Haltbarkeitsdatum kann der Histamingehalt in Fischkonserven sogar so hoch sein, dass ein lebensbedrohliches Krankheitsbild entsteht.

- Andere Stoffe, z. B. verschiedene Lektine, lösen direkt eine Freisetzung von Histamin aus den Mastzellen aus. Lektine kommen vor allem in Gemüse, Früchten und Getreidearten vor. So lösen Erdbeeren, aber auch Soja Pseudoallergien aus.

- Außerdem setzen bestimmte Nahrungsmittelzusatzstoffe, u. a. Benzoesäure, Substanzen frei, die Fresszellen anlocken. Durch diesen Mechanismus verändert sich das umliegende Gewebe und es entsteht ein allergisches Krankheitsbild.

Abb. 4.13: Durch die Freisetzung von Histaminen können zahlreiche Obst- und Gemüsesorten Pseudoallergien auslösen.

Die Unterschiede zu den „echten" Allergien sind für die Behandlung entscheidend. Obwohl die Krankheitsbilder bei Pseudoallergien den Allergien vom Typ I gleichen, finden sich bei einer Untersuchung keine erhöhten IgE-Antikörperspiegel. Das ist eine wichtige Unterscheidung und belegt, dass das Immunsystem nicht beteiligt ist. Ein weiteres Unterscheidungsmerkmal ist, dass bei Pseudoallergien, wie bereits erwähnt, keine Sensibilisierung erfolgen muss, wie dies für Typ-I-Allergien typisch ist. Bereits beim ersten Kontakt mit der körperfremden Substanz treten Krankheitssymptome auf. Bei Pseudoallergien hängt die Schwere der Reaktion stark von der Menge der auslösenden Substanz ab. Geringere Mengen des Auslösers führen zu weniger ausgeprägten Beschwerden. Auch das ist bei den „echten" Allergien anders. Dort können auch geringe Mengen des Auslösers zu heftigen Beschwerden führen.

Die Intoleranzreaktion

Eine andere Form der Unverträglichkeitsreaktion ist die Intoleranzreaktion. Bei einem Menschen mit einer Intoleranz gegenüber bestimmten Stoffen lösen schon geringe Dosen toxische Reaktionen aus. Als Beispiel sei hier die Disaccharid-Intoleranz genannt. Schon geringe Mengen dieses Zuckers führen zu starken Durchfällen. Diese Intoleranz beruht auf einem ererbten oder erworbenen Mangel an disaccharidspaltenden Enzymen. Intoleranzreaktionen aufgrund eines Enzymmangels können zu Hämolysen (Auflösung der Erythrozyten) führen und dadurch mit allergischen Reaktionen des Typs II verwechselt werden.

Die Idiosynkrasie

Eine angeborene Überempfindlichkeit gegenüber bestimmten Stoffen, die bereits in geringen Dosen heftige Reaktionen hervorrufen, wird als Idiosynkrasie bezeichnet. Bei Vorliegen einer Idiosynkrasie können sonst harmlose Schmerzmittel (wie Acetylsalicylsäure/Aspirin) Asthma bronchiale auslösen. Ein anderes Beispiel ist der Favismus (ital. fava = Bohne), der nach Genuss von Saubohnen auftritt und sich in einer hämolytischen Anämie äußert, die sogar zum Tod führen kann. Der Favismus geht auf einen X-chromosomal vererbten Glucose-6-Phosphat-Dehydrogenase-Mangel zurück.

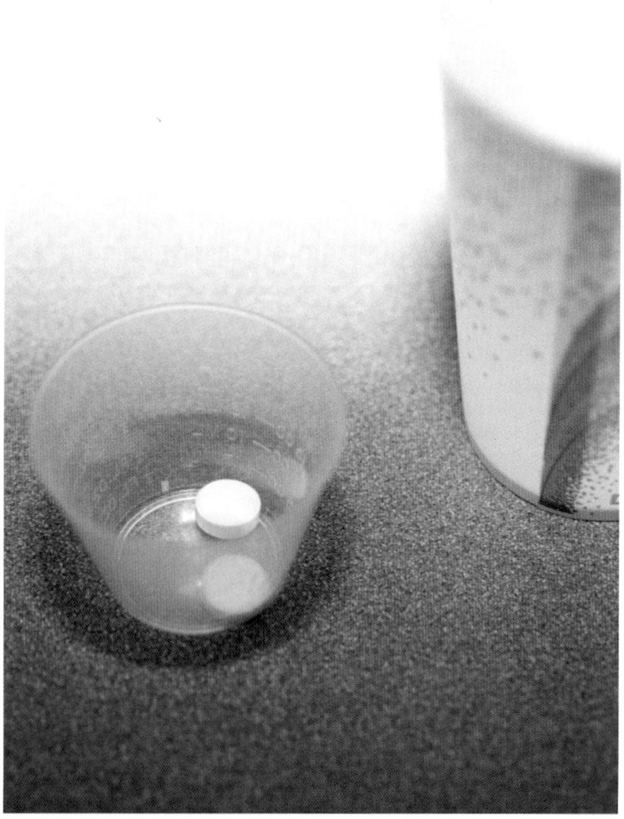

Abb. 4.14: Bei einer Idiosynkrasie können harmlose Schmerzmittel zu einem Asthmaanfall führen.

Die Diagnostik

Bei der Diagnostik allergischer Erkrankungen besteht das spezielle Problem, dass den allergisch bedingten Krankheitsbeschwerden eine Unmenge auslösender Substanzen gegenübersteht. Aufgrund dieser Vielzahl der Allergene muss der Arzt verschiedene Tests zur Feststellung der jeweils auslösenden Allergene durchführen. Daher ist die Allergiediagnostik in vier Stufen unterteilt, die wir im Folgenden einzeln ansprechen möchten.

Die Anamnese

Ein Gespräch zwischen Arzt und Patient soll es dem Arzt ermöglichen, anhand bestimmter Merkmale den Kreis der in Frage kommenden Allergene einzuschränken.

Aus der Erhebung der allergologischen Krankheitsvorgeschichte können bereits wertvolle Hinweise auf den möglichen Allergieauslöser gewonnen werden. Zusätzlich sollen die häusliche und berufliche Umwelt, die Lebens- und Ernährungsgewohnheiten sowie die zumindest orientierende Erfassung des psychosozialen Umfeldes berücksichtigt werden. In besonderer Weise sind selbst beobachtete Beziehungen zwischen den allergischen Symptomen und möglichen Allergenen sowie die Umgebungsbedingungen privater und beruflicher Art festzuhalten. Besonders wichtig sind die Erfassung des Krankheitsbeginns (auch möglicher „Vorboten") und die Hinweise auf den primären, das heißt allerersten Allergenkontakt.

Abb. 5.1: Am Beginn der Diagnostik steht die Anamnese, das heißt die Befragung durch den Arzt nach allen relevanten Daten.

Die Hauttests

Die verschiedenen heute angewandten Hauttests sind das Fundament der Allergiediagnostik. Hier werden Proben verschiedener Substanzen (mögliche Allergene) auf die Haut aufgebracht und beobachtet, ob eine allergische Reaktion an dieser Hautstelle (als Pustel oder Quaddel) auftritt. Das Grundprinzip im diagnostischen Vorgehen ist es, die Haut gezielt den möglichen Allergenen auszusetzen. Reagiert die Haut auf einen bestimmten Stoff mit einer Blase (Quaddel), Rötung und/oder Juckreiz, kann man die allergieauslösende Substanz klar zuordnen.

Wichtiger Hinweis!

Die Hauttests führen zu falschen Ergebnissen, wenn gleichzeitig Antihistaminika oder Corticosteroide eingenommen werden. Daher sollten Antihistaminika mindestens fünf Tage vor einem beabsichtigten Hauttest gemieden werden.

Je nach diagnostischer Zielsetzung kann sich der Arzt beschränken und durch Einzelproben die laut vorhergehender Befragung verdächtigen Allergene prüfen. Dies wird als Bestätigungstest bezeichnet. In den meisten Fällen jedoch handelt es sich um eine Suchdiagnostik, bei der es darauf ankommt, durch Gruppenextrakte in einer einzigen Sitzung ein möglichst breites Allergenspektrum zu erfassen.

Grundsätzlich unterscheidet man fünf verschiedene Testverfahren, deren Ziel es ist, die Vielzahl der Verursacher einzugrenzen. Durch Bewertung der Reaktion wird das auslösende Allergen festgelegt.

Der Prick-Test

Ein Prick-Test dient als routinemäßige Untersuchung, um festzustellen, ob bestimmte Substanzen als Auslöser einer Allergie verantwortlich sind. Hierbei werden Allergenlösungen ebenfalls auf den Unterarm getropft, danach wird mittels kleiner Nadeln, so genannter Lanzetten, die Oberhaut durchstochen. Hierdurch gelangt das Allergen in die Nähe der oberflächlichen Blutgefäße der Haut und damit in Kontakt zu den dort befindlichen Mastzellen. Die allergische Reaktion (eine Typ-I-Reaktion) wird durch die gleichen Substanzen und Zellen des Abwehrsystems ausgelöst, die auch sonst beteiligt sind, und bleibt in der Regel auf die Haut begrenzt (Rötung, Quaddelbildung).

Wie verläuft die Untersuchung?

Jeweils ein Tropfen einer entsprechenden Testlösung wird zuerst auf die Haut aufgetragen. Mit einer Lanzette wird anschließend die Haut durch den Tropfen kurz angeritzt. Es wird lediglich die Oberfläche der Haut aufgekratzt, damit die Testlösung in das Hautinnere eindringen kann.

Zur Kontrolle wird als Vergleichslösung Histamin getropft, dies ist der Botenstoff, der aus Mastzellen bei einer allergischen Reaktion freigesetzt wird. Bei dieser so genannten Positiv-Kontrolle muss es zur Quaddelbildung kommen. Als weitere Kontrolle wird Kochsalzlösung verwendet. Dies ist die so genannte Negativ-Kontrolle, bei der es nicht zur Quaddelbildung kommen darf; kommt es bei empfindlichen Personen dennoch dazu, ist dies ein Zeichen einer erhöhten mechanischen Irritierbarkeit der Haut. Die positive Reaktion eines typischen Allergens im Prick-Test ist dann nicht mehr aussagekräftig.

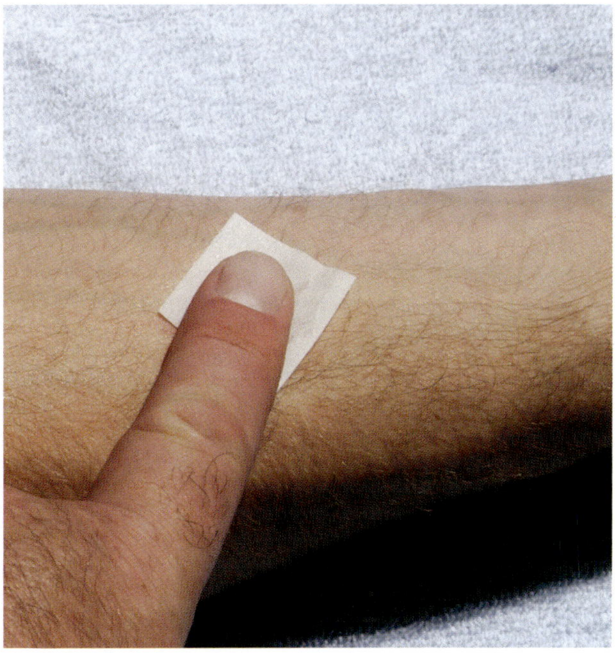

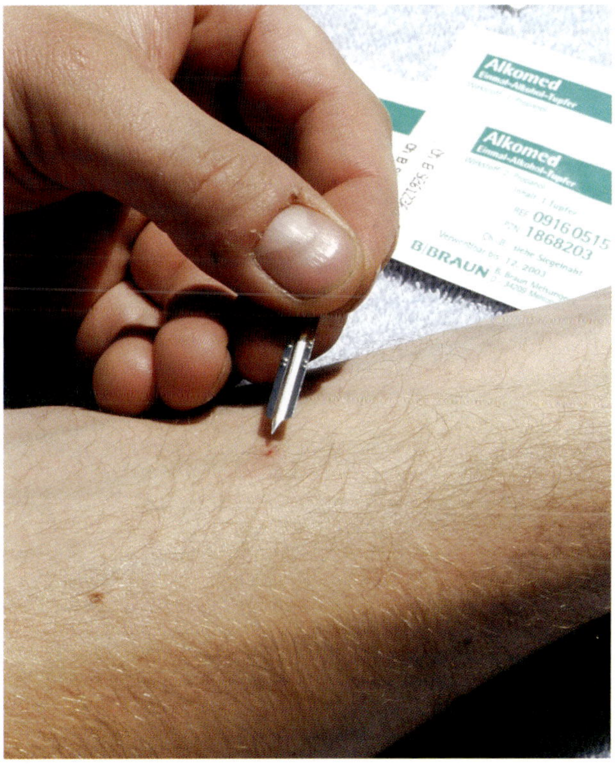

Abb. 5.2 und 5.3: Beim Prick-Test wird zunächst auf der Innenseite des Unterarms die allergene Testsubstanz aufgebracht und anschließend mit einer kleinen Lanzette etwa ein Millimeter tief in die Haut geritzt.

Kommt es bei der Testlösung zu einer Rötung und einer Quaddelbildung an der Haut, die mindestens halb so groß wie die der Histaminlösung ist, wird die Reaktion als positiv interpretiert. Positive Reaktionen bedeuten, dass der Patient für diese Substanzen empfindlich ist. Weitere Untersuchungen können dann notwendig sein, um zu erhärten, dass diese Substanzen auch die gesuchten Allergieauslöser sind (Hauttests, Inhalationstests, Bluttests etc.). Etwa 25 bis 30 Prozent jüngerer Menschen zeigen positive Hautreaktionen in einem Prick-Test, ohne dass sie allergische Beschwerden aufweisen.

Einfacher zu beurteilen ist eine negative Reaktion im Prick-Test. Der Patient besitzt gegenüber den getesteten Substanzen keine erhöhte Empfindlichkeit. Diese können somit als Auslöser einer Allergie ausgeschlossen werden.

Gewöhnlich kommt es an der Einstichstelle zu Juckreiz. Dieser ist während der ersten 30 Minuten am unangenehmsten und nimmt danach ab. Gegen den Juckreiz hilft meist eine juckreizstillende Salbe (Antihistaminikum).

Mögliche allergische Reaktionen, die den gesamten Organismus betreffen, sind bei dieser Untersuchung sehr selten und treten hauptsächlich innerhalb der Wartezeit auf, so dass ärztliche Hilfe sofort vorhanden ist.

Abb. 5.4: Bei Obst- und Gemüseallergien ist die Aussagekraft von vorgefertigten Allergenlösungen als Testsubstanz nur gering.

Abb. 5.5: Mit einem Prick-Test kann eine Tierhaarallergie relativ eindeutig nachgewiesen werden.

Bei einem positiven Prick-Test kommt es zur Quaddelbildung und Rötung. Der Prick-Test ist das allgemein gebräuchlichste Hauttest-Verfahren, für die häufigsten Allergene stehen fertige Lösungen zur Verfügung. Die Aussagekraft ist für Pollen, Hausstaub und einzelne Nahrungsmittel wie Ei und Fisch sehr gut, für andere Allergene, z. B. Obst, Gemüse und Fleisch, ist die Aussagekraft bei Verwendung kommerzieller Allergenlösungen dagegen nur gering. Bei diesen Allergenen ist es daher bei Verdacht sinnvoll, das einzelne Nahrungsmittel, z. B. Sellerie, direkt als frisches Nahrungsmittel für die Testung zu verwenden.

Sämtliche Ergebnisse sind jedoch nur im Zusammenhang mit einem ausführlichen Ge-

Allergene im Prick-Test

Im Prick-Test können beispielsweise die folgenden großen Gruppen von Allergenen enthalten sein:

- *Pollen (z. B. von Birke, Erle, Haselnuss und Gräsern),*
- *Hausstaubmilben,*
- *Schimmelpilze,*
- *Tierhaare,*
- *Nahrungsmittel (Milch-, Eier- und Fischeiweiß, Hülsenfrüchte und Obst).*

spräch über bisherige, vom Patienten selbst beobachtete Reaktionen verwertbar. Wie gesagt, positive Reaktionen im Test sind nicht unbedingt gleichbedeutend mit einer Allergie auf den entsprechenden Stoff.

Der Intrakutan-Test

Beim Intrakutan-Test wird die Testlösung in die Haut injiziert. Für die Testung müssen ausschließlich sterile Allergenlösungen verwendet werden, die mittels einer Spritze mit sehr feiner Kanüle direkt in die Haut gespritzt werden. Auch hier dienen Histaminlösungen als positive und physiologische Kochsalzlösung als negative Kontrolle. Die Reaktion wird entsprechend abgelesen. Der Intrakutan-Test ist etwa 1000-mal empfindlicher als der Prick-Test, ergibt aber häufiger falsche positive Ergebnisse, vor allem bei Nahrungsmittelallergenen. Darüber hinaus ist er auch gefährlicher, da es eher zu allergischen Allgemeinsymptomen kommen kann. Er wird hauptsächlich bei so genannten „schwachen" Allergenen wie Hausstaub, Schimmelpilzen und Ähnlichem eingesetzt.

Der Scratch-Test

Dieser Test verläuft verglichen mit dem Prick-Test in umgekehrter Reihenfolge, das heißt zunächst wird die Haut eingeritzt, dann wird die Testlösung aufgetragen. Wegen der relativ großen Hautreizung ist dieser Test nicht immer eindeutig. Daher hat der Scratch-Test heute an Bedeutung verloren.

Der Reib-Test

Das Allergen beziehungsweise das native oder originale Testmaterial, zum Beispiel ein verdächtiges Nahrungsmittel wie eine Mohrrübe, wird mehrfach auf der Innenseite des Unterarms hin- und hergerieben, wodurch das Allergen in die Haut gelangt. Dieser Test wird dann eingesetzt, wenn eine hochgradige Sensibilisierung des Patienten besteht. Da dieser Test mit dem natürlichen Allergen durchgeführt wird, ist er auch geeignet, wenn die allergieauslösende Substanz nicht in industriell vorgefertigter Ausführung erhältlich ist. Im Falle einer Allergie kommt es an der Kontaktstelle zu Hautrötung, Juckreiz und Quaddelbildung.

Der Epikutan-Test

Dieser Test ist auch als so genannter Pflaster-Test bekannt. Pflaster mit einer allergenhaltigen Substanz werden dazu auf die Haut (bevorzugt Rücken) geklebt und nach 24, 48 oder 72 Stunden abgelesen. Dieser Test dient vor allem zur Identifizierung von Typ-IV-Allergenen, da es hier erst sehr viel später zu allergischen Reaktionen kommt. Durch den Epikutan-Test können damit vor allem allergische Kontaktekzeme untersucht werden, also beispielsweise Unverträglichkeiten gegen Nickel (Modeschmuck), Kobalt, Kosmetika und Duftstoffe.

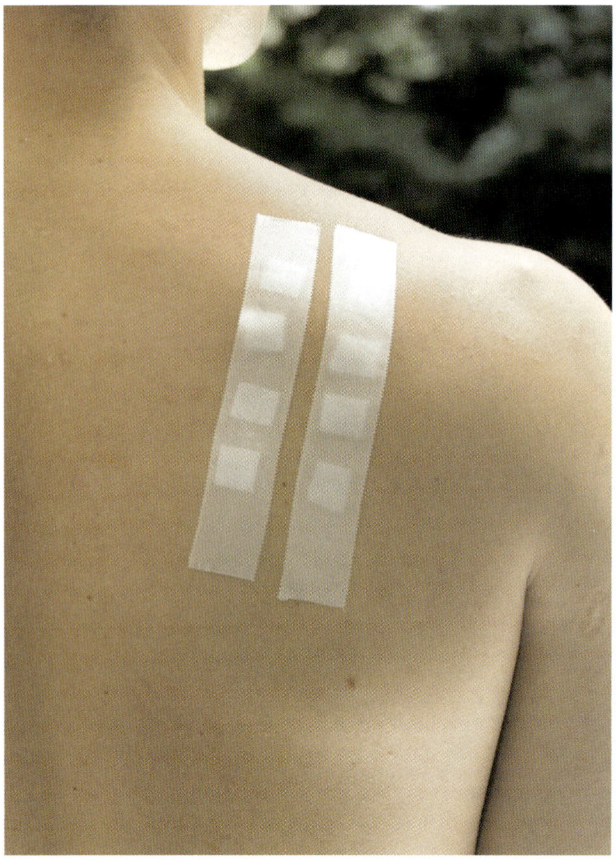

Abb. 5.6: Pflaster mit allergenhaltigen Substanzen verbleiben für 1–3 Tage auf dem Rücken.

Je nach der Hautreaktion an den Stellen, an denen das Testmaterial auf der Haut angebracht war, sieht man, ob der Betreffende auf den Kontakt mit bestimmten Substanzen allergisch reagiert oder nicht. Das heißt im Einzelnen:

- Bleibt die Haut normal, liegt keine Allergie vor.
- Ist sie leicht gerötet, besteht eine schwache Kontaktallergie – je nach Stärke der Reaktion bis zur ausgeprägten Kontaktallergie.
- Bei einer blasigen, nässenden Entzündung der Haut liegt eine toxische Kontaktreaktion (nicht allergisch, sondern direkt durch die chemische Wirkung des Stoffes bedingt) vor.

Mit dem Epikutan-Test kann man eine relativ große Anzahl von potenziellen Allergieauslösern gleichzeitig austesten. Die häufigsten Kontaktallergene sind in vorgefertigten Testpflastern mit der so genannten Standardserie enthalten. Ärzte, die Epikutan-Tests durchführen, haben diese Testpflaster in ihrer Praxis. Für spezielle, berufsspezifische Fragestellungen (z. B. für Friseure, Bäcker etc.) gibt es schließlich eigens abgestimmte Testserien.

Die Labortests

Zu den Labortests zählen vor allem Bluttests, bei denen mit Hilfe von Blutproben die Reaktionsbereitschaft und spezifische Sensibilisierung gegen die getesteten Allergene im Labor untersucht werden. Eines der zu verwertenden Kriterien ist beispielsweise das Vorhandensein spezifischer IgE-Antikörper (Immunglobulin E). Die Bluttests dienen üblicherweise als Bestätigung der Hauttests. Im Blut können die während der Sensibilisierungsphase gebildeten Antikörper nachgewiesen werden.

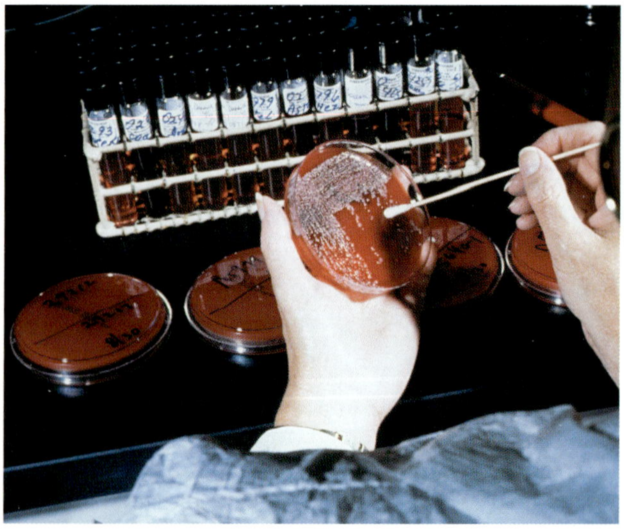

Abb. 5.7: Die Ergebnisse der Blutuntersuchungen können die Hauttests bestätigen.

Wie aussagekräftig sind Bluttests?

Sicher aussagekräftige Labortestungen stehen heutzutage ausschließlich für die Soforttyp-Allergie (Typ-I-Allergie, z. B. Heuschnupfen, allergisches Asthma) zur Verfügung. Gerade im Bereich der Labortestungen besteht eine Vielzahl nicht sicher aussagekräftiger Testmethoden, die dem Patienten angeboten, aber von den Krankenkassen nicht bezahlt werden. Diese Testmethoden sind unbedingt zu vermeiden. Die einzige aussagekräftige Testmethode ist die Bestimmung des spezifischen IgEs, des Antikörpers, der für Soforttyp-Allergien verantwortlich ist. Für die Aussagekraft der IgE-Bestimmung gelten die gleichen Einschränkungen wie beim Hauttest. Empfindliche Allergene, wie Obst, Gemüse und Fleisch, lassen sich auch mit der Untersuchung im Blut nur ungenau nachweisen. Darüber hinaus ist unbedingt zu beachten, dass alle Ergebnisse des Bluttests lediglich eine Sensibilisierung nachweisen können, d. h. die Bereitschaft des Körpers, allergisch zu reagieren. Die Bedeutung jedes einzelnen Allergens muss auch hier überprüft werden. Auf keinen Fall sollten z. B. Kindern aufgrund von IgE-Bestimmungen Diäten auferlegt werden, die nicht weiter überprüft werden.

Radioimmunologische und enzymimmunologische Testverfahren

Radioimmunologische und enzymimmunologische Testverfahren dienen dem Nachweis von speziellen Antikörpern, die bei bestimmten Erkrankungen im Blut in erhöhten Spiegeln vorliegen, etwa bei allergischem Asthma, allergischer Rhinitis oder der Neurodermitis.

Beide Testverfahren erfordern eine herkömmliche Blutabnahme. Im Labor werden folgende Schritte durchgeführt, die einem ähnlichen Muster folgen:

1. Auf eine Trägeroberfläche wird ein bekanntes Antigen chemisch gekoppelt.

2. Die unbekannten Testantikörper (z. B. nachzuweisende Allergieantikörper im Blutserum des Patienten) werden mit diesem Träger inkubiert, das heißt der Träger wird eine bestimmte Zeit in das Blutserum gelegt. Dabei kommt es im positiven Fall zu einer Bindung zwischen dem bekannten Antigen und dem nachzuweisenden Antikörper, im negativen Fall bleibt eine Bindung aus.

3. Anschließend werden „markierte Antikörper“ zugegeben. Diese erkennen nun, ob im ersten Schritt eine Bindung stattgefunden hat (positive Reaktion) oder nicht (negativer Test).

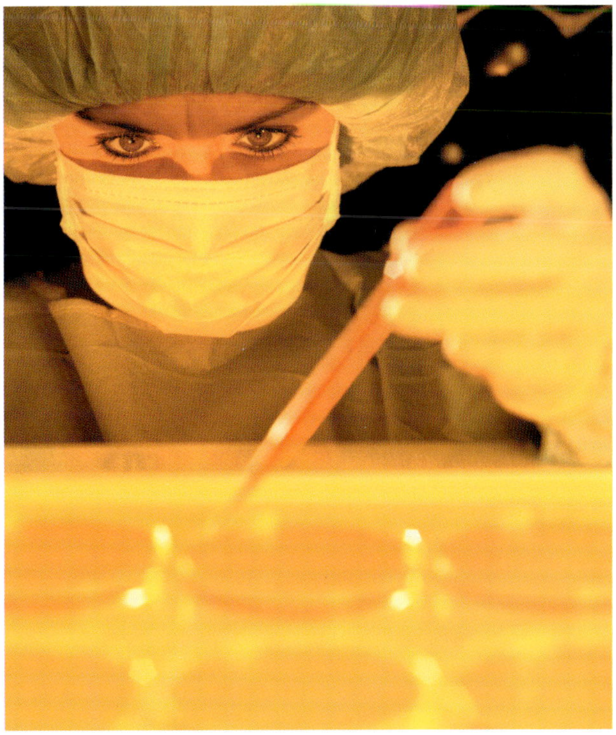

Abb. 5.8: Radioimmunologische Testverfahren sind sehr aufwändig, aber durchaus aussagekräftig.

Radioimmunologische Testverfahren verwenden radioaktiv markierte Antikörper, deren Radioaktivität schließlich gemessen wird. Eine Strahlung kann nur gemessen werden, wenn in der Blutprobe Antikörper gegen das Antigen tatsächlich vorliegen. Die Stärke der Strahlung lässt zusätzlich die Bewertung zu, wie viele Antikörper im Testserum vorliegen, also wie stark die allergische Immunreaktion des Patienten ist.

Enzymimmunologische Testverfahren verwenden Antikörper, die mit einem Enzym beladen sind und eine Farbreaktion auslösen können. Hier wird die Farbreaktion gemessen.

Es sei an dieser Stelle noch einmal betont, dass bei allen Untersuchungen positive Ergebnisse keineswegs einer definitiven Diagnose entsprechen. Sie können aber eine erhöhte Empfindlichkeit gegen bestimmte Allergene untermauern. Letztendlich ist nur im Zusammenspiel mit einem ausführlichen ärztlichen Gespräch und anderen Untersuchungsmethoden (Hauttests, Provokationstests, klinische Beschwerden etc.) eine genauere Aussage über die Erkrankung möglich.

Nachanamnese und Provokationstest

Die Deutung der Testergebnisse erfordert immer eine Überprüfung, und zwar durch die Erhebung einer Nachanamnese. Hier werden vor allem die folgenden Fragen geklärt:

- Ist der Patient überhaupt dem Allergen ausgesetzt?
- Passen Symptome und Testergebnis zusammen?

Ob der durch positive Hauttests und/oder Bluttests ermittelte IgE-Antikörper einer aktuellen klinischen Wirksamkeit des jeweiligen Allergens entspricht, kann nur durch die direkte Prüfung am betroffenen Organ mit Hilfe eines Provokationstests endgültig geklärt werden.

Abb. 5.9: Alle Testergebnisse werden erfasst und gedeutet.

Der Provokationstest

In einem letzten Test wird abgesichert, ob es sich wirklich um das beziehungsweise die ermittelten Allergene handelt. Hierzu wird das „verdächtige“ Allergen direkt auf die Schleimhäute (Nasen-, Bronchialschleimhaut) aufgebracht und die Reaktion beobachtet. Sollte das Immunsystem auf die Fremdkörper reagieren, kann man mit großer Sicherheit davon ausgehen, dass es sich um den „Provokateur“ handelt.

Diese Untersuchung darf nur unter fachkompetenter Aufsicht erfolgen, da Risiken mit ihr verbunden sind (u. a. anaphylaktischer Schock).

Während Hauttestungen grundsätzlich nur über die Bereitschaft des Körpers, allergisch zu reagieren (Sensibilisierung), eine Aussage treffen können, kann der Provokationstest den Beweis erbringen, dass der Patient auf das verdächtige Allergen auch direkt mit Krankheitserscheinungen, d. h. allergisch, reagiert. Provokationstestungen sind grundsätzlich an allen von der allergischen Reaktion betroffenen Organen möglich. Praktische Bedeutung haben vor allem der nasale Provokationstest, der Nahrungsmittel-Provokationstest und der Medikamenten-Provokationstest.

Beim nasalen Provokationstest werden die Allergene direkt in die Nase gesprüht und im Anschluss daran wird die Behinderung der Nasenatmung gemessen. Wenn unklar ist, welches Allergen beispielsweise der wirkliche Auslöser einer allergischen Rhinitis ist, ist dieser Test unerlässlich. Das Gleiche gilt für die Testung von Nahrungsmittelallergenen. Sehr oft finden sich beim Patienten vielfältige Sensibilisierungen auf Nahrungsmittel, die jedoch klinisch unbedeutend sind. Es muss daher gefordert werden, dass die Bedeutung jedes einzelnen Nahrungsmittels im Provokationstest gesichert ist, bevor eine für den Patienten einschneidende Diät begonnen wird. Die Provokationstestungen können grundsätzlich „offen“ durchgeführt werden:

- Patient und Arzt wissen, um welches Allergen es sich handelt.
- Entsteht keine Reaktion, kann mit Sicherheit die Aussage getroffen werden, dass das Allergen vertragen wird.
- Entstehen jedoch zweifelhafte Reaktionen, muss die Testung idealerweise im so genannten doppelblinden Provokationstest wiederholt werden. Bei dieser Testung muss das Allergen von einer dritten Person versteckt (z. B. in ein anderes Nahrungsmittel eingerührt) werden und Arzt und Patient wissen nicht, an welchem Tag der Testung das vermeintliche Allergen und an welchem Tag nur das andere Nahrungsmittel, in dem das vermeintliche Allergen versteckt wurde, getestet wird (Placebo-/Schein-Testung). Auf eine ähnliche Art und Weise können auch Medikamente getestet werden.

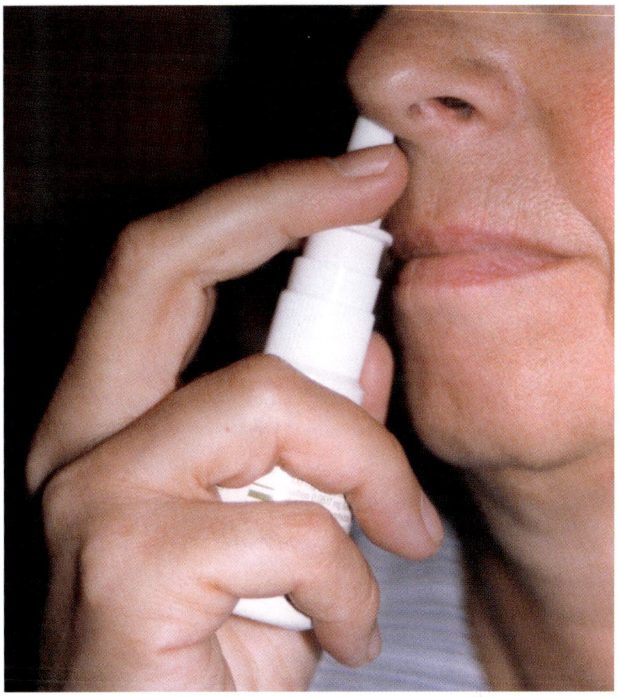

Abb. 5.10: Auch der nasale Provokationstest darf nur unter ärztlicher Aufsicht stattfinden.

Grundsätzlich besteht bei Provokationstestungen die Gefahr einer allergischen Allgemeinreaktion, die sich meistens in dem Rahmen zeigt, in dem auch in der Vergangenheit allergische Beschwerden aufgetreten sind. Handelt es sich hierbei um milde Reaktionen, z. B. die Verschlechterung eines Ekzems, können Provokationstests durchaus ambulant durchgeführt werden. Bei schwerwiegenden Reaktionen mit den Gefahren eines anaphylaktischen Schocks müssen diese Provokationstestungen unbedingt unter ärztlicher Aufsicht stationär durchgeführt werden.

Fallbeispiel: Heuschnupfen-Diagnostik

Verdächtig für das Vorliegen von Heuschnupfen ist, wenn sich im Frühjahr oder Sommer ein Schnupfen ohne nachvollziehbaren Anlass einstellt, auch nach mehreren Wochen noch nicht abklingt, jedoch während einer längeren Regenperiode nachlässt, aber sich anschließend bei einer Gutwetterphase wieder einstellt. Zur Erkennung einer Pollenallergie werden Hauttests durchgeführt, bei denen Pollenextrakte auf die Haut aufgebracht bzw. in die Haut eingeritzt werden. Wenn eine Allergie gegen die in der Probe enthaltenen Pollen besteht, entwickelt sich an dieser Stelle innerhalb von 20 Minuten eine mückenstichähnliche Schwellung und Hautrötung. Ergänzend kann eine Blutuntersuchung durchgeführt werden, bei der körpereigene Antikörper (spezifische IgE-Antikörper) gegen die Pollen nachgewiesen werden können. Zur weiteren Absicherung der Diagnose kann ein Provokationstest durchgeführt werden, bei dem der verdächtige Pollen auf die Nasenschleimhaut aufgesprüht wird, um die Heuschnupfensymptome zu „provozieren".

Diagnostik bei Nahrungsmittelallergien

Bei einer allergisch bedingten Nahrungsmittelunverträglichkeit ist die Diät eine geeignete Diagnose- und Therapiemethode. Um festzustellen, welches Nahrungsmittel als Allergen in Frage kommt, beginnt man mit einer Suchdiät, in deren Verlauf die vermuteten Auslöser vom Speiseplan genommen werden. Nach einem vorgegebenen Plan werden diese wieder neu und gezielt aufgenommen. Anhand der Symptome wird festgestellt, welches Lebensmittel die Beschwerden hervorruft.

Eine andere diagnostische Methode ist die Eliminationsdiät, die die vermuteten Auslöser völlig vom Speiseplan streicht.

Eine dritte Möglichkeit ist die Ausschlussdiät, die anfangs nur allergisch unproblematische Lebensmittel zulässt, um den Patienten nach einer Phase von etwa drei Tagen wieder mit den verdächtigen Lebensmitteln zu konfrontieren und die Reaktion zu bewerten.

Wie alle Diagnostik- und Behandlungsmethoden sollte auch die Diät unter ärztlicher Aufsicht durchgeführt werden.

Diagnostische Stufen der Nahrungsmittelallergie

- *Anamnese (Gespräch über die Krankheits- und Familiengeschichte).*
- *Hauttests (vielleicht geben Standardtestreihen hier bereits Hinweise).*
- *Auslassdiäten (der Arzt überwacht verschiedene Ernährungsmöglichkeiten, wobei das oder die vermuteten Nahrungsmittel vom Speiseplan gestrichen werden).*

Diagnostik bei Neurodermitis

Derzeit gibt es keine Untersuchung, die eine spezifische Diagnose möglich macht. Der Arzt muss sich anderer Hilfsmittel bedienen, um die Diagnose zu stellen:

Am wichtigsten ist die Befragung des Patienten über familiäre Erkrankungen, Heuschnupfen, Asthma, Schlafstörungen, Stress, Ernährung usw. Zusätzliche Untersuchungen helfen dem Arzt, ähnliche Krankheiten auszuschließen. Zu ihnen gehören auch Blutuntersuchungen und Allergietests.

Die Therapie

Von besonderer Bedeutung bei der Therapie allergischer Reaktionen sind vorbeugende Maßnahmen, wie die Vermeidung des Allergenkontaktes, also die Expositionsprophylaxe. In Abhängigkeit von dem jeweiligen Allergen kann dies allerdings schwierig sein, wie etwa bei Pollen oder Hausstaub. Menschen, die unter allergischen Reaktionen leiden, sollten grundsätzlich nicht rauchen, weder aktiv noch passiv, und auf zusatzstofffreie Nahrungsmittel achten. Säuglinge, deren Eltern an einer Allergie erkrankt sind, sollten mindestens bis zum sechsten Lebensmonat ausschließlich gestillt werden, um die Entwicklung einer Allergie möglichst hinauszuschieben.

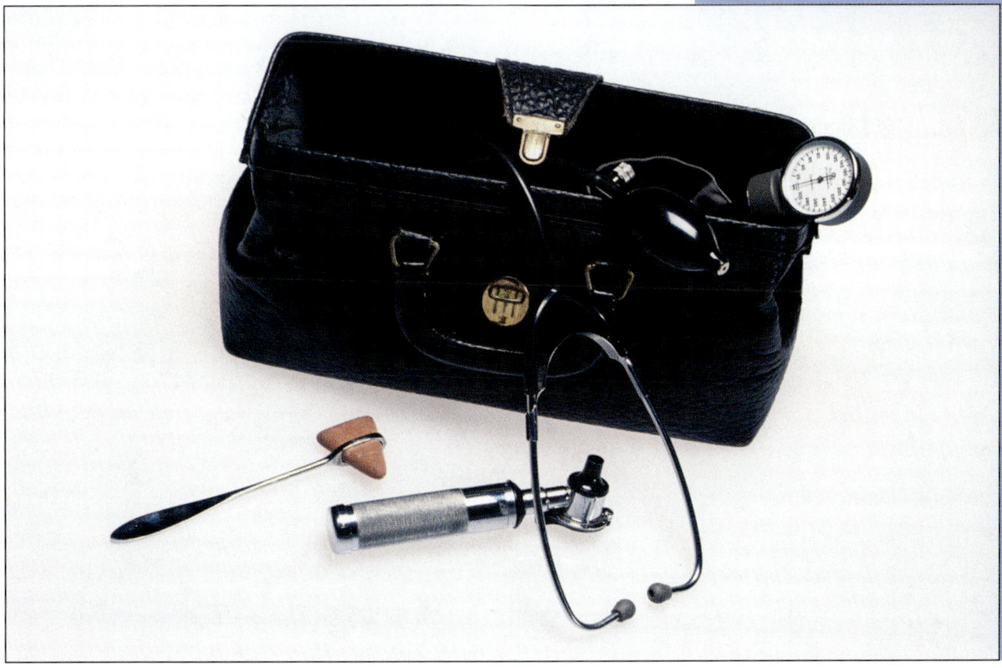

Heute ist eine Vielzahl von Medikamenten vorhanden, die einerseits den Ausbruch einer allergischen Reaktion verhindern bzw. in seiner Stärke abschwächen, wie zum Beispiel Antihistaminika und Cromoglycinsäure, oder die die bereits erfolgte allergische Reaktion mildern oder sogar abbrechen, wie zum Beispiel Glucocorticoide. Letztere sind hochwirksame Medikamente, die jedoch wegen ihrer Nebenwirkungen bei Langzeitanwendung (Osteoporose, Diabetes mellitus, Stammfettsucht, Hautveränderungen, Ödemen) wohl überlegt eingesetzt werden sollten.

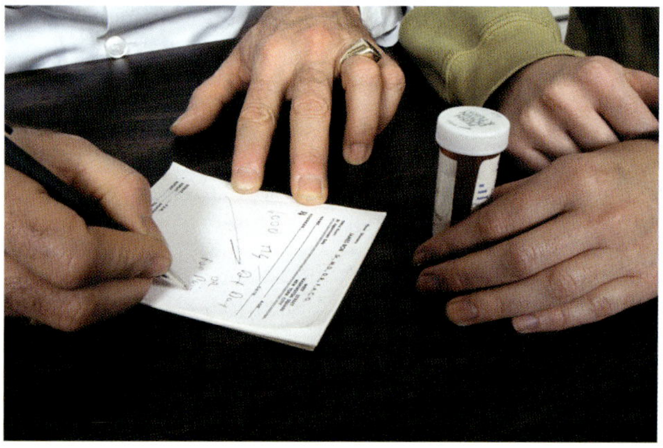

Abb. 6.1: Der Einsatz von Medikamenten gegen Allergien sollte nie ohne Rücksprache mit dem Arzt erfolgen.

Eine Sonderform der Therapie allergischer Reaktionen insbesondere vom Typ I ist die Hyposensibilisierung oder Spezifische Immuntherapie. Dabei erhält der Patient über einen Zeitraum von sechs Monaten bis mehreren Jahren das entsprechende Allergen in allmählich steigenden Mengen in Form von Injektionen.

Neben der medikamentösen Therapie haben bei einigen allergischen Reaktionen, wie zum Beispiel dem Heuschnupfen, auch Akupunktur und Homöopathie Erfolge zu verzeichnen.

Die Hyposensibilisierung

Die Hyposensibilisierung ist ein therapeutisches Verfahren, das bei Allergien vom Typ I angewandt werden kann. Man findet für dieses Verfahren auch andere Namen, z. B. Desensibilisierung oder Spezifische Immuntherapie (SIT).

Die Empfindlichkeit gegenüber einer allergieauslösenden Substanz (Allergen) wird dadurch herabgesetzt, dass man den Allergiker mit dieser Substanz wiederholt in Kontakt bringt. Die Hyposensibilisierung erreicht man durch Spritzen oder Schlucken einer speziellen Lösung, die den jeweiligen Stoff in verdünnter Form enthält. Handelt es sich um mehrere Substanzen, so werden Mischungen hergestellt. Diese Zubereitungen werden für jeden Patienten individuell angefertigt.

Der genaue Wirkmechanismus der Hyposensibilisierung ist noch nicht bekannt. Man geht davon aus, dass durch den mehrmaligen Kontakt mit der verdünnten Lösung des Allergens Antikörper gebildet werden. Diese blockieren spezielle Bindungsstellen an den Zellen, die an der Auslösung einer allergischen Reaktion durch den Kontakt mit dem Allergen beteiligt sind. Die Art der Hyposensibilisierungsbehandlung richtet sich nach dem auslösenden Allergen:

Abb. 6.2: Pollenallergiker sollten vor der Pollenflugzeit therapiert werden.

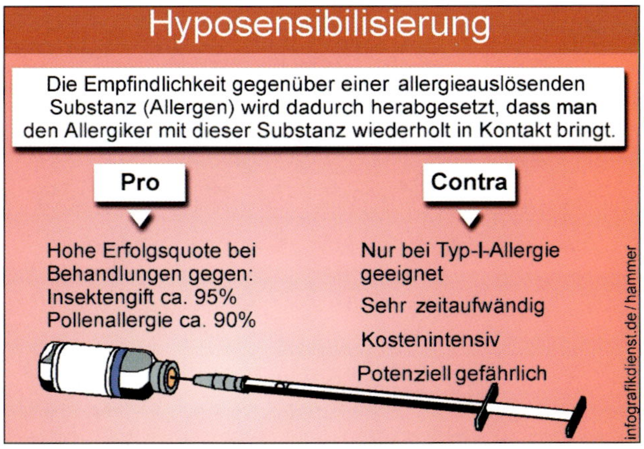

Patienten mit Heuschnupfen werden in der Regel vor Beginn der Pollenflugzeit behandelt. Der Arzt spritzt die Allergenextrakte ein- bis zweimal wöchentlich in steigender Dosis unter die Haut (subkutan), bis eine vorübergehende Entzündung erreicht ist. Diese Dosis wird dann als Erhaltungsdosis alle zwei bis vier Wochen verabreicht. Die Behandlung endet vor Beginn der Allergiesaison. Diese Kurzzeit-Immuntherapie eignet sich besonders bei saisonal bedingten Allergien, etwa gegen Pollen. In der Regel wird über drei Jahre wiederholt behandelt.

Bei Allergenen, die das ganze Jahr vorhanden sind, wie Hausstaubmilben oder Schimmelpilze, ist auch eine ganzjährige Injektionstherapie angezeigt. Nachdem die maximal tolerierte Dosis des Gemischs erreicht ist, werden Erhaltungsinjektionen über mehrere Jahre hinweg verabreicht.

Bei dieser Hyposensibilisierung handelt es sich also um eine Langzeit-Immuntherapie.

Bei der sublingualen Immuntherapie erhält der Allergiker keine Spritze, sondern nimmt das Allergen in Form von Tropfen ein. Diese sollten für rund zwei Minuten unter der Zunge verbleiben. Besonders Kinder und empfindliche Patienten profitieren von dieser schmerzfreien Therapieform. Sie ist jedoch – legt man die bisherigen Studienergebnisse zugrunde – nicht so wirksam wie die anderen Immuntherapien.

Die Erfolgsquote der Immuntherapie hängt vom Beschwerdetyp ab. Am besten sprechen Menschen mit einer Bienen- und Insektengiftallergie auf die Behandlung an, und zwar in rund 90 Prozent der Fälle. Hier ist sie auch lebenswichtig, denn bei Insektengiftallergikern führt der Kontakt mit dem Allergen nicht selten zu erheblichen Herz-Kreislauf-Reaktionen bis hin zum Schock.

Die Immuntherapie hilft etwa 70 Prozent der Patienten mit Heuschnupfen und 30 Prozent der Patienten mit Hausstaubmilben- oder Katzenallergie.

Wie bei jeder Behandlung können auch Nebenwirkungen auftreten:

- Örtliche Hautreaktion an der Impfstelle
- Schwellung oder Juckreiz bis zu 48 Stunden nach der Impfung
- Allgemeine Erschöpfung durch die starke Belastung des Immunsystems
- Quaddeln, Asthma oder Schockzustände treten selten auf. (Da alle Patienten nach der Impfung unter ärztlicher Beobachtung bleiben, können in diesen Fällen rasch die notwendigen Hilfsmaßnahmen eingeleitet werden.)

Was spricht gegen eine Immuntherapie?

Kontraindikationen für eine spezifische Immuntherapie sind Autoimmunerkrankungen. Dies gilt auch für ein Asthma bronchiale, das ohne beschwerdefreie Phasen einhergeht. Dagegen ist bei einem Heuschnupfen mit asthmoider Begleitsymptomatik eine Spezifische Immuntherapie häufig sinnvoll.

Der Wirkmechanismus

Durch die Hyposensibilisierung soll das Immunsystem beeinflusst werden, nicht die allergieauslösenden Antikörper (IgE), sondern Antikörper einer anderen Klasse (IgG) zu bilden. Bisher ging man davon aus, dass die zirkulierenden IgG-Antikörper nach Allergenkontakt die Wechselwirkung zwischen Allergen und mastzellgebundenem IgE blockieren und so eine massenhafte Ausschüttung von Histamin verhindern. Das wiederum hat dann eine Abschwächung der allergischen Reaktion zur Folge. Dies allein erklärt allerdings einige im Rahmen einer Hyposensibilisierung beobachteten Phänomene nicht ausreichend. Vermutlich spielen weitere, bisher nicht bekannte Wirkmechanismen eine Rolle.

So fällt im Verlauf der Hyposensibilisierung zwar die Konzentration der IgG-Antikörper wieder ab, die Höhe des IgG-Spiegels alleine ermöglicht aber keine zuverlässigen Rückschlüsse auf die erreichte Schutzwirkung.

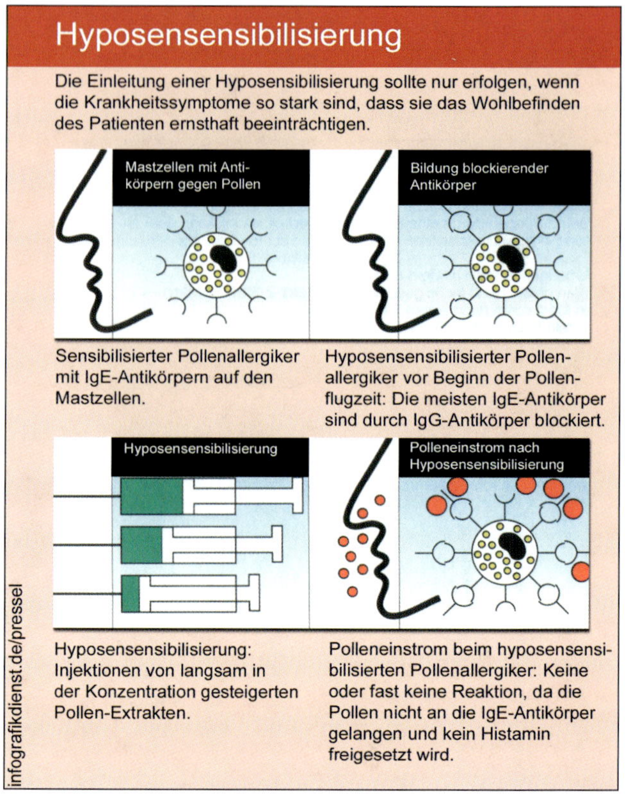

Möglichkeiten und Grenzen

Die Hyposensibilisierung ist insgesamt eine umstrittene oder doch zumindest viel diskutierte Methode. Kritiker halten sie für unzuverlässig, teuer, potenziell gefährlich und sehr aufwändig. Befürworter halten die Erfolge für ausreichend bewiesen. So gibt es denn Ärzte, die die Hyposensibilisierung überhaupt nicht anwenden. Andere Mediziner behandeln fast jeden, der nur irgendwie in Frage kommt, mit einer Form der Hyposensibilisierung.

Ein unbestrittener Nachteil ist sicherlich, dass eine solche Behandlung in der Regel zwei bis drei Jahre dauert. Die Betroffenen müssen dazu anfangs mindestens einmal in der Woche, später auch noch sehr regelmäßig zum Arzt. Nur wenn der genaue „Zeitplan" eingehalten wird, kann sich auch ein Erfolg einstellen.

Ferner sollte die Hyposensibilisierung nur eingesetzt werden, wenn einige Voraussetzungen erfüllt sind. Dazu gehören unter anderen:

- Es handelt sich um eine Typ-I-Allergie. Bei nicht IgE-vermittelten Allergien ist die Hyposensibilisierung unwirksam.
- Der Kontakt mit dem Allergen kann nicht vermieden werden.
- Das Allergen ist durch Tests genau nachgewiesen.
- Es dürfen nur wenige Allergene für die Allergie verantwortlich sein. Bei einem breiten Allergenspektrum, z. B. bei Neurodermitis, ist die Hyposensibilisierung ungeeignet.

- Der Erfolg einer Hyposensibilisierung ist eher zu gewährleisten, wenn die Betroffenen jung sind. Am besten ist er nachgewiesen für Insektengifte wie Bienen- und Wespengift.

- Bei Pollen, die zu Heuschnupfen und Asthma führen, wird die Erfolgsquote noch mit 70 bis 80 Prozent angegeben. Hier ist aber bei der Anwendung Vorsicht geboten. Die Überempfindlichkeit gegen unspezifische Reize, wie sie für Asthmatiker so typisch ist, wird durch die Hyposensibilisierung nicht vermindert. Die Anwendung ist außerdem nicht ganz ungefährlich. Eine Hyposensibilisierung kann immer zu heftigen überschießenden Immunreaktionen bis hin zum anaphylaktischen Schock führen.

Sind diese Bedingungen erfüllt, stellt die Hyposensibilisierung eine Möglichkeit dar, eine Allergie in den Griff zu bekommen. In jedem Fall darf eine Hyposensibilisierung nur von einem erfahrenen Arzt durchgeführt werden. Die Praxis sollte auch auf eine Notfallbehandlung ausgerichtet sein.

Der Blick in die Zukunft

Zur Zeit wird an einer neuen Art der Hyposensibilisierung geforscht. Laborratten, die gegen Hausstaubmilben allergisch sind, wird nicht wie üblich das allergieauslösende Eiweiß in den Beinmuskel gespritzt, sondern die entsprechende Erbinformation. Das Ergebnis ist verblüffend. Die Muskelzellen produzieren das Eiweiß und stellen es an ihrer Oberfläche zur Schau. Die Immunzellen lernen so, das Milbeneiweiß als einen körpereigenen Stoff zu tolerieren. Ob die rund 25 Millionen Allergiker in Deutschland aber jemals davon profitieren werden, ist fraglich, da Tiermodelle nicht ohne Weiteres auf den Menschen übertragbar sind.

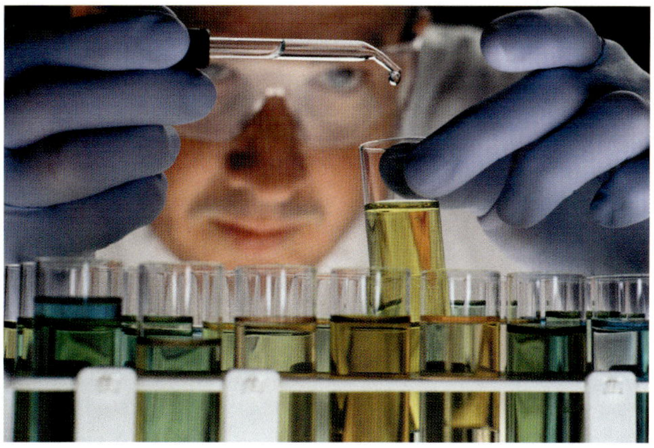

Abb. 6.3: Im Labor ist eine neue Art der Immuntherapie im Versuchsstadium.

Die Allergen-Karenz

Mit Allergen-Karenz ist das Bestreben gemeint, dem allergieauslösenden Stoff einfach aus dem Weg zu gehen und dadurch die Allergie zu verhindern. Das ist bei einer Tierhaarallergie relativ leicht möglich; man muss dann eben nur auf das Haustier verzichten. Bei Nahrungsmittelallergien kann man die entsprechenden Obst-, Gemüse oder Gewürzsorten meiden. Der Pollenallergiker hat es allerdings schwerer, denn er kann sich nicht wochenlang im Hochgebirge oder an der See aufhalten, um den Pollen zu entkommen und die Ursache seiner Krankheitssymptome auszuschalten.

Abb. 6.4: Pollenallergiker können fast nur in der Wüste „ihren“ Allergenen sicher entgehen.

Medikamentöse Unterstützung bei Allergien

Eine allergische Reaktion geht immer mit einer Freisetzung von Histamin und der Bildung von anderen allergiebeteiligten Substanzen (Allergiemediatoren) aus den so genannten Mastzellen einher. Daraus ergeben sich zwei medikamentöse Therapieansätze:

- Antihistaminika und
- Mastzellenstabilisatoren.

Antihistaminika

Histamin ist eine körpereigene Substanz, die nach Freisetzung aus den Mastzellen verschiedene Reaktionen auslöst:

- Die Erschlaffung der Gefäßmuskulatur führt insgesamt zu einer Blutdrucksenkung sowie zu einer Rötung der Augenbindehaut.
- Die Erhöhung der Gefäßdurchlässigkeit führt zu einer Schwellung der Nasen- oder Bronchialschleimhaut (verstopfte Nase, Asthmaanfall) sowie zu einer Schwellung und Rötung der Haut (Nesselsucht).
- Häufig kommt es auch zur Aktivierung der Darmschleimhaut mit daraus resultierendem Durchfall.

Wie der Name sagt, wirken Antihistaminika, indem sie die Histamin-Wirkung im Körper unterdrücken. Dies geschieht, in dem diese Substanzen anstelle des Histamins an der Oberfläche von Körperzellen (an so genannten Histamin-Rezeptoren) „andocken". Weil sie die Bindung des Histamins an diesen Stellen verhindern, kann es dort seine Funktion nicht ausüben.

Rezeptfrei oder verschreibungspflichtig

Seit dem 1. Januar 1998 sind einige Antihistaminika rezeptpflichtig. Rezeptfrei aus der Gruppe der Antihistaminika zum Einnehmen sind die Stoffe Cetirizin und Loratadin. Daneben sind Nasensprays und Augentropfen mit dem Antihistaminikum Levocabastin neuerdings ohne Rezept erhältlich. Schnelle Hilfe gegen eine verstopfte Heuschnupfennase bieten so genannte Vasokonstriktoren. Das sind Wirkstoffe, die die Schleimhäute abschwellen lassen. Vasokonstriktoren gibt es als Tropfen für die Nase oder die Augen. Die Nasentropfen sollten nicht länger als drei Tage angewandt werden, da sich die Schleimhäute sonst an die Wirkung „gewöhnen" können. Zu den wirksamsten Substanzen gegen Entzündungen und allergische Reaktionen gehören die Corticoide. Die Cortisonabkömmlinge müssen vom Arzt verordnet werden, um die Gefahr unerwünschter Wirkungen zu verringern.

Im gesamten Organismus wirkt Histamin als eine Art „Entzündungs-Botenstoff". Wird es aus spezialisierten Zellen ausgeschüttet, erweitert es die benachbarten kleinen Blutgefäße, wodurch Flüssigkeit in das Gewebe gelangt und dieses anschwillt. Für den Organismus ist diese Histamin-Wirkung wichtig, um schädliche oder giftige Stoffe eliminieren und abtransportieren zu können. Bei einer Allergie, die ja eine Überreaktion des Körpers z. B. auf ein harmloses Eiweiß ist, macht sie aber keinen Sinn und kann gefahrlos unterdrückt werden.

Aus dem Gesagten geht hervor, dass es günstig ist, wenn die Histamin-Rezeptoren schon vom Medikament besetzt sind, bevor das Allergen im Körper die Histamin-Wirkung auslöst. Das Medikament sollte daher eine gewisse Zeit vor dem Zusammentreffen mit einem bekannten Allergieauslöser eingenommen werden. Im günstigsten Fall bleiben dann die Allergiesymptome ganz aus oder werden deutlich gemildert.

Abb. 6.5: Antihistaminika docken anstelle des Histamins an der Oberfläche der Körperzellen an.

Die Antihistaminika der dritten Generation

Alle Allergiker, die Antihistaminika einnehmen, kennen das Problem: Manche Präparate wirken zwar gut gegen die Allergiesymptome, sie machen aber auch müde, mindern die Leistungsfähigkeit und schwächen die Konzentration. Aufmerksamkeit und Reaktionsvermögen können so empfindlich beeinträchtigt sein, dass von einer Teilnahme am Straßenverkehr dringend abgeraten werden muss, weil man sich und andere gefährden würde. Allerdings ist Personen, die ihr Auto aus Gründen der Vernunft stehen lassen und mit dem Bus fahren, nicht geholfen, wenn sie am Arbeitsplatz vor dem gleichen Problem stehen, etwa weil sie verantwortlich Maschinen bedienen müssen. Hinzu kommt natürlich, dass auch der Alltag weniger Spaß macht, wenn man sich müde und abgeschlagen fühlt.

Schon seit längerem ist bekannt, dass der erwünschte Behandlungseffekt eines Antihistaminikums nicht zwangsläufig durch die müde machende (sedierende) Wirkung erkauft werden muss. Intensive Forschungsarbeiten in diese Richtung haben dann den gewünschten Erfolg gebracht und zur Entwicklung von Antihistaminika geführt, die diese leistungsmindernde Wirkung nicht mehr haben. Dass neue Antihistaminika im Gegensatz zu den älteren Substanzen nicht müde machen, liegt daran, dass auch die Histamin-Rezeptoren im Gehirn von den älteren Substanzen besetzt wurden. Neuere Antihistaminika dringen dagegen so gut wie nicht in das Gehirngewebe ein.

Trotz Antihistaminika wach und reaktionsschnell

Dies wurde zum Beispiel in Untersuchungen des TÜV-Rheinland gezeigt, bei denen Probanden entweder ältere oder neuere Antihistaminika im Vergleich einnahmen. Ganz deutlich wurde hier anhand der Länge des Bremsweges bewiesen, dass Personen, die die neueren Substanzen eingenommen hatten, genauso schnell und sicher reagierten, wie Personen, denen ein Scheinmedikament (Placebo) gegeben wurde. Mittlerweile ist dieser Vorteil der so genannten Antihistaminika der dritten Generation sogar an Flugzeugpiloten untersucht und bestätigt worden.

Mastzellenstabilisatoren

Diese Mittel stabilisieren die Zellwand der Mastzellen und verhindern so die Freisetzung von Histamin. Sie werden lokal eingesetzt, beispielsweise bei allergischem Schnupfen oder einer allergischen Bindehautentzündung. Sie sind die Gegenspieler der Allergiemediatoren. Zu ihnen zählen:

- **Alpha-Sympathomimetika:** Diese Substanzen werden an Binde- und Nasen-

Abb. 6.6: Nebenwirkungen sind bei den modernen Anitihistaminika selten.

schleimhaut lokal angewandt. Sie wirken gefäßverengend und wegen der Durchblutungsverminderung abschwellend sowie sekretionshemmend. Diese Präparate sollten nur kurzfristig zum Einsatz kommen, um Schleimhautschädigungen zu vermeiden.

- **Beta-2-Sympathomimetika:** Diese Substanzen werden auf inhalativem Weg bei Asthma bronchiale angewandt.

- **Xanthin-Derivate (Theophyllin):** Sie werden bei Asthma bronchiale zur Anfallsvorbeugung (oral) oder zur Anfallsunterbrechung (intravenös) gegeben.

- **Glucocorticoide (Cortison):** Sie wirken sehr gut antiallergisch und werden bei Heuschnupfen und Asthma bronchiale eingesetzt.

- **Adrenalin:** Adrenalin ist das wichtigste Notfallmedikament bei einem anaphylaktischen Schock. Unter anderem erweitert es die Bronchien und erhöht den Blutdruck.

Wichtiger Hinweis

Alle genannten Medikamente können die allergischen Symptome nur vorübergehend unterdrücken, aber keine Heilung bewirken.

Notfallmedikamente

Besonders Nahrungsmittel- und Insektengiftallergiker müssen für einen eventuellen allergischen Notfall gewappnet sein. Deshalb ist es für die Betroffenen lebenswichtig, jederzeit die richtigen Arzneimittel (Antihistaminika, Glucocorticoide, Adrenalin) für den Notfall bei sich zu tragen und vor allem über die richtige Anwendung informiert zu sein.

Auch das direkte soziale Umfeld des Allergikers sollte in Notfallsituationen richtig handeln können. Als Außenstehender darf man bei schweren allergischen Beschwerden, wie sie nach einem Insektenstich auftreten können, nicht zögern und sollte sofort ärztliche Unterstützung rufen.

Aus diesem Grund sollte ein Allergiker einen Allergiepass mit sich führen, der neben den persönlichen Daten auch die Medikamente und Allergene aufführt, die als Auslöser bekannt sind. So wird es dem medizinischen Personal ermöglicht, umgehend und gezielt zu helfen. Der Allergiepass erleichtert aber auch Arzt- oder Apothekenbesuche, denn fast alle Medikamente können allergische Reaktionen hervorrufen.

Spezifische Therapien

Die allergischen Erkrankungen sind fast ebenso vielfältig wie die sie auslösenden Allergen-Gruppen. Es versteht sich daher von selbst, dass für die einzelnen Krankheitsbilder auch unterschiedliche Therapien zur Verfügung stehen. Auf einige von ihnen möchten wir an dieser Stelle eingehen.

Heuschnupfen

Der beste Weg zur Vermeidung ist es, den Allergieauslösern konsequent aus dem Weg zu gehen, damit krankhafte allergische Vorgänge gar nicht ausgelöst werden können. Allerdings funktioniert diese Allergen-Karenz bei Heuschnupfen meistens nicht.

Inzwischen weiß man, dass es bei unzureichender Symptomkontrolle langfristig zu einer Entwicklung von Asthma kommen kann. Bei ca. jedem vierten Patienten entwickelt sich aus dem Heuschnupfen ein Asthma bronchiale und damit eine potenziell gefährliche Erkrankung. Deshalb ist eine Pollenallergie auch nicht auf die leichte Schulter zu nehmen. Eventuell kommt eine Hyposensibilisierung in Frage. Bei Heuschnupfen ist ein frühzeitiger Therapiebeginn günstig, am besten, bevor die saisonalen Symptome auftreten.

Heuschnupfentherapie

Methode	Vorteil	Nachteil
Vermeiden Den Allergieauslösern konsequent aus dem Weg gehen	Krankhafte allergische Vorgänge werden erst gar nicht ausgelöst	Funktioniert bei Heuschnupfen i.d.R. nicht
Cromoglycinpräparate Rein vorbeugend, verhindert Histaminfreisetzung	Geringe Nebenwirkungen	Aufwändig Hohe Behandlungsdisziplin Kaum Wirkung gegen akute Beschwerden
Antihistaminika Verhindert Histaminfreisetzung	Wirksam auch bei akuten und stärkeren Beschwerden Einfache Anwendung Geringe Nebenwirkungen	Bei nicht rechtzeitig vorbeugender Einnahme evtl. Anschwellen der Nasenschleimhaut
Nasentropfen, -sprays Lässt Nasenschleimhaut abschwellen, freie Atmung durch die Nase nach wenigen Minuten	Schnelle Linderung der Beschwerden	Kein antiallergisches Medikament Nur kurzfristig als Begleittherapie geeignet
Cortison Stärkste antiallergische und antientzündliche Substanz, ähnelt dem Hormon der Nebenniere	Wirkt auch bei den stärksten Beschwerden	Gefahr von Nebenwirkungen Langsamer Wirkungseintritt
Hyposensibilisierung (Immuntherapie) Regelmäßiges Spritzen des Allergieauslösers (z.B. Birkenpollen) gewöhnt das Immunsystem an die allergieauslösende Substanz	Erfolgsaussichten bei etwa 80%	Sehr aufwändig Zieht sich über Jahre hin Regelmäßige Arztbesuche Nicht für jeden Patienten geeignet

infografikdienst.de/hammer

Die „Notfallbox“

Für den akuten Notfall sollte der Allergiker immer die folgenden Präparate griffbereit haben, auch oder gerade wenn er unterwegs ist:

- *ein Antihistaminikum (in Tropfenform),*
- *ein Glucocorticoidpräparat (z. B. als Saft) sowie*
- *Adrenalin (als Fertigspritze).*

Die Heuschnupfen-Medikamente im Überblick

Cromoglycinpräparate: Der Wirkstoff verhindert rein vorbeugend, dass Histamin freigesetzt wird. Die Behandlung muss vor dem Kontakt mit den Pollen beginnen und bis zum Ende der Pollensaison regelmäßig durchgeführt werden. Es gibt nur geringe

Nebenwirkungen. Allerdings ist die Behandlung eher aufwändig. Der Beginn der Blütenperioden verschiebt sich von Jahr zu Jahr (Witterung), deshalb ist ein Verfolgen des Pollenwarndienstes sinnvoll. Behandlungsdisziplin ist erforderlich, da das Präparat während der gesamten Blühperiode drei bis fünf Mal täglich eingenommen werden muss. Bei akuten Beschwerden zeigt es kaum Wirkung.

Antihistaminika (verhindern Histamin-Wirkung): Der Wirkstoff „schnappt“ dem Histamin seine „Landeplätze“ weg. Histamin kann daher keine Beschwerden mehr verursachen. Antihistaminika sind auch bei akuten und stärkeren Beschwerden wirksam, einfach in der Anwendung und die Gefahr von Nebenwirkungen ist gering. Werden sie jedoch nicht rechtzeitig vorbeugend eingenommen, schwillt die Nasenschleimhaut möglicherweise an, deshalb sind eventuell für einige Tage abschwellende Nasentropfen nötig.

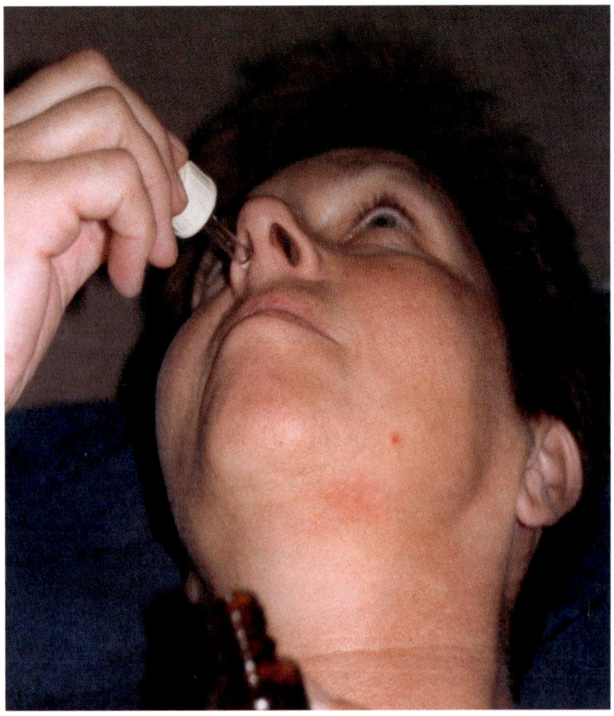

Abb. 6.7: Heuschnupfenmedikamente sind am wirksamsten, wenn sie ein paar Stunden vor dem erwarteten Allergenkontakt eingenommen werden.

Abschwellende Nasentropfen, -sprays: Durch das Abschwellen der Nasenschleimhaut ist nach ein paar Minuten eine freie Atmung durch die Nase möglich. Die Beschwerden können so schnell gelindert werden. Es handelt sich jedoch nicht um ein antiallergisches Medikament und eignet sich nur kurzfristig als Begleittherapie.

Cortison: Cortison ist die stärkste antiallergische und antientzündliche Substanz. Die pharmazeutisch hergestellte Substanz ähnelt dem natürlichen Hormon der Nebenniere. Cortison wirkt auch bei den stärksten Beschwerden. Allerdings ist die Gefahr von Nebenwirkungen groß, zudem tritt die Wirkung nur langsam ein.

Vorbeugende und therapiebegleitende Maßnahmen

Die größte Pollenausschüttung erfolgt in den frühen Morgenstunden zwischen 4 und 6 Uhr. In ländlichen Gebieten sollten daher die Fenster in dieser Zeit geschlossen bleiben. Die beste Zeit zum Lüften ist hier abends zwischen 19 und 24 Uhr.

In städtischen Gebieten sinken gerade in den Abendstunden die Pollen ab. Hier tritt die geringste Pollenkonzentration in der Luft in den Morgenstunden zwischen sechs und acht Uhr auf.

Pollenallergiker sollten ihre Urlaubsplanung so abstimmen, dass sie in der Zeit, in der die allergieauslösenden Pollen fliegen, in Urlaub fahren. Pollenarme Luft findet sich auf Inseln, am Meer oder in Hochgebirgslagen.

Längere Aufenthalte im Freien (z. B. Sport), vor allem in offener Landschaft, sollten während der Blühphase vermieden bzw. eingeschränkt werden.

Beim Auto fahren empfiehlt es sich, die Lüftung auszuschalten und die Fenster geschlossen zu halten. (Bei neueren Modellen sind auch Pollenfilter für die Lüftungsanlagen erhältlich.)

Täglich Staub saugen, um Pollen auf Teppichen und Möbeln zu entfernen.

Möglichst jeden Abend vor dem Zubettgehen die Haare waschen und die Straßenkleidung außerhalb des Schlafzimmers ablegen, um keine Pollen ins Schlafzimmer einzuschleppen.

Abb. 6.8: Moderne Cabriolets haben Pollenfilter in den Lüftungsanlagen, die jedoch beim Offenfahren keinen Sinn mehr ergeben.

Asthma bronchiale

Für die moderne Asthma-Therapie stehen verschiedene Medikamente zur Verfügung, die zum einen bronchienerweiternd, zum anderen entzündungshemmend wirken. Ihre Anwendung erfolgt abgestuft entsprechend dem Schweregrad des Asthma bronchiale, an dem der Betroffene leidet. Die Ziele der Asthma-Therapie sind dabei die Vermeidung von Asthmaanfällen, die Verhinderung einer krankheitsbedingten Beeinträchtigung des täglichen Lebens und eine Wiederherstellung bzw. Erhaltung einer normalen Lungenfunktion.

Ausgehend von der Erkenntnis, dass das Asthma auf einer Entzündung der Bronchialschleimhaut beruht, steht heutzutage die entzündungshemmende Behandlung im Vordergrund. Die bronchialerweiternde Behandlung dient zur raschen und vorübergehenden Lösung der Bronchialverengung und damit zur subjektiven Erleichterung, behandelt das Asthma jedoch nur symptomatisch und hat keinen nachhaltigen Einfluss auf den Krankheitsverlauf. Um chronischen und irreversiblen Schäden vorzubeugen, wird auch bei leichtgradigem Asthma schon frühzeitig mit der entzündungshemmenden Behandlung begonnen.

Bei allen Asthmatherapie-Stufen werden bronchialerweiternde **Beta-2-Sympathomimetika** „nach Bedarf" inhaliert, wenn Atembeschwerden auftreten, oder vorbeugend vor größeren körperlichen Belastungen, wie z. B. vor der Ausübung von Sport. Diese vorbeugende Inhalation führt dazu, dass der betroffene Asthmatiker seine Sportart ohne Beschwerden in der Regel für zwei bis vier Stunden durchführen kann. Im Fall von Atembeschwerden reicht es aus, ein oder maximal zwei Hübe zu inhalieren. Wenn sich daraufhin innerhalb von fünf Minuten keine Besserung einstellt, ist eine Notfallbehandlung erforderlich. Treten Atembeschwerden häufiger pro Tag auf, so dass täglich mehr als zehn Hübe eines Beta-2-Sympathomimetikums benötigt werden, muss die Basistherapie durch den Arzt neu eingestellt werden. In der Regel ist dann eine Erhöhung der Glucocorticosteroiddosis oder zusätzlich eine Theophyllin-Therapie erforderlich. Auch schon bei leichtem Asthma sollte eine regelmäßige Inhalation von entzündungshemmenden Medikamenten erfolgen.

Die Inhalation der Medikamente ist mit geringeren Nebenwirkungen als die systemische Einnahme (Tabletten, Spritzen) verbunden. Daher wird generell den inhala-

Richtig inhalieren: Dosier-Aerosol

Dosier-Aerosol ist für Patienten mit atemwegsverengenden Erkrankungen (Asthma, obstruktive Bronchitis) die wichtigste Form der Medikamenteneinnahme. Patienten, die Schwierigkeiten bei der Benutzung eines Dosier-Aerosols haben oder längere Zeit Cortison inhalieren müssen, können vom Arzt zusätzlich einen Vorsatz (Spacer) verschrieben bekommen.

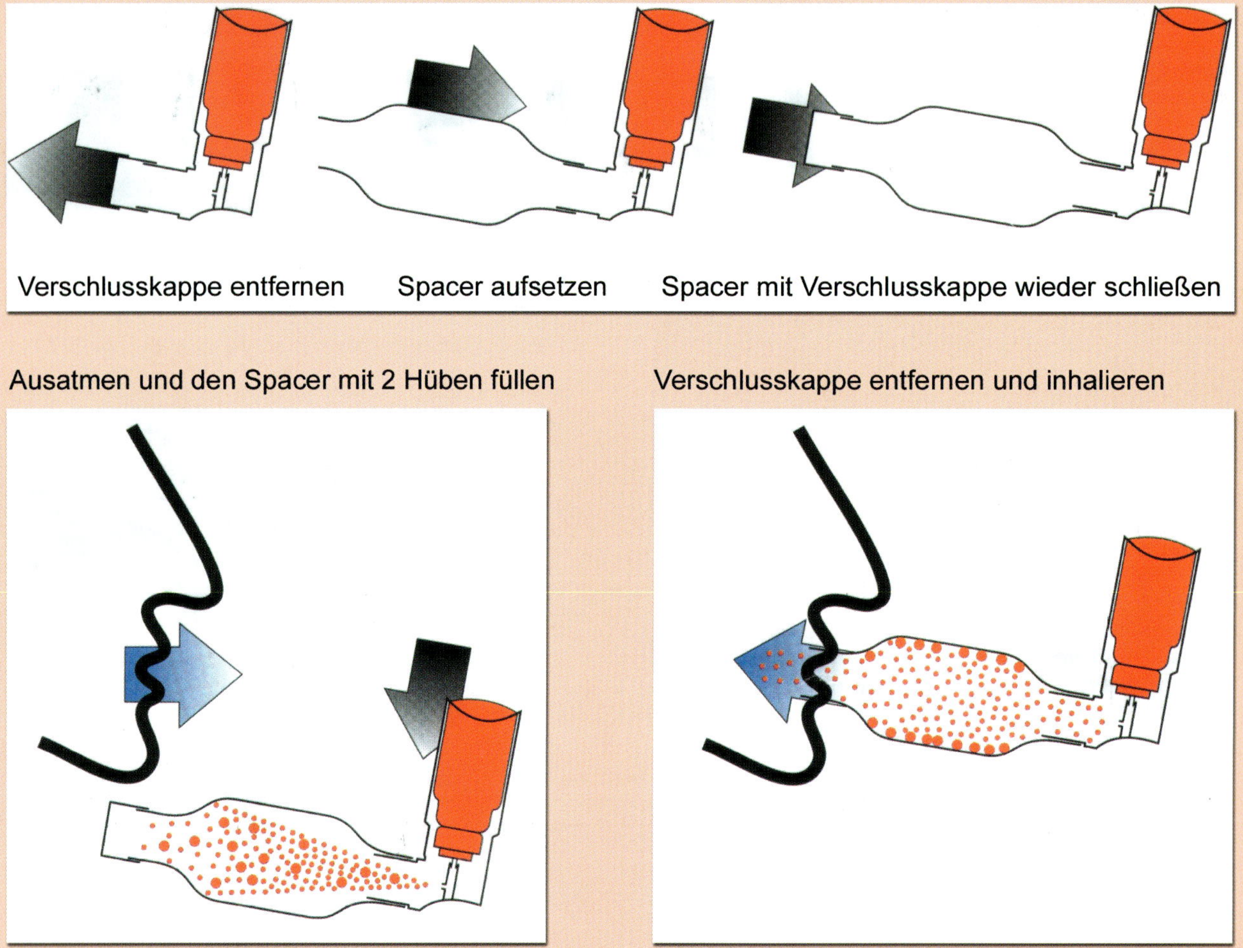

infografikdienst.de/pressel

tiven Medikamentenformen der Vorzug gegeben. Denn bei der Inhalation gelangt der Wirkstoff direkt in die Bronchien, wo er auch seine Wirkung entfalten soll. Außerdem liegt der Wirkstoff in einer gut fettlöslichen, jedoch schlecht wasserlöslichen Form vor, so dass bei der Inhalation verschluckte Wirkstoffmengen nicht aufgenommen und über den Blutkreislauf verteilt werden. Da der Wirkstoff bei der Inhalation direkt in die Bronchien gelangt, wo er auch benötigt wird, bleiben die gefürchteten Cortison-Nebenwirkungen bei der Verwendung von inhalativen Glucocorticoiden weitestgehend aus.

Die Asthma-Medikamente im Überblick

Die Asthma-Medikamente lassen sich entsprechend ihrem Wirkprinzip unterteilen in:

Wie entsteht ein Asthmaanfall?

Die Luftnot beim Asthma wird durch eine Verengung der Luftwege hervorgerufen. Die Luftnot entsteht aus folgenden Gründen:
Die Schleimhaut der Bronchien ist entzündet, dadurch geschwollen und verdickt. So verringert sich der Innendurchmesser der Bronchien.
Die entzündete Schleimhaut produziert zähen, stark haftenden Schleim, der sich nur schwer abhusten lässt und die Bronchien teilweise oder völlig verstopfen kann.
Die Wandmuskulatur der Bronchien verkrampft sich auf bestimmte Reize (Anstrengung, Temperaturwechsel, Rauch) hin (Bronchospasmus), wodurch sich der Innendurchmesser der Bronchien noch mehr verengt.

- Bronchodilatatoren gegen die Verkrampfung der Bronchialmuskulatur und
- anti-entzündliche Medikamente gegen die Entzündung der Bronchialschleimhaut und damit gegen deren Schwellung und Schleimabscheidung.

Abb. 6.9: Schwimmen ist für Asthmatiker ein sehr empfehlenswerter Sport, da hier nur sehr selten ein Anstrengungs-Asthma ausgelöst wird, denn die Wasseroberfläche mindert eine solche Gefahr.

Abb. 6.10: Ein solches Dosier-Aerosol sollte ein Asthmatiker immer mit sich führen.

Beta-2-Sympathomimetika: Sie bewirken eine Erweiterung der Bronchien, indem sie die Bronchialmuskulatur entspannen. Diese Wirkung tritt sehr schnell ein, sie sind als Notfallmedikamente zur Abwendung eines akuten Asthmaanfalls gut geeignet. Weitere Wirkungen der Beta-2-Sympathomimetika sind Verbesserung des Schleimabtransportes der Bronchialschleimhaut und Stabilisierung der Mastzellen, wodurch allergische Reaktionen verringert werden.

Cromoglycinsäure (DNCG) und Nedocromil: Die Wirkung beruht auf einer Stabilisierung der Mastzellen und einer Hemmung anderer an den Entzündungsprozessen beteiligter Zellen. Sie wirken so anti-entzündlich. Die Wirkung ist protektiv, bei einer dauerhaften Anwendung bieten diese Medikamente Schutz vor Bronchokonstriktion. In einem akuten Anfall haben DNCG und Nedocromil keine Wirkung. Daher werden diese Medikamente im Rahmen einer Dauertherapie, vor allem bei leichtem Asthma, eingesetzt.

Methylxanthine (Theophyllin): Die Methylxanthine, zu denen das Theophyllin und das Coffein gehören, wirken entspannend auf die Bronchialmuskulatur und erweitern damit die Bronchien. Zusätzlich wird ihnen auch ein anti-entzündlicher Effekt zugeschrieben. Methylxanthine werden in der Dauertherapie eingesetzt. Theophyllin-Präparate werden meist als Retard-Tabletten verwendet, das heißt sie geben ihren Wirkstoff erst nach und nach frei (retardiert = verzögert), um so über mehrere Stunden einen gleichmäßig hohen Theophyllinspiegel im Blut aufrechtzuerhalten.

Anticholinergika: Sie wirken ebenfalls bronchialerweiternd, jedoch mit langsamerem Wirkungseintritt. Im Vordergrund der Behandlung mit Anticholinergika steht der Schutz vor den reflektorischen, durch Reize (z. B. Kälte, Husten, Fremdkörper, Zigarettenrauch) ausgelösten Verengungen der Bronchien.

Corticosteroide: Dies sind Abkömmlinge des natürlichen Nebennierenrindenhormons Cortison und die wirksamsten anti-entzündlichen Medikamente mit auch anti-allergischer Wirkung. Bei dauerhafter Anwendung bewirken sie ein Abschwellen der Bronchialschleimhaut, verringern die Schleimproduktion, hemmen die allergischen Reaktionen und vermindern die bronchiale Überempfindlichkeit.

Corticosteroide werden als anti-entzündliche Dauertherapie des Asthma verwendet. Die Anwendung per inhalationem, als Spray, bewirkt, dass das Medikament direkt seinen Wirkort, die Bronchialschleimhaut, erreicht. Systemische Nebenwirkungen werden so vermieden. Die Wirkung der inhalativen Corticosteroide ist vorbeugend. Bis zum vollen Wirkungseintritt dauert es mehrere Tage bis Wochen, dafür hält die Wirkung durch das Abklingen der Entzündung auch nach dem Absetzen dieser Medikamente lange an.

Die Einnahme systemischer Corticosteroide (in Tablettenform) ist bei schwerem Asthma als Dauertherapie erforderlich. Die Dosierung ist in Abstimmung mit dem Arzt so gering wie möglich, jedoch so hoch wie erforderlich zu wählen. Bei einer lang andauernden hochdosierten Anwendung können Nebenwirkungen auftreten. Bei akuten Anfällen kann eine einmalige hohe Corticoiddosis systemisch verabreicht werden, ohne dass Nebenwirkungen befürchtet werden müssen.

Therapie-Selbstmanagement:

Als Peak-Flow bezeichnet man die maximale Atemstromstärke, die bei maximaler Ausatmung erreicht wird. Je enger die Bronchien sind, desto geringer fällt der Wert aus.

Die tägliche Peak-Flow-Messung dient dazu, jedem Asthmatiker eine Einschätzung seines momentanen Atemwegszustands zu geben und seinen Krankheitsverlauf besser verstehen zu lernen und in Absprache mit dem Arzt selbst kurzfristig reagieren zu können.

Routinemäßige Messungen des Peak-Flow sollten morgens nach dem Aufstehen und

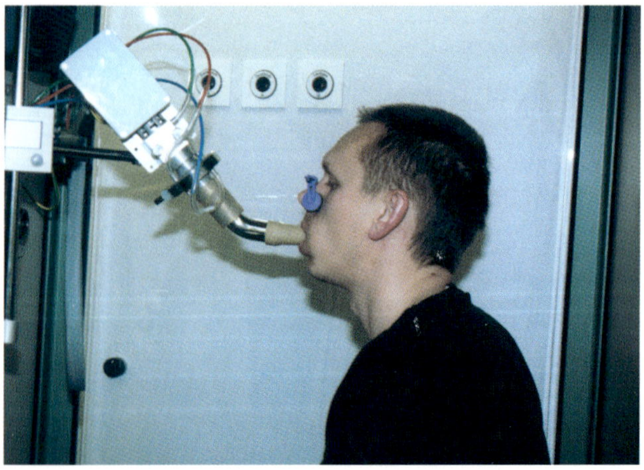

Abb. 6.11: Ein Asthmatiker sollte seine Lungenfunktion täglich testen.

Medikation bei Atemwegsinfekten

Atemwegsinfekte steigern die Empfindlichkeit (Hyperreagibilität) der Bronchien, was zu einer Verstärkung der asthmatischen Beschwerden führt. Bei den ersten Anzeichen eines Atemwegsinfekts muss die Asthma-Therapie intensiviert werden. Zur Kontrolle sind häufigere Peak-Flow-Messungen notwendig (vier bis sechs Mal pro Tag). Die anti-entzündliche Basistherapie muss verstärkt werden. Entsprechend der Absprache mit dem Arzt wird häufiger mit DNCG oder Corticosteroiden inhaliert. Eventuell ist auch eine kurz andauernde systemische Corticosteroid-Therapie (Corticosteroide in Tablettenform) erforderlich. Wenn Theophyllin-Präparate eingenommen werden, sollte die Dosis verringert werden, da bei einer Infektion der Theophyllinabbau verlangsamt ist. Die angewendete Intensivtherapie wird noch mindestens eine Woche nach Abklingen des Infekts beibehalten, um eventuellen Rückfällen vorzubeugen.

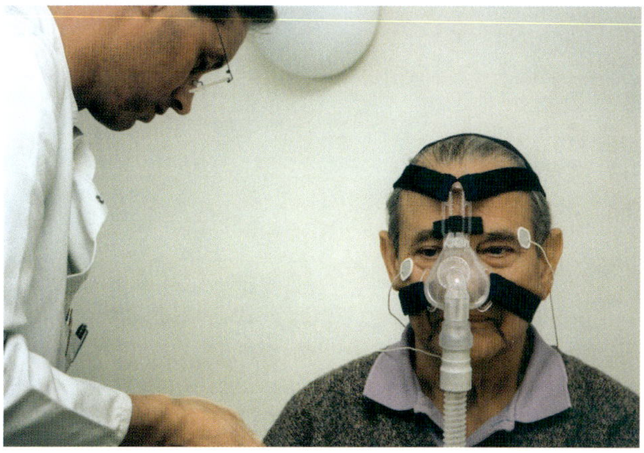

Abb. 6.12: Peak-Flow-Messung unter ärztlicher Aufsicht

abends durchgeführt werden. Zusätzliche Messungen sind sinnvoll bei Gefühl von Atemnot, bei Bronchialinfekten, bei Therapieum- oder -neueinstellungen, bei stärkeren Abweichungen vom persönlichen Peak-Flow-Bestwert oder größeren Schwankungen.

Der Therapie-Plan für das Selbst-Management beruht wesentlich auf den gemessenen Peak-Flow-Werten. Der wichtigste Wert ist dabei der persönliche Peak-Flow-Bestwert, also der höchste Wert, der bei langfristiger Messung und Protokollierung der täglichen Werte erreicht wird. Ausgehend von der Basismedikation für die Dauertherapie wird vom Arzt in Zusammenarbeit mit dem Patienten ein Plan aufgestellt, welche Maßnahmen getroffen werden müssen, wenn sich die Atemwegssituation verschlechtert, das heißt der Peak-Flow bestimmte Schwellenwerte unterschreitet.

Asthma im Kindesalter

Das Asthma bronchiale im Kindesalter ist eine sehr häufige Erkrankung. Experten schätzen, dass rund zehn Prozent aller Kinder in der Bundesrepublik unter Asthma mit unterschiedlicher Ausprägung leiden. Nach heutigen Erkenntnissen scheint das im Kindesalter zumeist allergisch bedingte Asthma bronchiale zu einer chronischen Entzündung im Bereich der Atemwege zu führen. Diese chronische Entzündung gilt es zu unterbrechen. Dabei steht die Vermeidung von Allergenen oder von anderen das Asthma auslösenden Reizen, wie zum Beispiel das Rauchen, an erster Stelle der Therapie.

Aber nicht immer kann den Allergenen aus dem Weg gegangen werden. Daher steht eine Vielzahl von bewährten Medikamenten zur Verfügung, die in verschiedene Wirkstoffklassen unterteilt werden können.

Abb. 6.13: Nach Schätzung der Experten leiden rund zehn Prozent aller Kinder an einem Asthma bronchiale.

Vorbeugend wirksame Medikamente

Da sind zum einen die vorbeugend wirksamen Medikamente, also die Wirkstoffe, die unser Bronchialsystem vor der Überreaktion, die dann zum Asthmaanfall führt, schützen sollen. Diese Medikamente werden 3–4 Mal täglich inhaliert und schützen so vor den Allergenen:

- Nedocromil (z. B. Tilade usw.)
- Dinatriumcromoglycinsäure (kurz: DNCG, z. B. Intal usw.)

In der Regel wird heutzutage aber direkt mit der Inhalation eines **Cortisonpräparates** (z. B. Sanasthmyl, Pulmicort usw.) begonnen. Der Schutz eines inhalativen Cortisonpräparates erreicht erst nach einigen Wochen seine volle Wirkung, die in der Stabilisierung des Bronchialsystems liegt. Cortison ist somit auch vorbeugend wirksam. Reicht dieser Schutz immer noch nicht aus, wird man die Dosis des Cortisonsprays erhöhen bzw. ein atemwegerweiterndes Medikament zusätzlich geben. Hier stehen die Folgenden zur Auswahl:

- ein lang wirksames Betamimetikum (Sermeterol, Formoterol)
- Theophyllin (z. B. Euphyllin usw.)

Theophyllin wirkt ab einer bestimmten Konzentration im Blut. Liegt der im Blut bestimmte Medikamentenspiegel zu niedrig, so ist auch die Wirkung unzureichend. Liegt der Spiegel zu hoch, also bei einer zu hohen Dosierung des Medikamentes, kommt es zu sehr unangenehmen Begleiterscheinungen. Reicht auch dieses Medikament nicht aus, um die Kinder beschwerdefrei zu halten, setzt man das Cortison (z. B. Urbason usw.) in Tablettenform ein.

Akut wirksame Medikamente

Die zweite Gruppe der Medikamente bilden die akut wirksamen, das heißt im Asthmaanfall wirksamen Medikamente. Hier ist an erster Stelle das inhalative **Beta-2-Mimetikum** (z. B. Sultanol usw.) zu nennen, welches die verengten Atemwege erweitert.

An zweiter Stelle steht ein schon in der Dauertherapie angesprochener Wirkstoff: das **Theophyllin** oder ein wirkstoffähnliches Medikament.

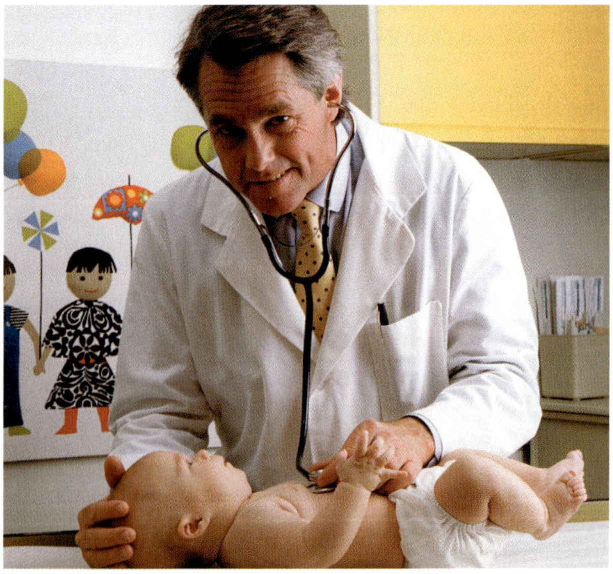

Abb. 6.14: Im Zentrum der Behandlung sollte nicht nur das Kind stehen, sondern vor allem auch eine umfassende Information der Eltern.

Wichtiger Bestandteil der Therapie: Elterninformation

Mit den modernen Asthma-Medikamenten verfügt die Medizin über zahlreiche hochwirksame Substanzen zur Behandlung des asthmakranken Kindes. Aber gute Medikamente sind nur ein Teil der Therapie. Sie können nur dann wirken, wenn sie auch benutzt werden. Hier gilt es, Kinder und Eltern über Wirkungen und Nebenwirkungen besser als bisher zu informieren. Nur so lässt sich beispielsweise die Angst vor den Nebenwirkungen des Cortison bewältigen.
Medikamente helfen nur, wenn sie auch regelmäßig genommen werden. Wie aber erklärt man einem Kind, dass es über lange Zeit, jeden Tag mehrfach, inhalieren muss? Dass es auch dann inhalieren muss, wenn es sich gut fühlt und sein Asthma nicht spürt? Hier gilt es, Eltern und Kinder noch mehr als bisher bereits erfolgt zu schulen.

Hausstaubmilbenallergie

Zur Behandlung der Symptome einer Hausstauballergie haben sich die gleichen Medikamente bewährt, die bereits zur Therapie eines Heuschnupfens und eines Asthma bronchiale angeführt wurden.

Abb. 6.15: Vor allem in Polstern und Teppichen fühlen sich Hausstaubmilben wohl.

Auch die Hyposensibilisierung hat sich als erfolgreich erwiesen. Hier wird über einen längeren Zeitraum dem Körper eine kleine, langsam steigende Dosis des Allergens verabreicht, bis nach circa zwei bis drei Jahren eine ausreichende Wirkung erzielt worden ist.

Der Kampf gegen die Milben

Parallel zu den medikamentösen Ansätzen ist es für einen Therapieerfolg und eine rasche Verringerung der Symptome wichtig, die Allergie-Erreger, also die Milbe und ihre allergenen Ausscheidungen, weitestgehend zu beseitigen:

1. Verzichten Sie so weit wie möglich auf textile Einrichtungsgegenstände. Glattledersofas (nicht Veloursleder!) sind besser als textile Polster.

2. Bettdecken, Kissen und andere Textilien sollten bei mindestens 60 °C waschbar sein, denn ab dieser Temperatur sterben die Milben ab.

3. Glatte Bodenflächen sollten nicht gefegt, sondern abgesaugt werden, da so weniger Staub aufgewirbelt wird. Verwenden Sie auf jeden Fall einen Staubsauger mit Microfilter.

4. Verzichten Sie auf jegliche Staubfänger, Bücher sollten möglichst unter Verschluss aufbewahrt werden.

5. Lüften Sie Ihre Wohnung oft und gründlich.

Neurodermitis

Die Behandlung der Neurodermitis oder atopischen Dermatitis richtet sich nicht gegen die Ursache, sondern hilft nur, die Beschwerden zu lindern und ein neuerliches Auftreten zu vermeiden. Dabei sind die folgenden Maßnahmen wichtige Bestandteile der Behandlung:

- Nicht kratzen!!!
- Eine kontinuierliche und regelmäßige Hautpflege mit rückfettenden Präparaten ist wichtig, um die Trockenheit der Haut zu behandeln. Der Kontakt mit Seifen oder organischen Lösungsmitteln ist zu vermeiden.

Abb. 6.16: Achten Sie bei gefährdeten Kindern auf allergenarmes Spielzeug.

- Beim Auftreten einer Infektion sind erregerspezifische Mittel notwendig.
- Corticosteroide sind örtlich als Salbe angewandt rasch und gut wirksam. Bei ausgeprägten Attacken von Dermatitis werden Corticosteroide kurzzeitig auf den gesamten Organismus angewandt.
- Einnahme von juckreizstillenden Medikamenten.
- UV-Bestrahlungen sind nicht immer wirksam.
- Stressmanagement – Verringerung von Stress, da auch er als eine auslösende Ursache gilt.
- Hyposensibilisierungsbehandlungen sind nur in Ausnahmefällen sinnvoll.

Neurodermitis bei Kindern

Für Kinder gelten folgende Empfehlungen:

- Nur kurze, lauwarme Bäder (maximal zweimal wöchentlich).
- Sofortige Hautpflege nach dem Waschen.
- Die Fingernägel sollten immer kurz geschnitten sein.
- Weiche Baumwollkleidung, keine Wolle.
- Juckreizstillende Medikamente (Antihistamininka)als Tropfen am Abend.
- Keine überheizten Räume, frische Luft.
- Bei Auftreten von Hautveränderungen ist sofort der Arzt aufzusuchen. Eine frühzeitige Behandlung hat bessere und schnellere Behandlungschancen.

Mallorca-Akne und Sonnenallergie

Wenn der Hautausschlag erst einmal aufgetreten ist, muss eine direkte Sonneneinstrahlung gemieden werden. Auch wenn die Symptome abgeklungen sind, können sie bei erneuter Lichteinwirkung wieder aufflammen.

Unter Umständen kann die kurzfristige Anwendung einer corticoidhaltigen Creme sinnvoll sein. Corticoide sind chemische Abwandlungen der Nebennierenhormone, die entzündungshemmend wirken und den Juckreiz stillen.

Moderne **Cortisonsalben** sind sehr gut hautverträglich, da sie schnell eindringen und nach kurzer Zeit wieder abgebaut werden. Auf diese Weise wirken sie nur an Ort und Stelle und gelangen kaum in andere Bereiche des Körpers. Cortisonsalben sollten jedoch nicht unmittelbar vor der Sonnenbestrahlung angewendet werden. Sind die allergischen Symptome sehr stark ausgeprägt und große Hautflächen betroffen, sollte man am besten einen Arzt aufsuchen.

Nesselsucht (Urtikaria)

Eine akute Urtikaria klingt oft ohne medikamentöse Behandlung ab. Als erstes sollte unbedingt versucht werden, den Auslöser zu ermitteln. Dann kann dieser Stoff gemieden werden. Zur Ermittlung des Auslösers wird neben der Anamneseerhebung eine Prick-Testung durchgeführt. Dabei werden verschiedene Stoffe auf die Haut aufgetragen, von denen bekannt ist, dass sie zu allergischen Reaktionen führen können. Die Stoffe sind meistens in einer Lösung enthalten. Die Haut unter dem Tropfen der Lösung wird angeritzt, damit das Allergen in die Haut gelangen kann. Bei einer allergischen Reaktion bildet sich an der betreffenden Stelle innerhalb von wenigen Minuten eine rote Schwellung.

Abb. 6.17: Bei einer Nesselsucht kommen zahlreiche Allergene, wie zum Beispiel Nahrungsmittelfarb- und Konservierungsstoffe in Frage.

Besteht der Verdacht, dass man zum Beispiel auf Käse allergisch reagiert, kann dieser direkt auf die Haut aufgelegt werden. Oft vergeht sehr viel Zeit, bis der auslösende Stoff zweifelsfrei gefunden ist.

Die chronische Nesselsucht ist nur in seltenen Fällen auf eine einzige Ursache zurückzuführen. Meistens erweisen sich viele Nahrungsmittelfarb- und Konservierungsstoffe als Auslöser. Deshalb ist es im Alltag oft recht schwierig, die auslösenden Stoffe zu meiden. Das ist besonders dann der Fall, wenn der Auslöser als Bestandteil von Nahrungsmitteln nicht auf den Verpackungen aufgeführt ist.

Fast alle Quaddeln und Ödeme, die im Rahmen einer allergischen Reaktion entstehen, sind auf die Ausschüttung von Histamin zurückzuführen. Medikamente, die die Freisetzung von Histamin unterdrücken, also Antihistaminika, sind daher gegen Nesselsucht erfolgreich.

Kälteurtikaria

Die Kälteurtikaria ist keine „echte" allergische Reaktion. Bei ihr tritt die Symptomatik nicht infolge eines Allergens, sondern infolge eines physikalischen Reizes auf. Neben Temperaturextremen gibt es auch andere Formen der physikalischen Urtikaria, wie etwa die Symptomauslösung auf mechanischen Druck. Die Kälteurtikaria wird daher auch den so genannten „Pseudoallergien" zugeordnet.

Häufig lösen jedoch bei Betroffenen mit Kälteurtikaria auch andere Allergene oder Reize die Symptomatik aus. Diese können sehr vielfältig sein, so dass es oft die Suche nach der „Nadel im Heuhaufen" ist, bis man die auslösenden Reize entdeckt.

Abb. 6.18: Gute Winterkleidung ist bei einer Kälteurtikaria unerlässlich.

Die einfachste Methode ist natürlich, Kälte zu meiden – ein Skigebiet ist vielleicht nicht das beste Urlaubsziel für den Allergiker mit Kälteurtikaria. Doch immer kann man der Kälte nicht aus dem Weg gehen. Oftmals heilt eine akute Urtikaria ohne medikamentöse Therapie relativ schnell wieder ab. Leidet man aber unter einer schweren und/oder anhaltenden Symptomatik, sollte man mit dem Arzt eine medikamentöse Therapie besprechen. Da die Kälteurtikaria wie alle Formen der Nesselsucht mit einer Histaminausschüttung einhergeht, wirken Antihistaminika. Neuere Untersuchungen haben jedoch gezeigt, dass eine solche Therapie nicht immer bei Kälteurtikaria erfolgreich ist. Scheinbar werden nicht alle Quaddeln durch Histaminausschüttung gebildet. Überraschend gute Behandlungseffekte wurden in einer Studie an der Universität Berlin mit Antibiotika erzielt. Diese Ergebnisse geben einen Hinweis auf eine mögliche infektiöse Mitbeteiligung bei der Entstehung der Kälteurtikaria, die genauen Entstehungsmechanismen sind aber noch unklar.

Mögliche Auslöser der Urtikaria

- Bestimmte Nahrungsmittel oder auch Lebensmittelzusatzstoffe (Chinin in Tonic Water relativ häufig, Färbemittel u. a.)
- Gespritztes Obst und Gemüse
- Medikamente (häufig z. B. Salicylate wie sie in Aspirin oder Penicillin enthalten sind)
- Metalle im Körper (z. B. Amalgam)
- Pflanzen
- Tierhaare
- Insektenstiche

- Sonnenstrahlen
- Röntgenstrahlen
- Druck auf die Haut (z. B. bei längerem Tragen eines Rucksackes)
- Körperliche Anstrengung (durch Steigerung der Körpertemperatur und Schwitzen)
- Virusinfektionen

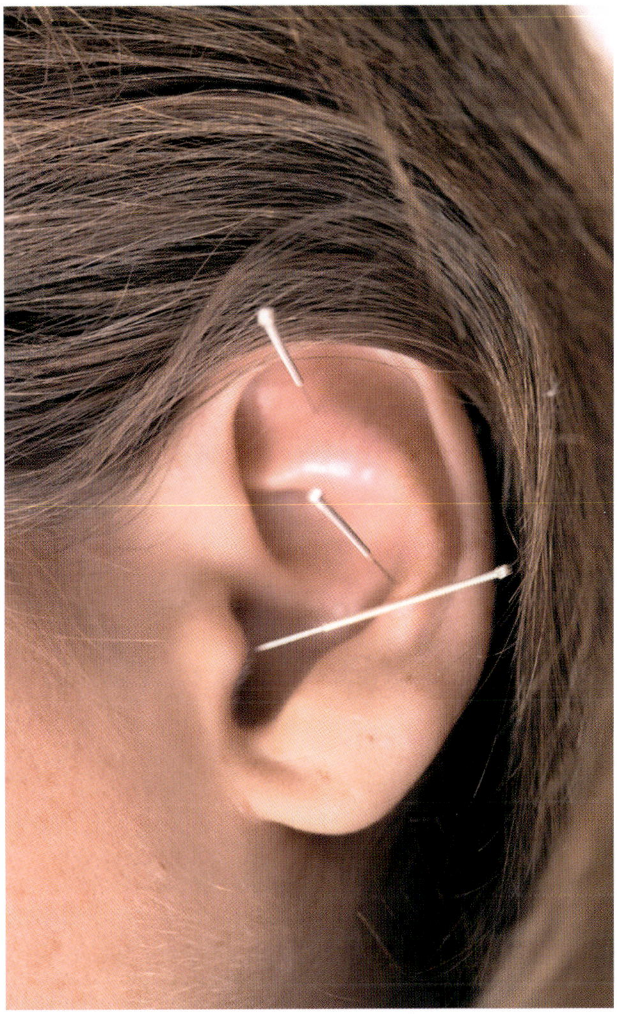

Abb. 6.19: So manchem Allergiker kann durch eine Akupunktur geholfen werden.

Alternative Therapie: Die Akupunktur

In der Akutphase wird der Erfolg einer Akupunkturbehandlung unterschiedlich beurteilt, von einigen Akupunkteuren werden jedoch auch hier sehr gute Erfolge beschrieben. Unbestritten hat die Akupunktur ihre Wirkung, wenn sie bei saisonbedingten allergischen Reaktionen, also Heuschnupfen und Pollenallergie, eingesetzt wird. Besonders Allergien der Atemwege, also Heuschnupfen, allergische Bronchitis und allergisches Asthma, lassen sich durch Akupunktur gut beeinflussen. Für die allergisch bedingte Bindehautentzündung gilt das Gleiche.

Der Akupunktur liegt die Vorstellung zugrunde, dass 14 untereinander in Verbindung stehende Linien, die so genannten Meridiane, die Oberfläche des menschlichen Körpers überziehen. In diesen Meridianen fließt die Lebensenergie Qi. An insgesamt 672 Punkten, die auf diesen Meridianen liegen, kommt die Energie an die Körperoberfläche. Hier sind auch die Akupunkturpunkte angesiedelt, die den Energiefluss des Meridians, aber auch des zugehörigen Organs therapeutisch beeinflussen sollen.

Die chinesische Medizin begreift die Allergie als eine energetische Störung des Milz-Pankreas-Organs. Deshalb werden neben den typischen organbezogenen Punkten, beispielsweise von Nase, Augen, Bronchien oder Haut, immer auch Punkte des Milz-Pankreas-Meridians einbezogen.

Die Allergieformen

Asthma bronchiale
Arzneimittelallergie
Berufsallergien
Bindehautentzündung (Konjunktivitis)
Ganzjähriger allergischer Schnupfen
Glutenunverträglichkeit
Hausstaubmilbenallergie
Haustierallergie (Tierhaarallergie)
Heuschnupfen
Hühnereiallergie
Insektengiftallergie
Kälteurtikaria
Kontaktallergie
Laktose-Intoleranz
Latexallergie
Milcheiweißallergie
Nahrungsmittelallergie
Nesselsucht
Neurodermitis
Pollenassoziierte Nahrungsmittelallergie
Quincke-Ödem
Schimmelpilzallergie
Sonnenallergie
Exkurs: Allergie und Sex
- *Sex, Verhütung und Latexallergie*
- *Sex und Asthma*
- *Allergie auf Sperma, Speichel, Schleim und Haut des Partners*

In diesem Diagramm sehen Sie eine Übersicht über die statistische Verteilung der häufigsten Allergieformen.

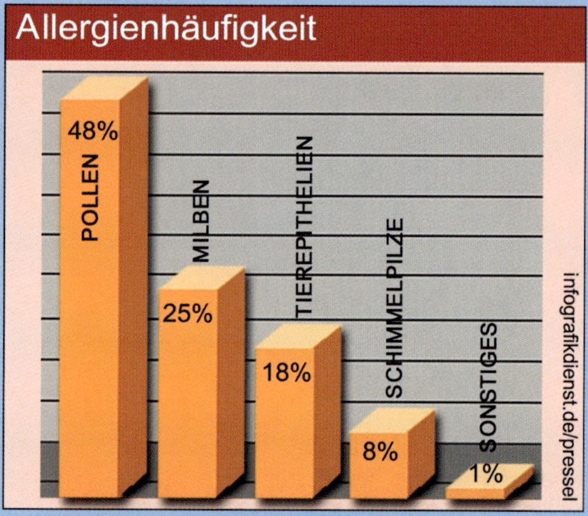

Asthma bronchiale

Asthma bronchiale ist eine chronische Entzündung der Atemwege mit wiederkehrenden Anfällen von Atemnot, Husten und Kurzatmigkeit. Ursächlich ist eine Überempfindlichkeit der Atemwegsschleimhaut auf verschiedene Reize. Bei einem Asthmaanfall schwillt die Bronchialschleimhaut an. Eine zusätzlich vermehrte Schleimproduktion verengt darüber hinaus die Atemwege. Außerdem zieht sich die Muskulatur der kleineren Atemwege (Bronchien und Bronchiolen) krampfartig zusammen (Bronchospasmus). Durch diese Vorgänge wird in erster Linie der Luftstrom aus der Lunge heraus verringert oder sogar verhindert. Durch die erschwerte Ausatmung wird sekundär auch die Einatmung behindert.

Asthma bronchiale betrifft alle Altersklassen. Mit 50 Prozent sind jedoch Kinder unter zehn Jahren, v. a. Jungen, besonders stark vertreten. Bei den Erwachsenen sind häufiger Frauen als Männer betroffen.

Etwa 20 Prozent aller Asthmaanfälle werden durch äußere Reize wie Pollen, Hausstaub oder Tierhaare hervorgerufen. Auch Entzündungen der Atemwege, z. B. bei Infektionen, können zu Asthma führen. Des Weiteren gibt es Belastungsasthma nach körperlicher Anstrengung, ausgelöst u. a. durch die infolge vermehrter Atemanstrengung bedingte Abkühlung der Atemwege. Auch psychogene Ursachen sind möglich.

Die auslösenden Reize lassen sich in zwei Hauptgruppen einteilen:

- Unspezifische Reize: Alle Asthmatiker werden von einer Reihe von Reizen beeinflusst (Auslöserreize). Dazu gehören beispielsweise körperliche Anstrengung, Kälte, Zigarettenrauch, Parfüms und Luftverschmutzung.
- Spezifische Reize: Zu ihnen zählen Pollen, Staub, Tierhaare, Schimmel und Lebensmittel. Diese Reize werden auch Allergene genannt.

Darüber hinaus können weitere Faktoren einen Asthmaanfall auslösen, etwa eine von Viren oder Bakterien hervorgerufene Entzündung der Atemwege, Schadstoffe am Arbeitsplatz und vieles mehr.

Mögliche Beschwerden

- Atemnot und Kurzatmigkeit,
- ein pfeifendes, zischendes Geräusch beim Ausatmen: das Giemen,
- Hustenanfälle, besonders während der Nacht mit aufgehustetem, zähflüssigem Schleim.

Symptome eines schweren Asthmaanfalls:

- bläulich verfärbte Haut und schnappende Atmung,
- Erschöpfung bis zur Unfähigkeit zu sprechen,
- Verwirrtheit und Rastlosigkeit,
- Inhalationsmedikamente verlieren ihre übliche Wirkung.

Selbsthilfe

- Vermeiden von Reizstoffen, gegen die eine Allergie besteht.
- Die verordneten Medikamente zur Vorbeugung von Asthmaanfällen einnehmen, auch wenn man sich gesund fühlt!
- Vermeiden von auslösenden Situationen.
- Bei schwerem Asthmaanfall sofort den Notarzt verständigen.

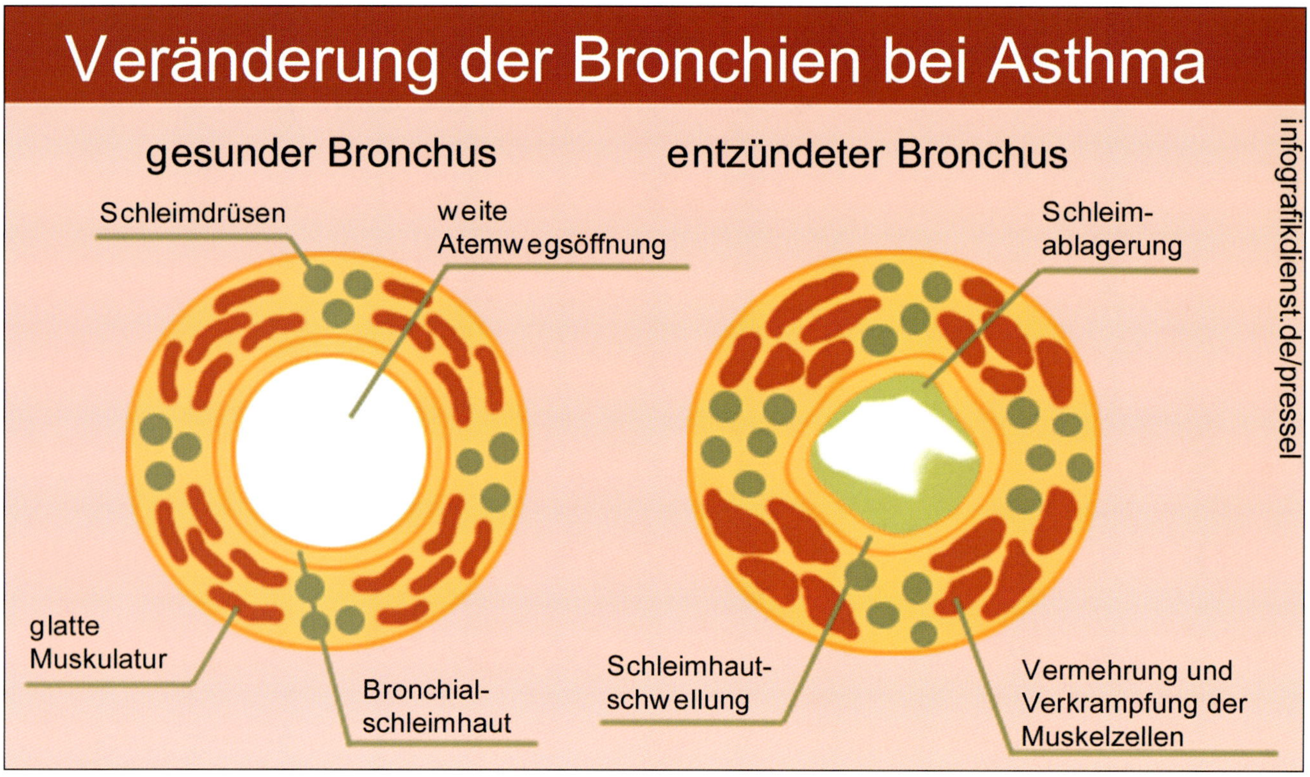

- Reichlich Flüssigkeit trinken, um den Schleim dünnflüssiger zu machen.

Es ist immer besser, vorbeugende Medikamente zu nehmen, als einen Asthmaanfall behandeln zu müssen. Jeder vermiedene Asthmaanfall ist ein Gewinn für die Gesundheit. Die Medikation sollte sich an dem Prinzip orientieren: „So viel wie nötig, so wenig wie möglich". Das bedeutet: Die Basistherapie muss so eingestellt sein, dass eine zusätzliche Medikamenteneinnahme so selten wie möglich erforderlich ist. Um dauerhaften Erfolg zu haben, ist die sorgfältige und regelmäßige Anwendung der verordneten Medikamente nötig, auch dann, wenn zwischen den Atemnotattacken subjektives Wohlbefinden besteht.

Ziel der Asthma-Therapie ist die Vermeidung von Asthmaanfällen, die Verhütung einer Beeinträchtigung der Lebensqualität durch das Asthma sowie Wiederherstellung und Erhaltung einer normalen und bestmöglichen Lungenfunktion. Bei Kindern muss trotz der Erkrankung eine normale körperliche und geistige Entwicklung angestrebt werden. Bei ca. der Hälfte aller erkrankten Kinder klingt das Asthma mit dem Ende der Pubertät wieder ab.

Arzneimittelallergie

Hervorgerufen werden kann eine Arzneimittelallergie durch Medikamente, die auf chemischer, gentechnischer, aber auch pflanzlicher Basis hergestellt werden. Während Antibiotika häufig zu Hautausschlägen, im Extremfall auch zu einem anaphylaktischen Schock führen, können beispielsweise Schmerzmittel sowohl eine Allergie als auch eine Pseudoallergie hervorrufen.

Verordnet der Arzt ein Medikament, muss er also nicht nur den therapeutischen Nutzen beurteilen, sondern auch die Überlegung mit einbeziehen, inwieweit das Präparat eine sensibilisierende Wirkung ausübt. Denn: Grundsätzlich kann jedes Medikament alle Formen einer allergischen Reaktion bewirken. Es können demnach Sofortwirkungen (Typ I), direkte Zellschädigungen (Typ II), Schädigungen durch Antigen-Antikörper-Verbindungen (Typ III) sowie die Allergie vom Spättyp auftreten.

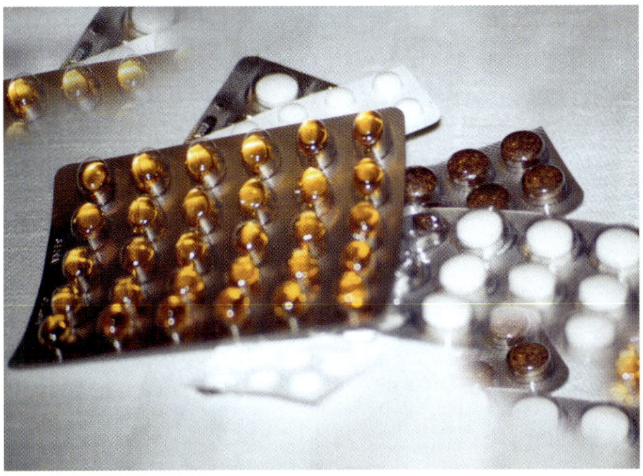

Abb. 8.1: Die verschiedensten Medikamente können eine Allergie auslösen.

Die Symptome

Es kann zu völlig unterschiedlichen Beschwerden kommen, wobei es keine Rolle spielt, in welcher Darreichungsform die Medikamente eingenommen wurden. Spritzen, Zäpfchen, Sprays oder Tabletten – alle kommen als mögliche Auslöser in Frage:

- Fließschnupfen (Rhinitis),
- Hauterscheinungen (Ekzeme),
- Nesselsucht (Urtikaria),
- Atemnot (Asthma),
- Schwellungen bestimmter Körperteile (z. B. Lippen),
- Beschwerden im Magen-Darm-Trakt.

Bei den vielfältigen Reaktionen auf Arzneimittel muss zusätzlich zwischen „tatsächlichen“ allergischen Reaktionen und „Pseudoallergien“, das heißt Unverträglichkeitsreaktionen (Intoleranzsyndrom), unterschieden werden. Bei dieser Form ist das Immunsystem nicht beteiligt und es werden auch keine Antikörper gebildet. Die Pseudoallergie ist oft zurückzuführen auf Nebenwirkungen, Falschdosierungen oder auf eine Unverträglichkeitsreaktion.

All diese Wirkungen machen die Diagnosestellung extrem schwierig. Oft ist es nämlich nicht die Tablette oder der Saft, der die Reaktion auslöst, sondern Arzneimittelhilfsstoffe, Bestandteile der Zubereitung, Konservierungsstoffe oder die chemische Umwandlung des Wirkstoffs im Körper.

Bevor ein Verdacht auf eine Arzneimittelallergie überhaupt aufkommt, kann lange Zeit vergehen. Es gibt kaum typische Zusammenhänge zwischen dem auslösenden Arzneimittel und dem resultierenden Krankheitsbild. Erschwert wird die Diagnose durch die Tatsache, dass die wenigsten der Patienten nur ein Medikament einnehmen. Die üblichen Allergietests verlaufen oft negativ, obwohl eine allergische Reaktion tatsächlich aufgetreten ist. Die Ursache liegt in der Vielfalt der auslösenden Stoffe, Hilfsstoffe oder Stoffwechselprodukte. Neben Hauttestungen kann ein so genannter RAST, ein Bluttest, Hinweise auf die auslösende Substanz geben.

Auch wenn praktisch jedes Arzneimittel allergische oder Unverträglichkeitsreaktionen auslösen kann, kennt man heute doch eine Reihe von Stoffen, bei denen das Risiko erhöht ist.

Die „Risiko-Medikamente“

- Antibiotika (Penicilline),
- Chemotherapeutika (Sulfonamide),
- Hochdruckmittel oder Antidiabetika,
- Schmerzmittel (Acetylsalicylsäure, Metamizol oder Propiphenazon). In dieser Substanzgruppe findet man leider viele Mischpräparate, so dass die Diagnostik noch zusätzlich erschwert wird.

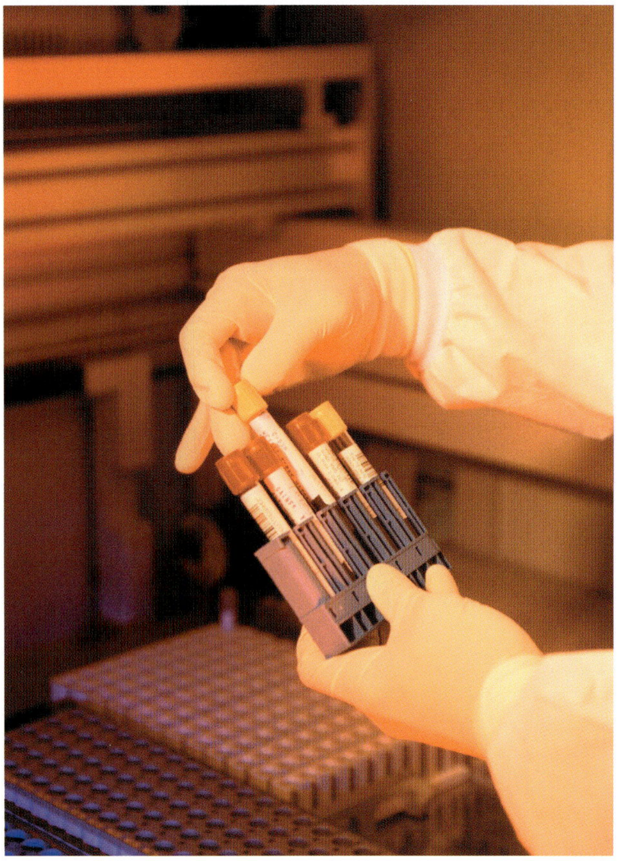

Abb. 8.2: Meist kann nur ein Bluttest eine Arzneimittelallergie nachweisen.

Wenn Anamnese und Symptomatik den Verdacht auf eine Arzneimittelallergie oder -unverträglichkeit ergeben, sollte das betreffende Medikament nicht mehr angewendet werden. Es muss geprüft werden, ob ein Ausweichpräparat zur Verfügung steht. Der Arzt sollte einen Allergiepass ausstellen. Bei Unfällen oder in Krisensituationen kann damit schnell erkannt werden, was gefährlich werden kann. Der Allergiepass sollte auf jeden Fall bei allen weiteren Medikamentenverordnungen dem Arzt vorgelegt werden.

Eine allergische Reaktion wurde auch häufig nach Gabe von Röntgenkontrastmitteln gesehen. Hier hat sich bei Risikopatienten die prophylaktische (vorsorgliche) Gabe eines Antihistaminikums als geeignete Gegenmaßnahme erwiesen.

Berufsallergien

Bestimmte berufliche Tätigkeiten können zu unspezifischen Schädigungen der Haut führen, das heißt zu mechanischen und chemischen Belastungen, die so stark sind, dass die individuelle Widerstandskraft überfordert ist. Man spricht dann von einem toxischen Kontaktekzem.

Abb. 8.3: Verbreitete Berufsallergien sind beispielsweise das Bäckerasthma oder die Bäckerrhinitis.

Besteht sogar eine Allergie auf einen Arbeitsstoff, so kann es durch einen ansonsten ganz harmlosen Hautkontakt zu einem allergischen Kontaktekzem kommen. Bei einer Allergie auf einen eingeatmeten Stoff liegt dagegen eine Inhalationsallergie vor. Dass Kontaktekzeme als berufsbedingte Hauterkrankungen eine so große Rolle spielen, liegt einerseits daran, dass in vielen Berufen ein intensiver Kontakt zu den jeweiligen Arbeitsstoffen, die ein erhöhtes hautreizendes oder allergieauslösendes Potenzial aufweisen, unvermeidlich ist. Andererseits spielt oft eine Vorschädigung der Haut, besonders in Form eines berufsbedingten nicht-allergischen Handekzems eine wegbereitende Rolle zur allergischen Sensibilisierung.

Durch die gestörte Barrierefunktion der Haut können die Berufsstoffe viel tiefer in die Haut eindringen, einen intensiveren Kontakt zum Immunsystem aufnehmen und dadurch viel leichter eine allergische Sensibilisierung bewirken. Diese so genannte sekundäre Sensibilisierung bei vorbestehendem toxischem Kontaktekzem wird auch Aufpfropfekzem genannt. Gerade wegen dieses drohenden Aufpfropfekzems muss jedes Handekzem konsequent behandelt werden.

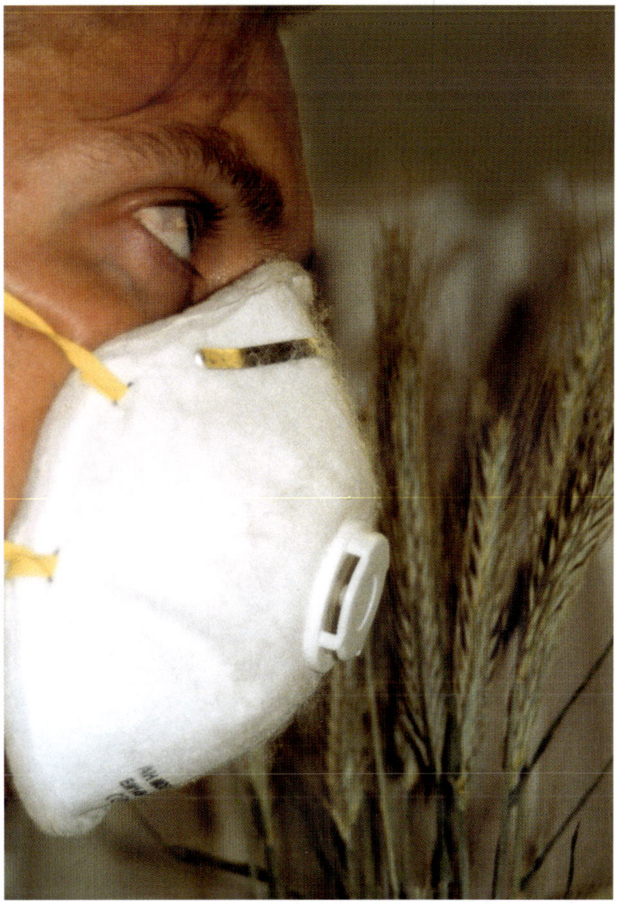

Abb. 8.4: Bei einer so genannten Farmerlunge empfiehlt es sich, eine Staubmaske während der landwirtschaftlichen Tätigkeit zu tragen.

Berufsgruppen und Allergene

- **Bäcker, Konditor:** Farbstoffe, Hirschhornsalz, Sauerteig, Zitronenöl, Bittermandelöl, Zimt, Benzoesäure, p-Hydroxybenzoesäureethylester
- **Blumenhandel, Gärtnerei:** Insektizide, Fungizide, Kunstdünger
- **Büroangestellte:** Tinten, Pauspapier, Tintenstifte, Druckfarben, Kopierpapier, Klebemittel
- **Elektriker:** Isoliermaterial, Löthilfsmittel, Gummi (Latex), Gummihilfsstoffe
- **Friseure:** Haarfarben, Bleichmittel, Fixative, Kaltwellenmittel (Thioglycolsäurederivate), Metallsalze, Duftstoffe, Gummi (Latex), Gummihilfsstoffe
- **Hausfrau:** Waschmittel, Seifeninhaltsstoffe, optische Aufheller (in Waschmitteln), Terpentin, Schuhcreme, Möbelpolitur, Bodenwachs, Backmittel, Gummi (Latex), Gummihilfsstoffe, Chromsalze, Nickelsalze, Hautpflegecremes
- **Kosmetikerin:** Wollwachsalkaloide, Lanolin, Eucerin, Parabene, Chloracetamid, Farbstoffe, Konservierungsstoffe, Thioglycolat, Kunstharze, Hexachlorophen, Zimtaldehyde, Perupalsam, Duftstoffe, Gummi (Latex), Gummihilfsstoffe, Hautpflegecremes
- **Landwirte:** Insektizide, Fungizide, Kunstdünger, Kalkfette, Schmieröle, Hydrauliköle, Dieselöle, Tiermedikamente
- **Maurer:** Chromsalze, Kobaltsalze, Nickelsalze, Betonhärtemittel
- **Metallarbeiter:** Öle, Ölzusätze, Schmierfette, Bohr- und Schneidöle, Lötwasser, Kühlmittelzusätze, Benzinzusätze, Rostschutzmittel
- **Medizinische Berufe:** Latex-Handschuhe, Desinfektionsmittel, diverse Inhalts-

stoffe in lokal anzuwendenden Medikamenten (u. a. Lanolin, Eucerin, Wollfett, Wollwachsalkaloide, Menthol, Thymol, Resorcin, Kampfer, Perubalsam), Lokalanästhetika, Chemotherapeutika, Antibiotika, Isonicotinsäurehydracid, ätherische Öle, Neuroleptika

Leidet man an einem Handekzem, dann ist neben der Therapie die Verminderung der Hautbelastung eine wichtige Voraussetzung. Kommt es am Wochenende und im Urlaub zur deutlichen Besserung, ist dies ein Hinweis, dass die berufliche Belastung im Vordergrund steht. Dennoch müssen auch die privaten Belastungen bei der Hausarbeit und im Hobby-Bereich möglichst ausgeschaltet werden.

Während das nicht-allergische Kontaktekzem mit Rötung, Rissbildung, Nässen und Hautverdickungen einhergehen kann, spricht das Auftreten stecknadelkopfgroßer Knötchen oder Bläschen für eine allergische Ursache. Liegt eine Allergie vor, reicht eine ungezielte Hautschonung alleine nicht aus, da das Allergen auf unverdächtige Art an die Haut kommen kann (im Extremfall sogar durch Handcremes!). Im Falle einer Allergie sind die Suche nach dem Allergen, dessen Meidung und eine entzündungshemmende oder antiallergische Medikation unverzichtbar.

Bindehautentzündung (Konjunktivitis)

Hervorgerufen werden kann eine allergische Bindehautentzündung durch die verschiedensten Allergene wie beispielsweise

- Blütenstaub,
- Kosmetika,
- Konservierungsmittel.

Im Verlauf der allergischen Reaktion kommt es zu einer Rötung der Augen, die von heftigem Brennen, Jucken und Tränenfluss begleitet wird.

Ganzjähriger allergischer Schnupfen

Im Gegensatz zum Heuschnupfen, der nur während der Pollenflugzeit (saisonal) auftritt, wird der ganzjährige allergische Schnupfen durch Allergene hervorgerufen, die den Allergiker tagtäglich umgeben, wie beispielsweise Tierhaare, Hausstaubmilben, Naturlatex oder Nahrungsmittel.

Die Symptome des ganzjährigen allergischen Schnupfens gleichen denen des Heuschnupfens.

Glutenunverträglichkeit

Bei einer Glutenunverträglichkeit – auch als Zöliakie oder Sprue bezeichnet – reagiert der Körper überempfindlich auf Klebereiweiß, auch Gluten genannt. Gluten ist ein Bestandteil von Getreide. Diese Krankheit betrifft ca. einen von 300 Menschen, Frauen sind häufiger betroffen als Männer. Gluten kommt vor allem in Weizen, Gerste, Roggen und Hafer vor. Die Schleimhaut des Dünndarms wird angegriffen und in ihrer Funktion eingeschränkt, wodurch die Aufnahme von Nährstoffen aus der Nahrung erschwert wird.

Glutenunverträglichkeit ist ein chronisches Leiden, das in jedem Alter vorkommen kann. Die Funktion der Schleimhaut kann durch glutenfreie Nahrung wiederhergestellt und aufrechterhalten werden.

Es gibt eine Tendenz zur Vererbung. Zöliakie tritt in manchen Ländern besonders oft auf (Schweden, Irland).

Eine Glutenunverträglichkeit führt zu Veränderungen der Dünndarmschleimhaut, wodurch die Funktion des Darmes beeinträchtigt wird. Die Folgen sind Gewichtsverlust, Durchfall sowie Vitamin- und Mineralienmangel, vor allem Eisen und Kalzium können nicht in ausreichender Menge aufgenommen werden. Bei Kindern verzögert sich dadurch das Wachstum. Es besteht die Gefahr der Austrocknung (Exsikkose) durch massiven Flüssigkeitsverlust bei möglichen schweren Durchfällen. Der Eisenmangel kann zu anhaltender Müdigkeit und langfristig sogar zu Blutarmut führen.

Abb. 8.5: Bei einer Glutenunverträglichkeit gilt: Vorsicht bei Brotprodukten.

Zöliakie oder Sprue lässt sich durch eine Gewebeprobe des Dünndarms feststellen. Dazu reicht häufig eine Spiegelung des Zwölffingerdarmes (im Rahmen einer Magenspiegelung) aus. Gelegentlich sind zusätzliche spezielle Spiegelungen bzw. Probeentnahmen erforderlich.

Mit Hilfe einer Blutuntersuchung können spezielle Antikörper nachgewiesen werden, die bei dieser Erkrankung auftreten.

Abb. 8.6: Im Handel gibt es zahlreiche glutenfreie Breimischungen für Kleinkinder.

Der Patient muss sich lebenslänglich glutenfrei ernähren. Er muss auf Brot, Nudeln, Desserts, Saucen oder Paniertes verzichten. Ein Ernährungsexperte kann trotz der Einschränkungen einen ausgewogenen Speiseplan erstellen.

Reis, Hirse, Mais, Kartoffeln, Sojabohnen, Fleisch, Milch, Obst, Gemüse, Eier und Gebäck aus Maismehl können ohne Bedenken verzehrt werden.

Zöliakie bei Kindern

Die Glutenunverträglichkeit zeigt sich bereits beim Säugling nach den ersten Breimahlzeiten mit einem der genannten Getreide. Es treten Verdauungsstörungen auf. Der Bauch ist aufgebläht und druckempfindlich. Der Stuhl ist fettig und lehmfarben oder geht als wässriger Durchfall ab. Das Baby schreit und zieht die Beine an den Bauch. Hier sind unbedingt glutenfreie Getreidesorten wie Mais, Quinoa, Amaranth, Hirse oder Reis angesagt. Es gibt auch fertige Breimischungen, Mehlmischungen oder Brotmischungen für Glutenallergiker.

Kinder können auf das Weizen-Eiweiß auch mit hyperkinetischem Verhalten (Zappelphilipp) reagieren.

Sinnvoll ist es, Multivitamin- und Mineralienbeigaben zu sich zu nehmen.

Die Lebenserwartung von Zöliakiepatienten unterscheidet sich nicht von der anderer Menschen. Bei Kindern sollte aufgrund der möglichen Wachstumsverzögerung die Diät genau eingehalten werden. Bei Erwachsenen führt ein Verstoß gegen die Diät zu einem erhöhten Risiko von Osteoporose.

Bei zehn Prozent der im Kindesalter Erkrankten kann es sich auch um eine vorübergehende Glutenallergie handeln (transitorische Glutenallergie).

Hausstaubmilbenallergie

Hausstaubmilben sind winzige Spinnentierchen (0,1–0,5 mm groß), die mit dem bloßen Auge nicht erkennbar sind. Sie sind natürlicher Bestandteil des Ökosystems fast jeden Haushaltes, also kein Anzeichen für mangelnde Hygiene oder Sauberkeit. Den Hauptanteil der Nahrung bildet der Mensch mit seinen Hautschuppen.

Hausstaubmilben leben überall, wo sie günstige Lebensbedingungen finden und mit Nahrung versorgt werden, v. a. in Textilien wie Teppichen, Teppichböden, Polstern, Matratzen, Kissen, Decken, ja sogar in Kleidungsstücken und Stofftieren. Da Milben Lichtflüchter sind, wird man sie selten auf, sondern vielmehr zwischen den Textilfasern antreffen.

Die Verteilung der Milbenbelastung ist von Haushalt zu Haushalt unterschiedlich und hängt im Wesentlichen von den speziellen klimatischen Verhältnissen und vor allem von den Lebensgewohnheiten der Bewohner ab. Besonders große Milbenansammlungen werden in der Regel dort zu finden sein, wo der Mensch besonders häufig liegt und sitzt, wo er sich umzieht oder die Haare kämmt, denn hier ist die Zufuhr von Hautschuppen am größten. Geografisch gesehen sind insbesondere feuchtwarme Landstriche betroffen, während hoch gelegene Gebirgsregionen oder trockene Wüstengebiete wegen ihrer niedrigen Luftfeuchtigkeit in der Regel milbenfrei sind.

Die Gründe für die allergische Anfälligkeit bestimmter Personen sind noch nicht bekannt. Man weiß jedoch, dass das Immunsystem des Hausstaubmilbenallergikers auf bestimmte Proteine (Eiweiße) des Milbenkotes reagiert. Wenn diese Eiweiße eingeatmet werden, bildet der Körper Abwehrstoffe (Antikörper), die u. a. für die Ausschüttung von Histamin sorgen, was wiederum für Hautrötungen, Verengungen der Luftwege oder den vermehrten Austritt von Flüssigkeit aus den Blutgefäßen (Schwellungen) verantwortlich ist.

Im Gegensatz zu Pollen sind Hausstaubmilben das ganze Jahr hindurch vorhanden, auch wenn bedingt durch wechselnde Wetterbedingungen über das Jahr die Milbendichte variiert. Eine Allergie gegen Hausstaubmilben wird deshalb auch als Ganzjahresallergie bzw. als perenniale Allergie bezeichnet.

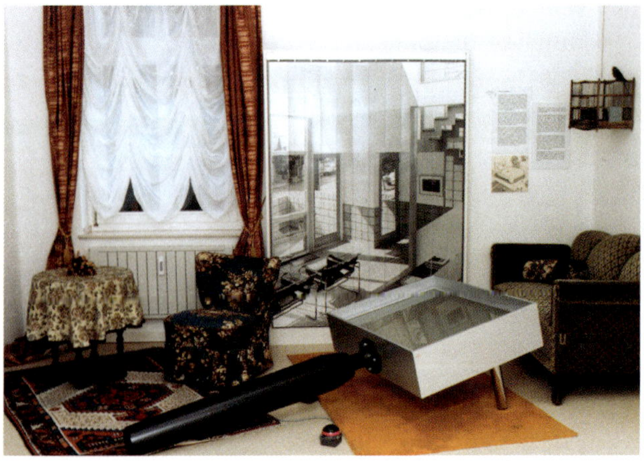

Abb. 8.7: Dokumentation der bevorzugten Milbenplätze

Das Bett – ein Milbenparadies

Milben finden bei 25 bis 30 Grad Celsius sowie einer hohen Luftfeuchtigkeit von 65 bis 80 Prozent ihre optimalen Lebensbedingungen vor. In der Wohnung ist vor allem die Bettmatratze ein großes Milbenreservoir: Sie bietet ausreichend Nahrung in Form von menschlichen Hautschuppen. Zudem garantiert sie Feuchtigkeit und Wärme. Im Durchschnitt leben in einem Bett ca. 10 000 Milben!

Die Auswirkungen machen sich besonders an Atemwegen, Augen und Nase bemerkbar. Die häufigsten Anzeichen sind eine

- verstopfte oder eine laufende Nase und Niesreiz,
- gerötete Augen,
- Atemnot infolge Bronchialverengung,
- Verschlimmerung eines Ekzems bei Kindern.

Die Beschwerden treten typischerweise nachts oder morgens nach dem Aufwachen sowie beim Bettenmachen auf. Das Beschwerdemaximum wird bei feuchter und warmer Witterung, also gegen Ende oder zu Beginn der Heizperiode erreicht. Obwohl die meisten Hausstaubmilben mit Beginn der Heizperiode durch die niedrige Luftfeuchtigkeit absterben, erreichen die allergischen Beschwerden gerade dann ihren Höhepunkt, weil sich jetzt die maximale Menge von Kot angesammelt hat. Die Kotbällchen trocknen aus, zerfallen und werden als Feinststaub aufgewirbelt und mit der Atemluft inhaliert.

Haustierallergie (Tierhaarallergie)

Eine Haustierallergie ist eine Überempfindlichkeit gegenüber Eiweißen, die von Haustieren stammen. Die Eiweiße können in den Hautschuppen, dem Haar, dem Speichel oder dem Urin des Tieres enthalten sein. Sie verursachen häufig Beschwerden der Augen (Bindehautentzündung) und der Atemwege (Heuschnupfen und Asthma). Die Eiweiße, die für nicht-allergische Personen völlig harmlos sind, bewirken bei den betroffenen Menschen eine allergische Reaktion. Die Neigung zur Überempfindlichkeit ist oft erblich bedingt.

Abb. 8.8: Ist eine Haustierallergie diagnostiziert, bleibt oft nur die Trennung vom geliebten Vierbeiner.

Die Symptome einer Haustierallergie

- Niesen und eine laufende Nase (Heuschnupfen),
- juckende und tränende Augen (Konjunktivitis),
- Atemnot infolge Bronchialverengung,
- Verschlimmerung von Ekzemen in Form eines anhaltenden Ausschlages.

Kann man gegen alle Tiere allergisch sein?

Nein, zumindest ist ein solcher Fall noch nicht bekannt geworden. Am häufigsten sind Allergien nur gegen Katzen oder nur gegen Pferde usw. Bei einer Hundehaarallergie kann die Allergie auf eine oder wenige Hunderassen begrenzt sein. Die sicherste Behandlungsmöglichkeit bei einer Tierallergie ist zweifelsohne die Entfernung des entsprechenden Tieres aus der Umgebung des Allergikers. Vorsicht ist für einen Tierhaarallergiker auch bei Kleidungs- und Einrichtungsgegenständen aus Tierhaaren geboten. Denn auch Felle, Kleidungsstücke, Teppiche und alle anderen Gegenstände, die aus Tierhaaren gefertigt sind, können auch deren Allergene enthalten (z. B. Kamelhaarmäntel, Rosshaarmatratze, Teppiche aus Tierfell oder Schaffell für Kinder).

Am häufigsten sind Katzen- und Hundeallergien. Aber auch Allergien gegen Nagetiere wie Ratten, Mäuse, Meerschweinchen oder Hamster sowie gegen Kleinvögel, Federvieh, Pferde und Kühe kommen vor.

Katzen: Das Katzenallergen wird hauptsächlich mit dem Speichel und der Tränenflüssigkeit abgegeben und benetzt auf diese Weise den Feinstaub in der Wohnung, der allergische Reaktionen auslöst. Durch die außerordentlich guten Schwebeeigenschaften dieses Feinstaubes verbleibt das Katzenallergen selbst nach Entfernen der Katze aus der Wohnung noch über Monate in der Luft. Untersuchungen haben gezeigt, dass das Katzenallergen auch in Räume transportiert wird, in denen sich niemals ein Tier aufgehalten hat. So konnte es in Kindergärten in Konzentrationen nachgewiesen werden, die ausreichen, um bei entsprechend sensibilisierten Kindern Allergien und Asthmaanfälle auszulösen. Das Katzenallergen wurde in diesen Fällen über die Kleidung von Kindern, die zu Hause eine Katze hatten, in den Kindergarten hineingetragen und war bei Untersuchungen des Staubes in der Raumluft nachweisbar.

Hunde: Hundehaarsensibilisierungen können rassenspezifisch verlaufen. Hier sollte im Einzelnen getestet werden, ob eine Sensibilisierung gegen den eigenen Hund vorliegt. Die Allergene von Hundehaaren weisen im Vergleich zum Katzenallergen ein geringeres Sensibilisierungspotenzial auf, das Allergen verbleibt auch nicht in der zuvor beschriebenen Weise in der Raumluft.

Vögel: Vögel können ebenfalls Allergien auslösen. Auslöser sind hier sowohl die Federn als auch der Vogelkot. Auch können Vogelmilben die Ursache sein. In diesem Fall besteht oft zusätzlich eine Sensibilisierung gegen Hausstaubmilben. Die Symptome – meist direkte Atemnotanfälle – treten hierbei u. a. nach dem direkten Kontakt mit dem

Abb. 8.9: Auch Federn und Vogelkot können eine Haustierallergie auslösen.

Vogel und nach Reinigung der Käfige auf. Ein anderer Krankheitstyp mit verzögerter Reaktion (Immunkomplexbildung, Typ III) ist bei der so genannten „Vogelhalterlunge" gegeben. Diese häufiger bei Taubenzüchtern anzutreffende Erkrankung zeigt sich ca. drei bis sechs Stunden nach dem letzten Vogelkontakt mit Symptomen wie Fieber, Husten, Schüttelfrost, Übelkeit und Luftnot. Wird bei diesem Krankheitsbild eine weitere Exposition gegenüber diesen Tieren nicht vermieden, kann sich ein lebensbedrohlicher Krankheitszustand einstellen.

Mit dem Fachausdruck „Indoorallergene" meint man u.a. Hausstaubmilben oder Schimmelpilze, Allergene also, die überwiegend innerhalb der Wohnung auftreten. Lange Jahre ging man davon aus, dass die im Zusammenhang mit Tieren aufgetretenen Allergiebeschwerden sich bessern, wenn man den Tierkontakt meidet. Die Grenze zwischen reinen Tierhaarallergenen und Indoorallergenen ist jedoch so scharf nicht zu ziehen. Wissenschaftler haben festgestellt, dass die Tierhaare selbst nur zu einem eher kleinen Anteil als direkte Auslöser fungieren.

Vielmehr sind es die Tierschuppen und der Speichel (in dem wiederum Haare enthalten sind), die allergische Beschwerden verursachen. Diese Auslöser sind leider sehr viel schwieriger zu meiden als die Tiere selbst. Jedes öffentliche Gebäude und Verkehrsmittel ist potenziell „allergener Boden". Selbst wenn die allergieauslösenden Katzenhaare längst aus der Wohnung entfernt wurden, konnten wie gesagt noch nach Jahren Speichelspuren im Teppichboden nachgewiesen werden. Die Allergene von Rinderhaaren, die man vielleicht aus einem Urlaub auf dem Bauernhof mitgebracht hat, bleiben mindestens 60 Tage aktiv. Das erschwert die Diagnose, da man den Besuch auf dem Bauernhof und den Atemnotanfall eines Allergikers zwei Wochen später gar nicht mit einander in Verbindung bringt.

Abb. 8.10: Menschenansammlungen bringen fast immer auch Haustierallergene mit sich.

Was aber ist die Konsequenz, wenn der Ort der „allergenen Gefahr" bei Tierhaarallergie nicht auf die Tiere beschränkt bleibt? Man muss weiterhin einen gewissen Abstand zu Tieren wahren, verstärkte Aufmerksamkeit auf die Sanierung der Wohnung richten. Ebenso wie bei einer Hausstaubmilbenallergie empfiehlt es sich, die Wohnung „allergenarm" zu gestalten: regelmäßige gründliche Reinigung mit einem Staubsauger mit Spezialfiltern, Beseitigung von potenziellen Schimmelpilz-Ecken, statt eines Teppichbodens sollte Parkett oder Fliesen verlegt werden. Ferner sollten alle Materialien, in denen sich die Allergene „wohl fühlen" würden, wie plüschige Kissen oder Samtvorhänge, aus der Wohnung entfernt werden.

Bei Bedarf kommen am häufigsten folgende Medikamente zum Einsatz:

- Antihistaminika,
- Glucocorticoide,
- Beta-2-Mimetika.

Selbsthilfe

- Vermeiden Sie den Kontakt mit Haustieren, sowohl im Haus als auch in der näheren Umgebung.

- Waschen Sie sich nach jedem Tierkontakt gründlich die Hände.

Tierhalter trifft es sicher sehr schwer, wenn sie erfahren, dass sie durch eine Tierhaarallergie gezwungen sind, sich von dem lieb gewonnenen Haustier zu trennen. Jedoch leidet inzwischen fast jeder dritte Tierhalter unter einer solchen Allergie, wobei dies besonders für die Halter von Katzen und Meerschweinchen zutrifft.

Abb. 8.11: Haustierallergiker sollten sich auch vor Pferden in Acht nehmen.

Heuschnupfen

Die Symptome

- *Juckreiz in der Nase*
- *Niesreiz*
- *angeschwollene Schleimhäute*
- *viel wässriger Nasenschleim*
- *gerötete, juckende und tränende Augen*
- *veränderte Stimme*
- *Lustlosigkeit*
- *Niedergeschlagenheit*
- *Schlafmangel*
- *Nahrungsmittelallergie*

Heuschnupfen ist die häufigste allergische Erkrankung, die auf einer oft angeborenen Neigung zur Überreaktion gegen die Eiweißkomponenten bestimmter Pollen beruht. Pollen gelangen während der Gräser- und Baumblüte in die Luft. Heuschnupfen ist eine ernste Erkrankung und sollte nicht auf die leichte Schulter genommen werden. Das gilt insbesondere dann, wenn er regelmäßig auftritt und über einen längeren Zeitraum anhält.

In der Regel entwickelt sich Heuschnupfen bereits in der Kindheit oder im Jugendalter. Allerdings wird auch ein spontanes, erstmaliges Auftreten im Erwachsenenalter immer häufiger beobachtet. Es kann zu Komplikationen kommen, wenn die Beschwerden nicht auf die oberen Atemwege beschränkt bleiben. Treten neben Beschwerden im Na-

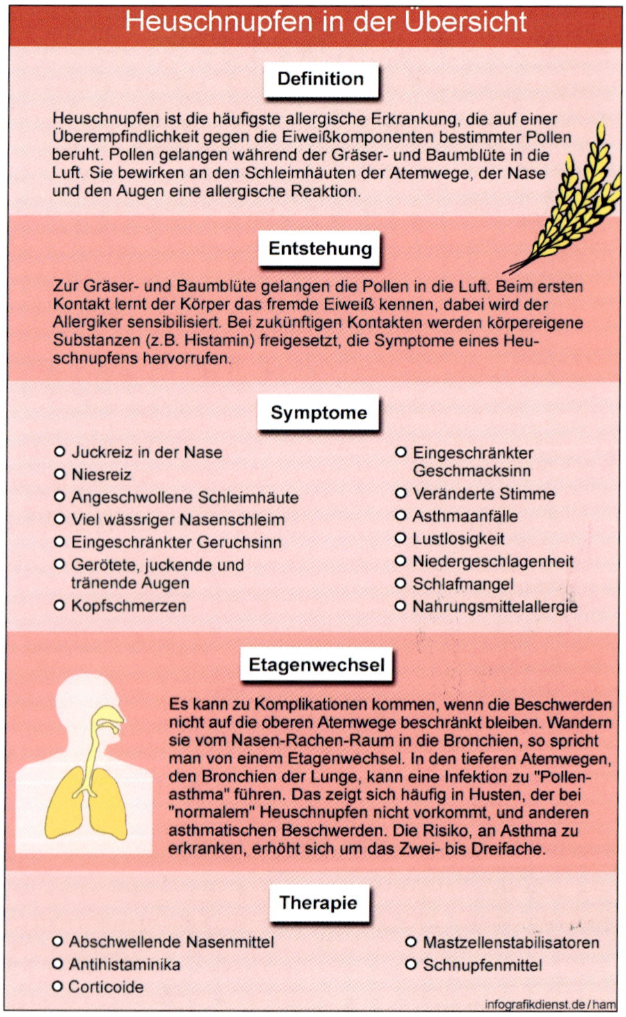

Die Pollen

Pollen übertragen das männliche Erbgut der Pflanzen. Sie werden freigesetzt und durch Insekten oder Wind auf andere Pflanzen übertragen. Die Pflanzen werden dementsprechend in Wind- und Insektenbestäuber eingeteilt. Für den Allergiker sind die Pollen insektenbestäubender Pflanzen seltener „bedrohlich", da diese Pollen relativ schwer und klebrig sind und nicht in so großen Mengen auftreten. Die windbestäubenden Pflanzen produzieren hingegen eine sehr große Menge kleiner, trockener Pollen. Eine Roggenähre beispielsweise setzt mehr als vier Millionen Pollenkörner frei. 50 Pollen pro Kubikmeter Luft sind ausreichend für die Auslösung allergischer Beschwerden. Die Pollenkörner können über eine sehr große Distanz geweht werden, je nach Windverhältnissen sogar bis zu 400 Kilometer weit. Die Pollenflugzeiten haben je nach Pflanzenart saisonale Schwerpunkte.

sen-Rachen-Raum auch Symptome der tieferen Atemwege – der Bronchien – wie Husten und/oder Atemnot auf, so spricht man gelegentlich von einem „Etagenwechsel", insbesondere dann, wenn die Heuschnupfenbeschwerden nachlassen und die Asthmabeschwerden dominieren. Das Risiko, an Asthma zu erkranken, erhöht sich bei Heuschnupfen um das Zwei- bis Dreifache. Wird die Erkrankung früh genug erkannt und behandelt, kann die Entstehung eines allergischen Asthmas verhindert oder zumindest hinausgezögert werden.

Jeder dritte Pollenallergiker ist zusätzlich von einer Lebensmittelallergie betroffen. Die Ursache dafür liegt in einer Reaktion des Immunsystems, die Kreuzreaktion genannt wird. Dabei reagiert das Immunsystem nicht nur auf die Allergene der Pollen, sondern auch auf artverwandte ähnliche Substanzen in Nahrungsmitteln. Gegen welche Nahrungsmittel ein vom Heuschnupfen Betroffener allergisch reagiert, hängt also wesentlich davon ab, gegen welche Pollen er allergisch ist. So reagieren zum Beispiel Birkenpollenallergiker oft auch allergisch auf Nüsse und Kernobst. Die Symptome können leicht, aber auch sehr schwerwiegend sein.

Abb. 8.12: Birkenpollenallergiker können auch allergische Kreuzreaktionen auf Nüsse und Kernobst zeigen.

Pollenallergie – Kreuzreaktion – Nahrungsmittelallergie

Eine Nahrungsmittelallergie kann innerhalb von Sekunden einsetzen. Dabei können u. a. folgende Symptome auftreten:

- Juckreiz am harten Gaumen
- Entzündung der Zungenschleimhaut
- Entzündung der Mundschleimhaut

- Schwellungen an Lippen und Mundschleimhaut
- Bläschenbildung im Mund
- Gesichtsschwellungen
- Kehlkopfschwellungen mit Erstickungsgefahr
- Hautrötung mit Hitzegefühl
- Übelkeit
- Erbrechen
- Asthmatische Beschwerden
- Anaphylaktischer Schock

Abb. 8.13: Die Haselnussblüte wird von Pollenallergikern gefürchtet.

Leider hilft in manchen Fällen nur die Flucht vor den Pollen. Mit Hilfe eines Pollenflugkalenders oder des Pollenwarndienstes lässt sich feststellen, wann bestimmte Pollen fliegen. An sonnigen, windreichen Tagen sollte dann der Aufenthalt im Freien, besonders auf Wiesen und Feldern, gemieden werden. Zusätzlich sollten täglich die Haare gewaschen werden und Kleider, in denen sich Pollen befinden können, nicht im Schlafzimmer aufbewahrt werden. Es empfiehlt sich außerdem, bei geschlossenem Fenster zu schlafen.

Bei leichten allergischen Beschwerden empfiehlt sich der Einsatz von Antihistaminika. Diese Präparate gibt es in Form von Augentropfen oder Nasensprays. Moderne, nicht müde machende Antihistaminika, können einmal täglich als Tablette eingenommen werden. Wichtig ist, die Behandlung bis zum Ende der Pollensaison durchzuführen. Auch wenn es regnet und damit weniger Pollen durch die Luft fliegen, können noch allergische Reaktionen auftreten.

Der Heuschnupfen rund ums Jahr

Frühjahrs-Heuschnupfen: *Pollen von Bäumen (zum Beispiel Birke, Erle, Hasel, Ulme usw.)*

Sommer-Heuschnupfen: *Gräserpollen*

Herbst-Heuschnupfen: *Kräuterpollen, besonders Beifuß; auch Schimmelpilzsporen*

Patientenfrage: *Meine Nase ist total zu, weil ich unter Heuschnupfen leide. Kann ich ein Medikament dagegen nehmen, obwohl ich noch stille?*

Antwort des Experten: *Nach Möglichkeit sollten Medikamente nur bei schweren Verlaufsformen gegeben werden. Wenn Ihre Nase Sie aber allzu sehr quält, können Sie Salzspülungen durchführen. Bei antihistaminikahaltigen Nasensprays, cortisonhaltigen Nasensprays und Antihistaminikatabletten ist zum Teil nicht bekannt, ob sie in bedeutsamer Menge in die Muttermilch übergehen. Bei einigen Präparaten weiß man schon, dass sie in die Muttermilch gelangen. Bisher sind allerdings keine Schädigungen der Kinder nachgewiesen worden. Trotzdem sollten Sie mit diesen Präparaten zurückhaltend umgehen. Sprechen Sie jedoch vor der Einnahme des Medikamentes unbedingt mit Ihrem Hausarzt.*

Präparate, die die Nasenschleimhäute abschwellen lassen, sollten nur kurzfristig eingenommen werden (maximal über fünf Tage). Ansonsten besteht die Gefahr, dass die Nasenschleimhäute noch stärker austrocknen und es dadurch zu einer durch Arzneimittel ausgelösten Entzündung kommen kann (Rhinitis medicamentosa). Trockene Schleimhäute verschlimmern außerdem die allergische Reaktion, daher können die Schleimhäute tagsüber auch mit einem Meersalzspray gepflegt werden. Abends empfiehlt sich die Spülung der Nase mit einer Nasendusche und isotonischer Kochsalzlösung. Die allergischen Beschwerden werden durch diese Maßnahmen oft gemindert.

Bei starken Beschwerden empfiehlt sich eine Therapie aus einer Kombination der oben erwähnten Antihistaminika und örtlich angewandten cortisonhaltigen Medikamenten (Corticoide).

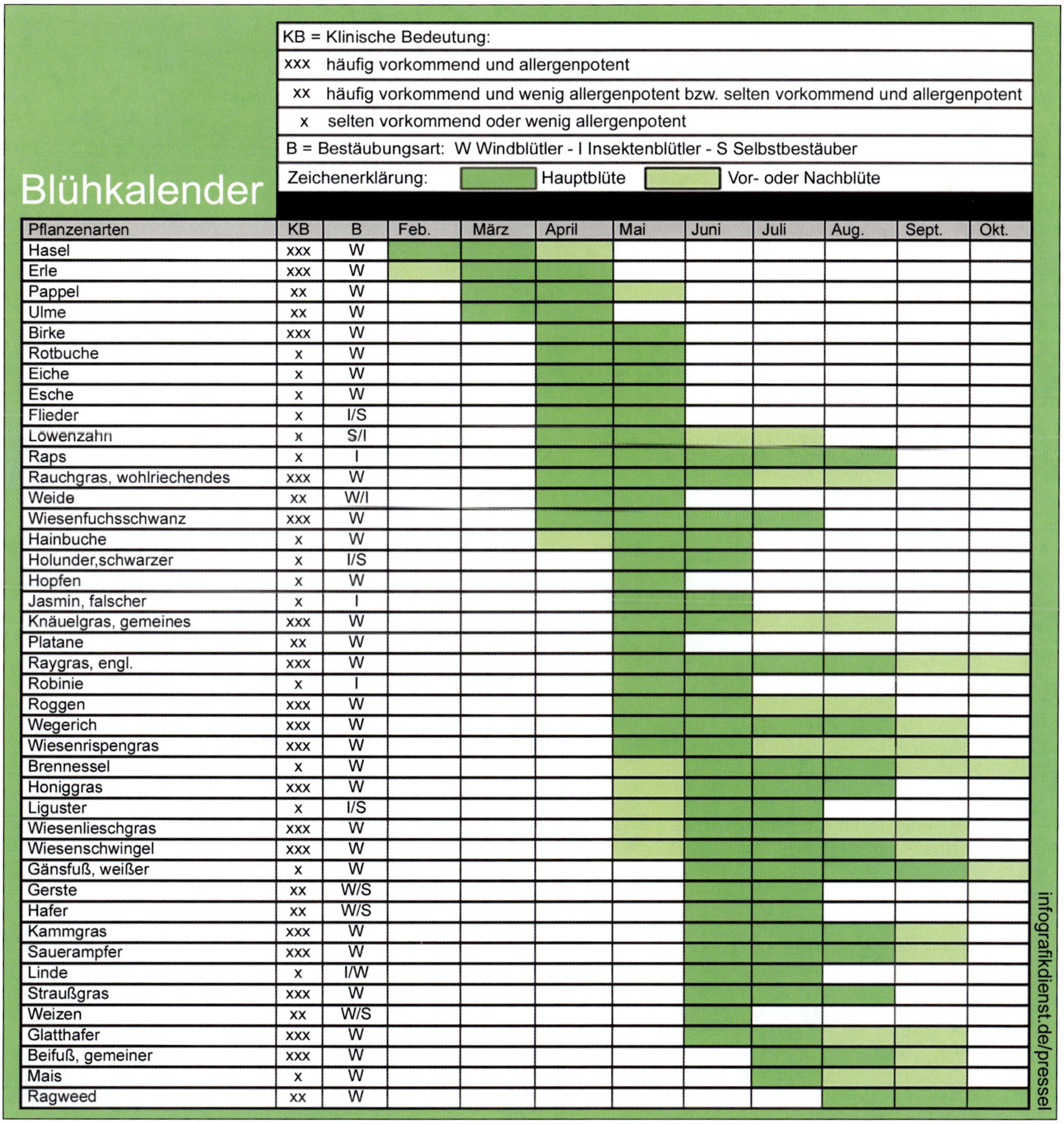

Was hat der Heuschnupfen mit Heu zu tun?

Heuschnupfen ist ein irreführender Begriff, denn er wird nicht durch Heu, sondern durch Pollen ausgelöst. Der Arzt spricht von Pollinosis oder allergischer Rhinitis (Schnupfen). Sie wird durch Aeroallergene ausgelöst. Sobald die Pollenkonzentration in der Luft einen bestimmten Wert erreicht, der je nach Pflanzenart unterschiedlich ist, kommt es bei einem Allergiker zu einem Pollinosis-Anfall.

Die Diagnose „allergische Rhinitis“ lässt sich mit einfachen Tests sichern. Solche Tests sind beispielsweise der Prick-Test, bei dem die Haut mit einer Nadel leicht eingeritzt und ein vermutetes Allergen aufgebracht wird. Sind ein oder mehrere allergieauslösende Eiweiße nachgewiesen und bekannt, ergibt sich für den Patienten die Möglichkeit, „seine“ Heuschnupfen-Auslöser gezielt zu meiden. Auch Bluttests können bei der Suche nach den Auslösern der Allergie-Symptome helfen.

Wichtig ist es, nicht nur bereits aufgetretene Heuschnupfen-Symptome zu bekämpfen und zu lindern, sondern vielmehr die allergischen Reaktionen überhaupt zu verhindern. Dies gelingt manchmal, indem einige wichtige Verhaltensregeln befolgt werden. Empfiehlt der Arzt ein antiallergisch wirksames Medikament (z. B. ein Antihistaminikum), sollte dies immer einige Zeit (etwa eine halbe Stunde) vor einem unvermeidbaren Allergenkontakt eingenommen werden. Dieser Einnahmemodus ist wichtig, um die Histamin-Wirkung im Körper maximal zu bremsen und damit das Auftreten aller Symptome möglichst zu vermeiden. Manche entzündungshemmenden Nasensprays sollten sogar einige Wochen vor der jeweiligen

Abb. 8.14: In schweren Fällen sind cortisonhaltige Nasensprays angezeigt.

Pollensaison angewendet werden, damit sie optimal wirken können.

Eine weitere Möglichkeit für einige Pollenallergiker ist die Hyposensibilisierung oder Spezifische Immuntherapie. Diese Methode hilft aber nicht jedem Patienten und sie

Keine Angst vor Cortison

Einige Nasensprays enthalten Cortison. Dadurch sollte sich der Allergiker aber nicht beunruhigen lassen. Eine örtliche Behandlung mit einem Cortison-Spray ist gut verträglich und zeigt nicht die Nebenwirkungen, die sich bei der Einnahme von Cortison-Tabletten oder -spritzen einstellen können. Diese Medikamente sind wichtig, weil sie helfen, die Entzündung zu kontrollieren und Spätfolgen, wie ein Bronchialasthma, zu verhindern.

wirkt nicht bei jedem Allergen gleich gut. Die Hyposensibilisierung ist ein relativ aufwändiges Verfahren, das zum Teil über mehrere Jahre immer wieder neu angewendet werden muss (siehe Kapitel „Die Therapien“).

Hühnereiallergie

Der Hühnereiallergiker reagiert nicht auf das ganze Ei, sondern auf bestimmte Inhaltsstoffe, die Proteine beziehungsweise das Eiweiß. Eiweiß ist allerdings nur der Oberbegriff für eine ganze Nährstoffgruppe. Die Allergieauslöser des Eies – z. B. das Ovalbumin – werden zum Teil durch Erhitzen zerstört. Da andere „Eiweiß-Arten“ jedoch hitzestabil sind, sollte der Allergiker Ei in jedem Fall meiden. Doch gilt dies nicht nur für Eierspeisen, sondern auch für Produkte, in denen Ei verarbeitet sein könnte.

Eier werden in unterschiedlichsten Bereichen eingesetzt:

- als Bindemittel in Teig- und Backwaren, Panaden, Mehl- und Kartoffelklößen,
- als Emulgator in Saucen, Cremespeisen, Mayonnaise, Eierlikör,
- als Lockerungsmittel in Süßspeisen,
- als Treibmittel in Backwaren, Soufflés.

Abb. 8.15: Die meisten Teig- und Backwaren enthalten Eier.

In der Deklaration von Nahrungsmitteln muss auf Begriffe wie

- Vollei,
- Eiklar,
- Weißei,
- Eigelb,
- aber auch auf Wörter mit der Vorsilbe Ovo-...

geachtet werden.

In manchen Speisen vermutet man gar kein Eiereiweiß. Doch ist Ei vielfach in Fertigsalaten, panierten Gerichten, Gemüse-Fertiggerichten, Semmelknödeln, Frikadellen, Nudelgerichten, Saucen, Wermutweinen wie Campari, Zwieback, Speiseeis, Lebkuchen, Zuckerwatte, vielen Bonbons usw. enthalten.

Um den Proteinbedarf auch ohne Eier zu decken, empfiehlt sich eine ausgewogene Ernährung.

Insektengiftallergie

Bienen und Wespen, aber auch Hornissen oder Hummeln können dem Menschen nicht nur schmerzhafte Stiche zufügen, sondern zu gefährlichen, manchmal sogar lebensbedrohlichen Zuständen führen, wenn der Gestochene allergisch auf das durch den Stich eingebrachte Gift reagiert. Selbst wenn ein Mensch bereits einmal von einer Biene oder Wespe gestochen wurde und keine allergische Reaktion gezeigt hat, kann diese bei einem erneuten Stich als Ausdruck einer Fehlreaktion des Organismus auftreten. So kann es von einer verstärkten lokalen Reaktion mit Rötung und erheblichem Juckreiz bis hin zu einer systemischen Reaktion unterschiedlichen Schweregrades kommen.

Der durch den Stich eingebrachte Stoff verursacht auf dem Blutweg eine generalisierte Nesselsucht (Urtikaria) oder eine Schwellung der Schleimhäute (Quincke-Ödem). Letzteres ist besonders bedrohlich, wenn es im Rachenraum auftritt und die Luftröhre zuschwillt. Bei anderen Menschen sind bevorzugt die Atemwege betroffen, und es entwickelt sich ein starker Schnupfen oder Asthma mit Atemnot. Dramatisch verläuft die anaphylaktische Reaktion mit Symptomen wie Schweißausbruch, Atemnot und Kreislaufkollaps, die mit dem Verlust des Bewusstseins (Koma), Übelkeit, Erbrechen oder Krämpfen verbunden sein können.

Bei Patienten, die auf Insektenstiche allergisch reagieren, sollte eine Hyposensibilisierung durchgeführt werden. Dadurch wird das Immunsystem mit dem Insektengift konfrontiert und die Empfindlichkeit reduziert. Weil man während der Flugzeiten der Insekten gefährdet ist, sollte jeder Insektengiftallergiker bestimmte Regeln beachten, um einen Stich zu vermeiden. Außerdem ist es zu empfehlen, eine Notfallausrüstung aus Pinzette (zum Entfernen des Stachels) und Abschnürbinde dabeizuhaben, mit der das Eindringen des Giftes in den Blutkreislauf vermindert werden kann. Medikamentös kann durch ein rasch wirksames Antiallergikum (Antihistaminikum) die Freisetzung von Histamin und dadurch die überschießende Immunreaktion verhindert werden.

Mit Adrenalin, Cortison und eventuell einer Infusion wird der allergische Schock behandelt.

Achtung: Notfall!

Folgen diese Anzeichen einem Insektenstich, sollten Sie sofort einen Arzt verständigen:

- *Fieber*
- *zunehmende Schwellungen und Ausschlag*
- *Kopfschmerzen*
- *Schwindelgefühl*
- *Übelkeit*
- *Schmerzen in der Brustgegend*
- *Zusammenschnüren der Luftwege oder der Brust*
- *Atembeschwerden*

Diese Anzeichen können auf eine Allergie hinweisen und lebensbedrohlich werden.

Abb. 8.16: Imker – mit Sicherheit kein Beruf für Insektengiftallergiker.

Kälteurtikaria

Die Kälteurtikaria ist eine besondere Form der Nesselsucht. Sie führt zu Hautrötung mit Juckreiz als Reaktion auf einen Kältereiz und ist keine „echte" allergische Reaktion mit einer Antigen-Antikörperreaktion, sondern wird zu den physikalisch ausgelösten Allergien bzw. zu den Pseudoallergien gezählt. Zu dieser Gruppe gehören auch Hauterscheinungen, die durch mechanischen Druck, Sonnenlicht oder Hitze verursacht werden. Bei dieser Form einer Hautreaktion löst ein Kältereiz die Freisetzung von Histamin aus, und zwar an der Stelle, wo die Kälte auf die Haut einwirkt. Die Folge sind Rötung, Schwellung und heftiger Juckreiz. Die Kälteurtikaria ist zwar unangenehm, aber nicht lebensbedrohlich. Wenn allerdings große Hautflächen dem Kältereiz ausgesetzt sind, so werden auch entsprechend große Mengen an Histamin freigesetzt, die dann mit dem Blut innerhalb von einer Minute in andere Köperregionen gelangen können. Die Folgen sind erhöhter Puls, Blutdruckabfall, stechende Kopfschmerzen, Atemnot und Kreislaufschock. In der medizinischen Fachliteratur findet man Berichte über tödliche Badeunfälle als Folge einer Kälteurtikaria. Festgestellt wird eine Kälteurtikaria durch den Allergologen mittels eines einfachen Tests mit Eiswürfeln auf dem Unterarm. Es werden mehrere Eiswürfel auf den Unterarm gelegt und zu unterschiedlichen Zeiten wieder entfernt. Zeigen sich dann die typischen Hauterscheinungen, so steht die Diagnose fest.

***Patientenfrage:** Mein acht Jahre alter Sohn hat eine sehr starke Waschmittelallergie. Wir benutzen ein Waschmittel, das er verträgt. Aber immer wenn er irgendwo außer Haus ein Handtuch benutzt hat, kommt er mit stark geröteten und juckenden Händen zurück.*

***Antwort des Experten:** Vermeiden Sie den Kontakt mit Sachen, die mit anderen Waschmitteln gewaschen worden sind. Erklären Sie Ihrem Kind, worum es geht, und es wird sehr schnell lernen, darauf zu achten. Am besten geben Sie ihm immer ein eigenes „Hygieneset" aus Handtuch und Waschlappen mit. Dann wird es, wenn es außer Haus ist, nicht in Kontakt mit allergieauslösenden Substanzen kommen.*

Kontaktallergie

Eine Kontaktallergie entsteht, wenn Haut oder Schleimhaut in Kontakt mit einem Allergen kommen. Beim ersten Kontakt mit der allergieauslösenden Substanz erfolgt zwar noch keine allergische Reaktion, aber der Körper wappnet sich schon gegen nachfolgende Kontakte. Beim nächsten Kontakt kommt es dann zur Reaktion. Die Sensibilisierung hat zur Folge, dass das Immunsystem der Haut aktiviert wird. An der Haut beginnt eine Entzündungsreaktion, um das Allergen abzuwehren.

Für den Betroffenen sichtbar, führt der wiederholte Kontakt mit dem Allergen zur Rötung und Schwellung der Haut, die mit einem extremen Juckreiz und manchmal auch Brennen einhergehen. Später entwickeln sich kleinste Bläschen, die schließlich unter Zurückbleiben trockener Haut mit Schuppenbildung abheilen. Im akuten Stadium heißt die Erkrankung Kontaktdermatitis. Wird sie chronisch, weil der Körper immer wieder Kontakt mit der verursachenden Substanz hat, spricht man von Kontaktekzem.

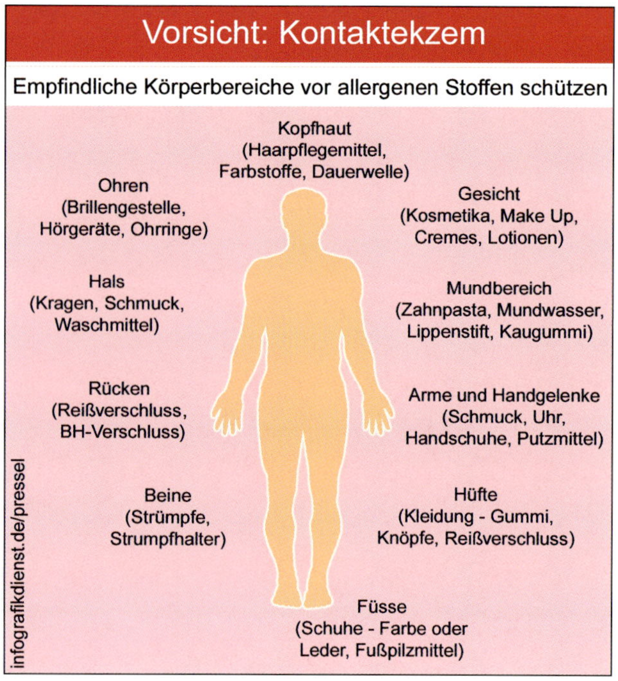

In diesem Fall werden die Allergene über die Lymphbahnen oder die Blutgefäße weitertransportiert. Dann kann es auch an Stellen zu allergischen Hautreaktionen kommen, die nicht mit dem Allergen in Berührung waren. Chronische Konkaktekzeme haben ein leicht verändertes Erscheinungsbild. Die anfängliche Entzündungsreaktion entwickelt sich zurück. Die Herde neigen dazu, Schuppen zu bilden. Die Oberhaut entwickelt in einer überschießenden Reaktion besonders viel Hornhaut.

Der Therapie geht eine sorgfältige Anamnese voraus. Es gilt, genau zu ermitteln, welche Stoffe aus dem täglichen Leben des betroffenen Menschen als mögliche Allergene in Frage kommen. Die Lokalisation des Ekzems sowie der Zeitpunkt des Auftretens sind dabei wichtige Hinweise.

Eine Unzahl von Stoffen und Mitteln kommen in diesem Zusammenhang in Frage, unter anderen:

- Nickel (in Jeansknöpfen und Modeschmuck),
- Haarpflegemittel,
- Kosmetika,
- Salben,
- Cremes,
- Sprays,
- Schmuck,
- Brillengestelle,
- Hörgeräte,
- Uhren,
- Kleidung.

Hat die Suche nach den möglichen Auslösern einige Substanzen oder Stoffe als Möglichkeit ergeben, kann ein Epikutan-Test (Pflastertest) durchgeführt werden. Wenn bei einem Allergietest festgestellt wird, dass der Auslöser ein „Berufsstoff“ ist, muss der Arzt die zuständige Berufsgenossenschaft benachrichtigen. Die Benachrichtigung muss auch erfolgen, wenn lediglich ein Verdacht besteht. Im weiteren Verlauf muss dann geklärt werden, ob der Betroffene den Beruf weiter ausüben kann.

Grundlage der Therapie eines Kontaktekzems ist die Meidung des auslösenden Allergens. Das ist die Voraussetzung für eine dauerhaft erfolgreiche Behandlung. Medikamentös werden in der Regel Corti-

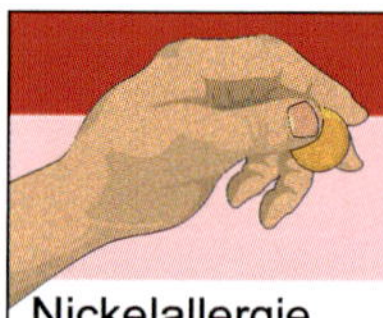

Allergische Kontaktekzeme

Die direkte Berührung bestimmter Stoffe und Materialien kann bei empfindlichen Menschen allergische Reaktionen hervorrufen.

Nickelallergie	Chromallergie	Latexallergie
Kontakt mit Münzen, Schmuck oder Uhren mit Nickellegierungen.	Kontakt mit gefärbtem Leder, Streichhölzern, Farben oder Klebstoffen.	Kontakt mit Gummi, z.B. mit Kondomen oder Handschuhen
NICKELLEGIERUNG	CHROMATE	CHEM. STOFF ZUR GUMMIHERSTELLUNG
Ekzem häufig unter dem Bauchnabel, durch Gürtelschnallen, Knöpfe, oder an Stellen mit Body-Piercing z.B. Ohren und Nase.	Hautausschläge bei Kontakt, z.B. wenn feuchte Finger Streichhölzer berühren.	Besteht eine Latexallergie, muss der Kontakt mit allergenen Gegenständen unbedingt vermieden werden.

Für Hautärzte und Allergologen kann es sehr schwierig sein, die wahre Ursache von Hauterkrankungen zu ermitteln (Diagnose durch Hauttests). Ekzem ist die Sammelbezeichnung für Hauterkrankungen verschiedener Art. Das äußere Erscheinungsbild kann mit Juckreiz, Rötung, Bläschen, Pusteln, Schuppen, mit Kratzen oder Narben verbunden sein.

infografikdienst.de/pressel

costeroide eingesetzt. Sie können in Form von Salben aufgetragen werden. Bei nässenden Ekzemen werden feuchte Umschläge mit dem Medikament empfohlen, bei trockenen Erscheinungsformen fetthaltige Salben.

Mögliche Komplikationen

- *Kratzen verschlimmert den Juckreiz und hält den entzündlichen Prozess aufrecht, so dass eine Abheilung verzögert oder verhindert wird.*
- *Problematisch sind dann nicht nur die quälenden Beschwerden, sondern auch die psychische Belastung. Häufig ist mit dieser Krankheit ein normales Arbeitsleben nicht mehr vereinbar.*
- *Eine weitere Komplikation stellt die Infektion der entzündeten Hautareale mit bestimmten Keimen dar.*

Allergisches oder toxisches Hautekzem?

Toxische Kontaktekzeme sind die Folge einer direkten Hautschädigung durch einen chemischen Stoff oder physikalische Einwirkungen auf die Haut. Es kann auch Nichtallergiker betreffen, die diesem Stoff ausgesetzt sind – eine wichtige Unterscheidung gegenüber dem allergischen Kontaktekzem.

Zu den schädigenden Substanzen, die zu den Erscheinungen des toxischen Hautekzems führen, gehören:

- Säuren,
- Laugen,
- Seife,
- Lösungsmittel,
- UV-Strahlen.

In dem Bereich, in dem die schädigende Substanz mit der Haut in Kontakt kommt, entwickeln sich typische Symptome wie Rötungen, Schwellungen und Bläschen.

Wird die Haut dem schädigenden Einfluss entzogen, bilden sich die entstandenen Herde zurück. Dabei kommt es oft zu einer Schuppung oder auch zu einer teilweisen Ablösung der Oberhaut. Bei starker Hautschädigung können auch Blasen oder sogar Nekrosen (abgestorbene Areale) auftreten. Im Gegensatz zum allergischen Kontaktekzem bleibt das toxische Hautekzem streng auf den Einwirkungsbereich des schädigenden Stoffes beschränkt. Das beste Beispiel eines toxischen Kontaktekzems ist der Sonnenbrand.

Zur Behandlung können örtlich cortisonhaltige Salben aufgetragen werden. Haben sich die Symptome zurückgebildet, sollte die Haut noch 14 Tage mit rückfettenden Cremes nachbehandelt werden.

Abb. 8.17: Aggressive Reinigungsmittel können zu einem toxischen Hautekzem führen.

Laktose-Intoleranz

Patienten mit einer Laktose-Intoleranz können Milchzucker (= Laktose) nicht vollständig verdauen. Milchzucker findet sich in Milch oder milchhaltigen Produkten und wird normalerweise im Dünndarm in seine Einzelbestandteile zersetzt (Glukose + Galaktose).

Das verantwortliche Enzym für die Zersetzung heißt Laktase und ist bei Bestehen einer Laktose-Intoleranz entweder überhaupt nicht oder vermindert vorhanden. Je nach dem Ausmaß des Mangels an Laktase erreicht eine vermehrte Menge Milchzucker den anschließenden Dickdarm, dessen Bakterien diesen als Futter gebrauchen. Als Abbauprodukte entstehen große Mengen an Gasen und organischen Säuren. Für den Patienten bedeutet dies Bauchschmerzen, Blähungen, Durchfall und Übelkeit. Kommen Hautausschläge, Nesselfieber, Asthma, Heuschnupfen oder Kopfschmerzen hinzu, sollte die Möglichkeit einer Milchallergie in Betracht gezogen werden. Bei dieser Form der Allergie treten im Gegensatz zur Milchzuckerunverträglichkeit Beschwerden schon bei der Aufnahme kleinster Mengen auf.

In Asien weit verbreitet

Laktasemangel kann angeboren sein und bereits beim Säugling Durchfall verursachen. Tritt der Mangel in späteren Jahren auf, so bleibt die Ursache oft unbekannt oder ist auf eine andere Erkrankung des Darmes (z. B. Entzündung) zurückzuführen. Vor allem Personen asiatischer Herkunft besitzen ein Laktasedefizit, während die Erkrankung in Mitteleuropa „nur“ etwa jeden Zehnten betrifft.

Der Arzt kann eine Laktose-Intoleranz auf drei Arten feststellen:

Bei den ersten beiden Methoden wird auf nüchternen Magen zunächst Milchzucker (50 mg in Wasser gelöst) verabreicht. Im ersten Fall erfolgt eine Blutzuckermessung vor und nach dem Trinken. Liegt ein Laktasemangel vor, ergibt dies einen geringeren oder fehlenden Blutzuckeranstieg.

Im zweiten Fall wird ein Anstieg des Wasserstoffgehaltes in der Atemluft gemessen, der als Abbauprodukt der unvollständigen Milchzuckerverdauung entsteht.

Die dritte Methode ist eine Untersuchung von Schleimhautproben, die mittels Darmspiegelung gewonnen werden und zusätzlich Aufschluss über andere Erkrankungen des Darmes geben können.

Am wirksamsten ist die Vermeidung oder die Reduzierung von Milch oder milchhaltigen Produkten. Die Anpassung ist individuell vorzunehmen, da manche Patienten durchaus Milch im Kaffee vertragen, aber andere bereits bei diesen geringen Mengen Durchfall bekommen.

Da die Laktose-Intoleranz ungefährlich ist, ist ein Verstoß gegen die Diät nicht unbedingt schädlich. Eine Reduzierung der Milcheinnahme verringert allerdings die Zufuhr von Kalzium, welches zur Vermeidung einer Osteoporose wichtig ist.

Abb. 8.18: Die Robbe ist das einzige Säugetier mit laktosefreier Milch.

Wo versteckt sich Laktose?

- *Milch*
- *Butter*
- *Margarine*
- *Käse*
- *Schokolade*
- *Milchpulver*
- *Backwaren*

Latexallergie

Allergien auf Latex stellen ein zunehmendes Problem dar. Vor allem im medizinischen Bereich wird immer häufiger mit Latex-Handschuhen gearbeitet. Entsprechend sind Latexallergien vom Soforttyp zu einem Gesundheitsproblem geworden.

Latex (Naturkautschuk) ist der milchige Saft eines tropischen Baumes. Daraus werden Schutzhandschuhe, medizinische Hilfsmittel (z. B. Spritzen, Infusionsbehälter) und verschiedene Dinge des täglichen Bedarfs (z. B. Gummibänder) hergestellt. Die Sensibilisierung auf Latex erfolgt auf bestimmte darin enthaltene Proteine, meist solche, die noch als Rückstände der Produktion enthalten sind. Besonders leicht und in großer Zahl werden die allergenen Proteine von gepuderten Latex-Handschuhen freigesetzt: Das mit den Allergenen beladene Puder verbreitet sich in der Raumluft und führt zu Sensibilisierungen der Atemwege. Latexallergische Menschen können bereits durch den bloßen Aufenthalt in Krankenhaus- und Arzträumen massive Beschwerden bekommen.

Die Symptome

- *Kontakturtikaria*
- *Bindehautentzündung*
- *Fließschnupfen*
- *asthmatische Beschwerden*

Ein Fortschritt zur Vermeidung von Latex-Sensibilisierungen wäre bereits die Verwendung ungepuderter Latex-Handschuhe. Sinnvoller ist es jedoch, ganz auf latexfreie Handschuhe umzustellen.

Die größte Gefahr stellen aber zweifellos medizinische Eingriffe wie Operationen, Zahnarztbehandlungen und gynäkologische Untersuchungen dar, bei denen das Latex-Allergen in größeren Mengen ohne schützende Hautschicht durch direkten Kontakt mit Blut und Schleimhäuten in den Organismus des Patienten gelangt. Hierbei kann es zu schweren allergischen Reaktionen bis hin zum anaphylaktischen Schock kommen. Dies kann nur durch die Einrichtung konsequent latexfreier Operationssäle vermieden werden.

Im Alltag gibt es für Latexallergiker jedoch noch viele andere Gefahrenquellen. Dabei ist es oft schwierig herauszufinden, welche

Abb. 8.19: *Latex versteckt sich in zahlreichen Haushaltsgegenständen.*

Latexprodukte im Alltag

Haushaltshandschuhe, Luftballons, Kondome, elastische Binden, Pflaster, Gummiringe, Gummigriffe, Gummischuhe, Squashbälle, Radiergummi, Briefmarkenkleber, diverse Handwerkskleber, Badematten, Bademützen, Badesandalen, Tauchbekleidung, Schwimmbrillen, Gummiunterlagen, Turnmatten, Matten im Auto, Beatmungsmasken, Spritzen, Katheter.

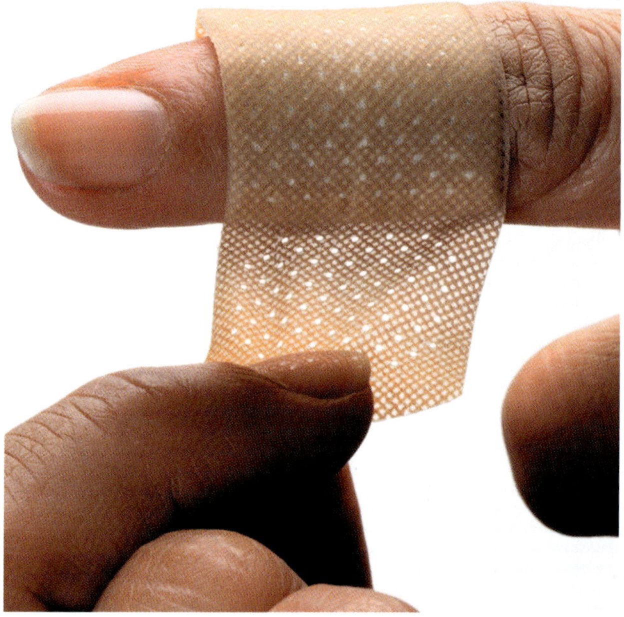

Abb. 8.20: Auch Pflaster enthalten Latex.

Artikel Latex enthalten. Sie sind häufig nur unzureichend deklariert. Alternativen sind oftmals nicht bekannt oder teurer. Vor allem im Heim- und Handwerkerbereich ist besondere Vorsicht geboten.

Viele Klebstoffe enthalten Latex. Teppichböden selbst zu verlegen, ist für einen Latexallergiker tabu, denn meist ist der Teppichrücken aus Latex.

Konventionelle Dispersionsfarben enthalten zum Beispiel synthetisches Latex (ein Erdölprodukt) oder Acrylatbestandteile, beides ist unbedenklich. Auch Biofarben enthalten heutzutage kein Naturlatex mehr. Jedoch war in älteren Biofarben oftmals Latex enthalten – daher ist Vorsicht beim Renovieren geboten. Orte, an denen frisches Latex verarbeitet wird oder aber auch nur offen in größeren Mengen gelagert wird, müssen von Latexallergikern gemieden werden. Dazu gehören Autowerkstätten, Reifenlager, Fahrradläden, Klebstoffhersteller.

Milcheiweißallergie

Eine Milchallergie kann in jedem Alter einsetzen, ist aber häufiger bei kleinen Kindern mit einer Vorgeschichte allergischer Probleme in der Familie wie Asthma, Heuschnupfen und Ekzemen. Glücklicherweise werden 80 bis 90 Prozent der betroffenen Kinder bis zum Schulalter gegenüber diesen allergischen Reizen tolerant, weil ihr Immunsystem in diesem Alter seine volle Reife und Funktionstüchtigkeit erreicht.

Bei Kleinkindern, die ausschließlich gestillt werden, kommen Kuhmilchallergien nur in 0,5 Prozent aller Fälle vor; Säuglinge, die mit Kuhmilch aus der Flasche ernährt werden, entwickeln dagegen in bis zu 7,5 Prozent Allergien. Unter Erwachsenen treten Milcheiweißallergien nur in Einzelfällen auf. Obwohl Kuhmilch eine Ursache für Nahrungsallergien bei Kindern unter zwei Jahren sein kann, zeigen oft dieselben Kinder gleiche Reaktionen auf andere Nahrungsmittel, insbesondere auf:

- Eier,
- Sojaprodukte,
- Orangen,
- Fisch,
- Weizen.

Abb. 8.21: Kuhmilch ist in vielen alltäglichen Nahrungsmitteln vorhanden.

Die in der Milch enthaltenen Proteine Casein und β-Lactoglobulin gelten als die häufigsten Auslöser. Da nicht jeder Kuhmilchallergiker auf alle Protein-Komponenten der Milch reagiert, können einige Patienten gekochte Milch oder Sauermilchprodukte vertragen.

Milch wird vielseitig eingesetzt, beispielsweise als Bindemittel in Fertigprodukten, zur Aufwertung des Eiweißgehaltes in Fleischerzeugnissen, zur Verfeinerung von Feinkostsalaten, als Flüssigkeitszugabe in

Milch – ersatzlos streichen?

Milch und andere Milchprodukte aus dem Speiseplan herauszunehmen, kann zu Ernährungsmängeln führen, wenn keine angemessenen Ersatzmaßnahmen getroffen werden. Milch und Milchprodukte decken etwa 75 Prozent der empfohlenen täglichen Kalziumaufnahme. Zudem liefert die Milch wichtige Dosen Riboflavin (Vitamin B2), Protein und Energie. Viele Gesundheitsexperten sind besorgt, dass einige Eltern wichtige Lebensmittel wie Milch vom Speiseplan ihrer Kinder absetzen.
Meist sind die Kinder aus ihrer Nahrungsmittelallergie herausgewachsen, sobald sie fünf Jahre alt sind. Es ist übliche Praxis, ausgeschlossene Lebensmittel unter angemessener ärztlicher Überwachung nach ein bis zwei Jahren wieder einzuführen, so dass diätetische Einschränkungen auf ein Minimum beschränkt werden. So kann auch die Milch oft unter ärztlicher Aufsicht erfolgreich wieder in den Speiseplan aufgenommen werden.

Kuchen, Gebäck und Brot. Deshalb ist es wichtig, das Zutatenverzeichnis genau zu lesen. Hinweise auf Milcheiweiß geben die folgenden Inhaltsstoffe:

- Süßmolke,
- Sauermolke,
- Molkeprotein,
- Casein,
- Caseinate.

Zu den Milchprodukten, die im Zweifelsfall gemieden werden müssen, gehören neben Trinkmilch, Jogurt, Sahne, Quark u. Ä. auch Wurstwaren wie Brühwürste, Schinkenwurst, fertig paniertes Fleisch, Fleischkonserven, Heringsalat, Fertiggerichte, Brote, die Milch enthalten können (wie Graham-, Toast- und Buttermilchbrot, Brötchen, Hefezopf), Nougatcreme, Pudding, Eis, Schoko-

Abb. 8.22: Ziegenmilch kann eine Alternative zur Kuhmilch sein.

lade, Karamelbonbons, fertige Saucen, Mayonnaise, Ketchup, Sahnelikör, Waffeln, Kuchen, Pfannkuchen, Milchreis, Kartoffelfertigprodukte.

Gute Kalziumlieferanten

Kalziumreiche Nahrungsmittel sind Gemüsesorten wie Broccoli, Grünkohl und Fenchel, Hülsenfrüchte und Gartenkräuter. Diese decken alleine kaum den ganzen Tagesbedarf. Kalzium kann besser vom Körper verwertet werden, wenn ausreichend Vitamin D vorhanden ist. Vitamin D wird mit der Nahrung aufgenommen (Fisch enthält viel Vitamin D), bildet sich jedoch auch bei Sonneneinstrahlung in der Haut.
Auch kalziumreiche Mineralwasser sollten bei einer Milchallergie bevorzugt getrunken werden. Es gibt Sorten mit bis zu 800 mg Kalzium pro Liter.

Als Ersatz kommen Ziegen- und Schafskäse in Frage. Hier sind Kreuzreaktionen selten. Viele Kuhmilchallergiker vertragen aber keine Sojaprodukte.

Wenn alle Milchprodukte vermieden werden müssen, muss die Ernährung um bestimmte Vitamine und Nährstoffquellen ergänzt werden.

Abb. 8.23: Bei Milchverzicht muss sorgfältig auf eine gesunde Ernährung geachtet werden.

Nahrungsmittelallergie

Fünf bis sieben Prozent der Bevölkerung leiden an einer Nahrungsmittelallergie. Häufig bleibt sie lange Zeit unentdeckt. Die Allergiediagnostik beginnt mit dem Gespräch zur Krankengeschichte, der Anamnese, bei der besprochen wird, unter welchen Umständen die Symptome erstmals und im weiteren Verlauf beobachtet wurden.

Der Arzt muss zunächst andere Erkrankungen ausschließen, die ähnliche Symptome verursachen, etwa Zöliakie (Glutenunverträglichkeit), Nahrungsmittelunverträglichkeit, leichtere Vergiftungen, einen nervösen Darm oder eine chronische Darmerkrankung (Dickdarmentzündung, Morbus Crohn).

Durch einen Hauttest am Unterarm oder auf dem Rücken (Prick-Test) werden allergieauslösende Stoffe ermittelt. Im Blut kann die Konzentration von Antikörpern gegen ein bestimmtes Antigen gemessen werden (Radio-Allergen-Sorbent-Test).

Die Symptome

Eine Nahrungsmittelallergie kann sich mit den folgenden Beschwerden bemerkbar machen:

- Schwellungen im Mund und an den Lippen
- Prickelndes Gefühl in der Mundhöhle
- Erbrechen
- Magenkrämpfe
- Durchfall
- Blähungen
- Quaddeln
- Ekzeme an Haut und Schleimhäuten
- Schwellung des Kehlkopfs
- Husten und Atemnot
- Asthma
- Anaphylaktischer Schock

Abb. 8.24: Oft bleibt das tatsächliche Allergen lange Zeit unentdeckt.

Die Ausschlussdiät

Zur Bestätigung einer Allergie eignen sich die Ausschluss- und Provokationsdiät: Dabei muss der Patient über sieben Tage eine allergenarme Wasser-Reis-Kartoffeldiät einhalten. Wenn er danach nicht beschwerdefrei ist, ist eine Nahrungsmittelallergie unwahrscheinlich. Vorher wird durch einen Hauttest eine Kartoffel- oder Reisallergie ausgeschlossen. Tritt Beschwerdefreiheit ein, so werden einzelne Nahrungsmittel schrittweise hinzugefügt, bis Beschwerden auftreten, um das entsprechende Nahrungsmittel zu identifizieren.

Bei Verdacht auf Nahrungsmittelallergien sollte ein Ernährungstagebuch geführt werden. Dort wird eingetragen, wann was gegessen wurde und wann welche Symptome aufgetreten sind. Die Notizen sollten auch Marken beinhalten, um bei Bedarf die genauen Inhaltsstoffe erfragen zu können. Auch kleine Zwischenmahlzeiten, Snacks, Süßigkeiten u. Ä. dürfen nicht vergessen werden. Wichtig bei Nahrungsmittelallergien ist die Karenzkost, das heißt das Vermeiden der Lebensmittel beziehungsweise Inhaltsstoffe, die die Allergie auslösen. Wichtig ist jedoch, nicht einfach Nahrungsmittel wegzulassen, sondern eine ausgewogene Ernährung trotz der Allergie sicherzustellen.

Zu den häufigsten Nahrungsmittelallergenen gehören:

- Schalentiere
- Milch
- Fisch
- Soja
- Hühnerei
- Nüsse
- Weizen
- Obst- und Gemüsesorten (als Kreuzreaktion auf Pollenallergien!)

Abb. 8.25: Erdbeeren gehören zu den Nahrungsmitteln, die Histamin direkt freisetzen.

Weil sämtliche Produkte im guten Glauben auf Verträglichkeit gekauft werden, die Inhaltsstoffe aber oft nicht deklariert sind, ist der Auslöser für die allergische Reaktion nicht immer gleich identifizierbar. Nach geltendem EU-Recht können Fertigprodukte theoretisch einen „Cocktail" aus vielen bekannten Allergenen enthalten, ohne dass die entsprechenden Einzelsubstanzen auf der Verpackung ausgewiesen sein müssen. Einzige Voraussetzung dafür ist, dass das Allergen als Komponente einer deklarationspflichtigen Zutat einen Gesamtanteil von 25 Prozent am Enderzeugnis nicht überschreitet (25-Prozent-Regel).

Deklarationspflichtig sind laut Gesetzgeber die Zutaten in einem Nahrungsmittel und nicht die enthaltenen Einzelsubstanzen.

Ein eindrückliches Beispiel für eine missverständliche bzw. mangelhafte Deklaration ist dasjenige vom Fertigkuchen mit Füllung aus Schokoladenmasse. Diese ist zwar auf der Verpackung als Zutat ausgewiesen, nicht aber, dass der Hersteller die Schokoladenmasse aus Kostengründen mit Erdnusspaste auffüllt. Weil der Anteil der Paste am

Nahrungsmittelallergie oder Nahrungsmittelunverträglichkeit

Bei einer Nahrungsmittelallergie erkennt das Abwehrsystem bestimmte Nahrungsbestandteile als fremd und gefährlich und setzt einen Abwehrprozess in Gang. Es werden über die Vermittlung verschiedener Zellen ungewöhnlich große Mengen von Abwehrstoffen (Antikörper vom Typ IgE) gebildet. Sie binden sich an bestimmte Zellen und veranlassen sie, Histamin und andere Gewebshormone freizusetzen. Bei jedem weiteren Kontakt mit dem Stoff erkennt das Immunsystem den Stoff und wird ihn schneller abwehren. Dadurch kommt es bei der erneuten Aufnahme des Nahrungsmittels in Sekunden bis wenigen Stunden zu einer allergischen Reaktion.
Im Gegensatz zur Allergie kommt es bei einer Nahrungsmittelunverträglichkeit zu keiner Immunreaktion. Das heißt, es sind keine Antikörper vom Typ IgE an der Reaktion auf die Nahrungsmittel beteiligt. Trotzdem wird das Gewebshormon Histamin freigesetzt.
Verschiedene Lebensmittel wie Erdbeeren oder Tomaten setzen Histamin direkt frei. Einige Lebensmittel enthalten Histamin (zum Beispiel Käse, Wein, Fischkonserven, Sauerkraut). Auch Natriumglutamat, ein Zusatz in chinesischen Speisen, und Sojasauce, können eine Unverträglichkeit auslösen. Eine andere Form der Unverträglichkeit besteht in einem Enzymmangel. Beispiel: Unverträglichkeit von Milch bei einem Mangel am Enzym Laktase. Dieses Beispiel verdeutlicht den Unterschied zwischen Allergie und Unverträglichkeit: Bei der Allergie verträgt der Patient überhaupt keine Milch, und es kommt sofort zu Beschwerden. Bei Unverträglichkeit besteht ein Mangel an dem Enzym, das die Milch abbaut. Der Patient kann noch kleine Mengen Milch zu sich nehmen.

Fertigprodukt (wohlweislich) weniger als 25 Prozent beträgt, taucht ein Hinweis auf das Nussprodukt auf der Verpackung nicht auf. Allergiker sollten demnach Fertigprodukte entweder meiden oder sich gegebenenfalls beim Lebensmittelhersteller genau nach den Inhaltsstoffen erkundigen. Manchmal hilft es auch, die Herstellerangaben für Verbraucher aus anderen Ländern zu studieren, in denen das Produkt vertrieben wird. Konsumenten aus Österreich etwa erhalten oft deutlich detailliertere Informationen über die Zusammensetzung einzelner Produkte des Lebensmittelbereichs als deutsche Kunden.

Abb. 8.26: Nahrungsmittelallergiker sollten auf Fertiggerichte verzichten und ihre Mahlzeiten selbst frisch zubereiten.

Um eine lässliche Sünde handelt es sich bei dem genannten Beispiel der unterlassenen Deklaration sicher nicht, wenngleich die meisten Fälle von Nahrungsmittelallergie keine schwerwiegenden oder lebensbedrohlichen Symptome hervorrufen. Allerdings: Aus Großbritannien etwa werden jedes Jahr bis zu zehn Todesfälle auf allergische Reaktionen zurückgeführt, die durch den Genuss von Erdnüssen ausgelöst wurden oder durch Lebensmittel, die Erdnussöl enthielten.

Nesselsucht

Nesselsucht heißt in der Fachsprache Urtikaria. Sie ist das beste Beispiel für eine Allergie vom Soforttyp. Innerhalb von Minuten nach dem Kontakt mit einem Allergen bilden sich juckende Quaddeln, wie bei der Berührung von Bennnesseln. Die Schwellungen der Urtikaria entstehen in der Oberhaut. Die Quaddeln können auch den ganzen Körper bedecken. Zu Beginn der Reaktion zeigen sich begrenzte geschwollene und leicht erhabene Rötungen, die schnell größer werden und jucken. Es können sich auch weißliche Flecken bilden. Die Quaddeln können einzeln auftreten und die Größe von Linsen haben, meistens stehen sie aber beetartig zusammen. Sie können sich auch über den ganzen Körper ausbreiten und zu großflächigen Gebilden zusammenfließen. Die Dauer der Schwellungen ist unterschiedlich, sie können nach wenigen Minuten zurückgehen oder auch wochenlang bleiben. Bleiben Quaddeln länger als vier Wochen, spricht man von chronischer Nesselsucht.

Äußerlich lassen sich urtikarielle Quaddeln durch mechanische Einwirkung auslösen. Fährt man beispielsweise mit einer Büroklammer oder einem anderen dünnen, aber stumpfen Gegenstand fest über die Haut, entsteht wenige Minuten danach eine Urtika entlang der Reibefläche. Der Hautausschlag verschwindet nach wenigen Minuten wieder. Diesen Effekt nennt man Urticaria factitia.

Im Alltag können Quaddeln ebenfalls durch mechanischen Druck auftreten. Trägt man etwa zu lange einen zu schweren Rucksack, so können sich entlang der Druckstellen der Gurte Quaddeln bilden. Aber auch Kälte, Wärme oder das Licht einer bestimmten Wellenlänge können dieselben Effekte haben. Kurioserweise können in manchen

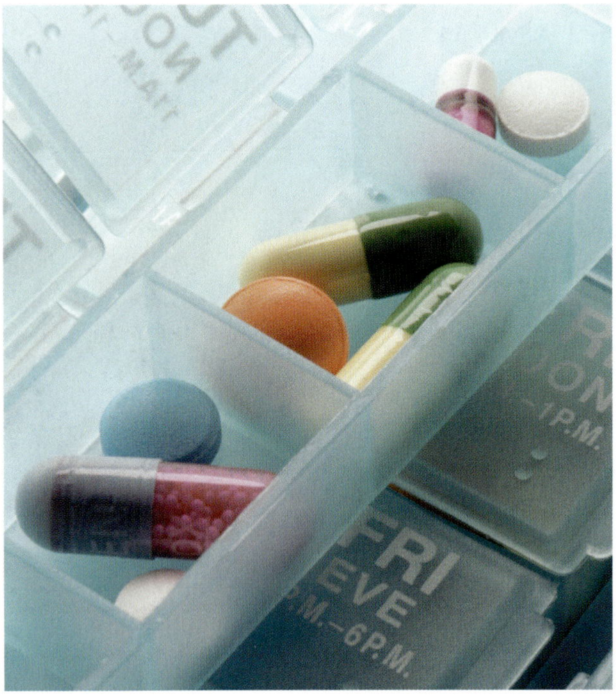

Abb. 8.27: Nesselsucht kann auch infolge einer Medikamenteneinnahme auftreten.

Fällen auch extreme körperliche Anstrengung oder emotionale Erregung zu kleinen, linsengroßen Quaddeln führen. Diese Form nennt sich Wärmereflex-Urtikaria. All diese Reaktionen beruhen auf allergischen Mechanismen, die bis heute nicht vollständig erklärbar sind.

In vielen Fällen sind andere, so genannte immunologische Ursachen für eine Nesselsucht bekannt. So können verschiedene Lebensmittel, wie Nüsse, Gewürze, Fisch oder Schalentiere (Muscheln, Krabben etc.), zu allergischen Reaktionen sofort nach dem Verzehr führen. Die allergischen Reaktionen bestehen häufig in einer Quaddel- oder Ödembildung. Es kann aber auch zu Luftnot und in besonders schweren Fällen zum anaphylaktischen Schock kommen. Die gleichen Effekte können auch Medikamente sowie die in Lebensmitteln enthaltenen Konservierungs- und Farbstoffe verursachen. Dabei können auch asthma- und heuschnupfenartige Anfälle auftreten.

Was kann eine Nesselsucht auslösen?

- Nahrungsmittel wie Fisch, Eier, Getreide, Kuhmilch, Krustentiere, Muscheln, Nüsse, Beeren,
- Lebensmittelzusatzstoffe, z. B. Chinin in Tonic water, Menthol in Zahnpasta, Färbemittel etc.,
- Rückstände von Spritzmitteln auf Obst und Gemüse oder in Fleisch gespritzte Medikamente,
- Medikamente zum Einnehmen,
- Salben und Zäpfchen,
- Metalle im Körper, z. B. bei Operationen verwendete Metalle oder Amalgam in Zahnplomben,
- Insektenstiche,
- Pflanzen,
- Tierhaare,
- Sonnenstrahlen und Röntgenstrahlen,
- Druck auf die Haut,
- große Kälte oder extreme Temperaturschwankungen,
- Virusinfektionen,
- akute eitrige Infekte.

Abb. 8.28: Auch Pflanzen können eine Nesselsucht auslösen.

Im akuten Fall erkennt der Arzt die Quaddeln und stellt die Diagnose. Die Diagnose kann meist leicht gestellt werden, die Ursachensuche ist dagegen ausgesprochen schwierig. Nur selten gibt es eindeutige Hinweise wie bei Erdbeer-, Nuss- oder Schalentierallergien. Auch Urtikaria nach Bienen- oder Wespenstichen ist leicht zuzuordnen. Meist jedoch ist eine schwierige Allergiediagnostik mit folgenden Hilfsmitteln notwendig:

- Genaue Befragung des Patienten nach seinen Symptomen (Anamneseerhebung).
- Hauttests (Läppchentest, Prick-Test).
- Blutuntersuchungen auf bestimmte IgE-Antikörper gegen eventuell die Nesselsucht auslösende Substanzen (so genannter RAST-Test).
- Spezielle orale Provokationstests bei Verdacht auf individuelle Unverträglichkeit: Dabei bekommt der Patient das Nahrungsmittel zu essen, das als Auslöser der Nesselsucht vermutet wird. Entstehen danach Juckreiz und Quaddeln, dann ist die auslösende Ursache erkannt und kann in Zukunft gemieden werden.
- Spezielle allergologische Auslass- und Suchdiäten: Dabei probiert der Patient verschiedene Ernährungsprogramme aus, mit dem Ziel, die für ihn am besten verträgliche Nahrung herauszufinden.

Die Prognose

Ergibt eine gründliche Untersuchung keine Ursache für den chronischen Nesselausschlag, dürfen Sie nicht verzweifeln. In der Hälfte der Fälle vergeht der Ausschlag von selbst innerhalb eines halben Jahres. Nur in einigen seltenen Fällen kann das Leiden mehrere Jahre andauern.

Sowohl bei der akuten als auch bei der chronischen Nesselsucht wird folgende Behandlung angewandt:

Abb. 8.29: Die Suche nach dem auslösenden Allergen ist oft sehr schwierig.

- Die Behandlung besteht in erster Linie darin, die möglichen Auslöser zu finden und zu meiden.
- Antihistaminika sind gut gegen den Juckreiz wirksam und können das Auftreten neuer Quaddeln unterdrücken.
- In schweren Fällen mit großflächiger Beteiligung muss Cortison gegeben werden. Dies ist vor allem dann nötig, wenn es akut zu Blutdruckabfall oder Atembeschwerden kommt. Hier droht die Gefahr des allergischen (anaphylaktischen) Kreislaufschocks.
- Bei Bienen- oder Wespengiftallergie kann ein dazu ausgebildeter Arzt eine Hyposensibilisierung oder Spezifische Immuntherapie durchführen: Ziel ist, dass sich der Körper an das Gift gewöhnt und dadurch die Überempfindlichkeitsreaktion beseitigt wird. Aufgrund der möglichen heftigen Reaktionen gerade bei Insektengiftallergien sollten sowohl die Austestung als auch die Einleitung einer solchen Behandlung ausschließlich im Krankenhaus unter stationären Bedingungen erfolgen.

Neurodermitis

Die Neurodermitis, auch als atopische Dermatitis bezeichnet, ist eine allergische Hauterkrankung, die vor allem Kinder und Jugendliche betrifft, die eine genetische Veranlagung besitzen. Deshalb tritt die Neurodermitis auch familiär gehäuft auf.

Abb. 8.30: Immer mehr Kinder sind von Neurodermitis betroffen.

Als Auslöser, nicht jedoch als Ursache, der atopischen Dermatitis kommen emotionell belastende Situationen in Betracht. Die Bedeutung von Nahrungsmitteln als Auslöser ist umstritten.

Meistens beginnen die Symptome der Neurodermitis bei Säuglingen mit dem dritten Lebensmonat. Als erstes zeigen sich symmetrische Rötungen an den Wangen und eine feine gelbliche Schuppung auf dem Haarboden. Die Oberfläche der Haut ist dann matt. Es kommt zur Bildung von Bläschen, die aufplatzen und nässen. Die daraufhin entstehenden Wunden trocknen ein und verkrusten. Auf dem Kopf werden diese Erscheinungen Milchschorf genannt. Besonders befallen von starkem Juckreiz und trockener Haut sind das Gesicht, die Ellenbogen und/oder der Nacken.

Bei Kindern und Kleinkindern zeigt sich im weiteren Verlauf die Neurodermitis besonders in den Beugeseiten der Extremitäten. Ellenbogen, Kniekehlen und Fußbeugen ändern ihr Aussehen. Die Haut ist verdickt und das Hautrelief ist vergröbert. Die Pigmentierung wird dunkler. Oft zeigen sich auch Symptome eines akuten Ekzems, wie Rötung oder Knötchenbildung. Charakteristisch sind außerdem das Fehlen der seitlichen Augenbrauen, die typische Unterlidfalte und die behaarten (und somit fehlenden) Schläfenwinkel. Neurodermitiker leiden fast immer unter einer allgemeinen Hauttrockenheit, die sich in den Wintermonaten verstärkt.

Ein weiteres Merkmal für Neurodermitiker sind die typischen Glanznägel. Sie entstehen durch das ständige Kratzen. Dabei werden die Oberflächen der Fingernägel poliert.

Bereits die Bezeichnung der Erkrankung beinhaltet den Begriff „Neuro“. Das deutet auf eine Beteiligung psychischer Faktoren hin. Ein Grund für die starken psychischen Belastungen bei der Neurodermitis ist sicher das teilweise entstellende Aussehen, das schon im frühen Kindesalter zu Problemen führen kann.

Kinder mit Neurodermitis werden seltener gestreichelt als Kinder mit normaler Haut. Das Streicheln wird von den Kindern jedoch als schön empfunden. Auf der anderen Seite verursacht es den erkrankten Kindern aber auch Schmerzen. So weisen die betroffenen Kinder das Streicheln oft ab, weil es weh tut, obwohl sie sich nach Zärtlichkeit sehnen. Das Ablehnen der Zärtlichkeit tut aber ebenfalls weh. Von Neurodermitis betroffene Kinder entwickeln auch früh ein problematisches Verhältnis zu ihrer Haut. Normalerweise transportiert die Haut, gerade durch das Streicheln der Eltern hervorgerufene, positive Empfindungen. Zwar empfinden Neurodermitiker das Gefühl der Zärtlich-

Teufelskreis Juckreiz

Das größte Problem bei der Neurodermitis ist wohl der Juckreiz. Darunter leiden die Betroffenen ganz besonders. Er tritt periodisch auf und kann manchmal unerträglich werden. Dann zwingt er die Betroffenen dazu, sich ständig zu kratzen – und genau das raubt ihnen den Schlaf. Sie sind oft chronisch müde. Diese dauernde Müdigkeit führt wiederum zu einer Verstärkung des Juckreizes. Das andauernde Reiben und Kratzen bewirkt zusätzlich eine ständige Irritation der Haut, wodurch sich die Haut in diesen Bereichen noch weiter verdickt.

keit. Diese Empfindung wird aber nicht über die Haut „transportiert". Die Haut wird eher als eine störende „Barriere" empfunden, die abgelehnt wird.

Neurodermitis verläuft sehr häufig in Schüben, die nicht selten durch psychisch belastende Situationen hervorgerufen werden. Im Laufe der Zeit führen konfliktbehaftete Situationen immer schneller zu Schüben mit sichtbaren und schmerzhaften Ausschlägen.

Diese kurz dargestellten psychischen Komponenten machen deutlich, dass häufig, insbesondere in den schweren Fällen, bei den Betroffenen eine begleitende psychotherapeutische Behandlung notwendig ist. Ein intaktes und sicheres soziales Umfeld ist für Neurodermitiker besonders wichtig.

Die Therapie der Neurodermitis ist problematisch. Corticosteroide verschaffen zwar eine Linderung. Wenn sie abgesetzt werden, flammen die Symptome aber meistens wieder auf. Eine langfristige, dauerhafte Behandlung mit Corticosteroiden ist aufgrund der Nebenwirkungen problematisch.

Häufig wird vor allem der Juckreiz behandelt. Eine Linderung während der akuten Schübe wird oft durch die systemische Gabe von Antihistaminika erreicht. Bei Schlafstörungen kann die Einnahme von Schlafmitteln sinnvoll sein. Sie sollten aber auf keinen Fall dauerhaft eingenommen werden.

Abb. 8.31: Bei schweren atopischen Schüben können oft nur noch Schlafmittel für einen ruhigen Schlaf sorgen.

Trockene Haut verstärkt die Beschwerden. Deshalb wird die Haut mit fettenden Salben oder Bädern mit rückfettenden Substanzen behandelt. Bei sehr starken Beschwerden können zusätzlich feuchte Umschläge, Lotionen oder Teerpräparate angewandt werden. Ist der Verlauf der Neurodermitis chronisch und sind die Symptome nur schwach ausgeprägt, haben sich Harnstoff-Präparate bewährt. Es wurden auch schon Immunsuppressiva mit gutem Erfolg eingesetzt.

Die wichtigste Therapie

Bei der Neurodermitis ist darauf zu achten, dass den Betroffenen durch Medikamente wie z. B. Cortisonpräparate zu einer Linderung des Juckreizes verholfen wird, da das Aufkratzen der Hautveränderungen schlimme Entzündungen oder Narben zur Folge haben kann.

Eine vollständige Heilung kann es wegen der erblichen Komponente nicht geben.

Eine Prognose für die Stärke und die Dauer des Krankheitsverlaufs lässt sich nicht aufstellen.

In der Regel leiden ungefähr 25 Prozent aller Neurodermitis-Kinder auch noch als Erwachsene unter den atopischen Schüben. Aber auch wenn die Symptome im späten Alter ausbleiben, besteht immer noch die genetische Veranlagung. Die Neurodermitis kann jederzeit von Neuem provoziert werden. Deshalb ist auch Vorsicht bei Therapien angebracht, die eine vollständige Heilung versprechen.

Patientenfrage: *Ich bin im vierten Monat schwanger und muss hin und wieder Cortisoncreme benutzen, nämlich wenn ich einen schlimmen Dermatitisanfall bekomme und die Haut trocken wird und reißt. Kann ich die Creme während der gesamten Schwangerschaft nehmen?*

Antwort des Experten: *Wenn Sie die Cortisoncreme tatsächlich nur gelegentlich (etwa zwei Mal im Monat) benutzen und dann auch nur in geringen Mengen, ist das kein größeres Problem. Am besten halten Sie noch mal Rücksprache mit Ihrem Frauenarzt.*

Pollenassoziierte Nahrungsmittelallergie

Ein herzhafter Biss in einen Apfel und schon kribbelt es auf der Zunge, oder Sie bekommen Durchfälle und Krämpfe nach dem Genuss eines pikant gewürzten Sellerieauflaufes. Was dahinter steckt, ist meist keine weitere, sondern die Folge einer bereits vorhandenen (Pollen-)Allergie. Kreuzreaktion ist das Stichwort. Bei Reaktionen auf Pollen und Nahrungsmittel ist auch von „pollenassoziierten Nahrungsmittelallergien" die Rede. Die typischen Symptome, die nach dem Genuss eines frischen Apfels bei vielen Birkenpollenallergikern beobachtet werden, sind Kribbeln und Juckreiz bis hin zu Schwellungen der Mund- und Rachenschleimhäute. In Verbindung mit anderen Pollenallergien – wie z. B. der Beifußallergie – können nach dem Verzehr bestimmter Nahrungsmittel auch Magen-Darm-Beschwerden, Hautreaktionen oder Kreislaufbeschwerden bis hin zum anaphylaktischen Schock hervorgerufen werden.

Den Kreuzreaktionen zugrunde liegt eine Ähnlichkeit der Oberflächenstrukturen der jeweiligen Pollen und Nahrungsmittel.

Abb. 8.32: Wer auf Kräuterpollen reagiert, sollte sich vor Karotten in Acht nehmen.

Pollenassoziierte Nahrungsmittelallergien (pNMA) gehören zu den häufigsten Nahrungsmittelallergien überhaupt. Während im Säuglings- und Kleinkindalter die „klassischen" Nahrungsmittelallergien wie Kuhmilch- oder Hühnereiallergie am häufigsten sind, führen die pNMA mit Sellerie und Apfel die Hitliste der Nahrungsmittelallergene im Erwachsenenalter an.

Vor allem bei einer Pollenallergie auf frühblühende Bäume und Sträucher (Birke, Erle, Hasel) treten Nahrungsmittelallergien häufig auf.

Abb. 8.33: Für Birkenpollenallergiker bleibt nur ein eingeschränktes Obstangebot.

Für fast die Hälfte aller Birkenpollenallergiker gilt: Wer auf Birke, Erle und Hasel reagiert, verträgt hauptsächlich Nüsse und einige rohe Obstsorten aus der Familie der Rosengewächse, nämlich Apfel, Birne, Pfirsich, Pflaume, Kirsche und Mandel, nicht. Seltener werden exotische Früchte wie Kiwi, Litschi oder Avocado nicht vertragen.

Letzteres tritt eher dann auf, wenn auch weitere Pollenallergien, z. B. auf Beifuß, akut sind. Allergien gegen Gewürze plagen einen reinen Birkenpollenallergiker nicht. Auch bei Beifußpollenallergikern sind pNMA keine Seltenheit, wenn sie auch statistisch gesehen gegenüber Birkenpollenallergikern etwas seltener vorkommen. Kreuzreaktionen treten auf andere Vertreter aus der Gruppe der Korbblütler wie Chrysanthemen, Löwenzahn oder Kamille, vereinzelt auch auf Estragon und Sonnenblumenkerne auf. Beifuß gilt darüber hinaus als Leitallergen für Kräuter- und Gewürzallergien. Bekannt sind Vertreter aus der Familie der Pfeffergewächse, wie grüner und schwarzer Pfeffer, und der Nachtschattengewächse: Chili, Tomate und Paprika. Am häufigsten tritt in Verbindung mit Beifußpollen eine Sellerieallergie auf. Gleichzeitig sind meistens auch andere Gemüse und Gewürze aus der Familie der Doldenblütler wie Karotte, Fenchel, Anis, Koriander, Liebstöckel, Kümmel, Petersilie und Dill sowie frische Kräuter aus der Familie der Lippenblütler (Basilikum, Mayoran, Oregano, Thymian) betroffen. Nach diesem Erscheinungsbild wurde das so genannte „Sellerie-Karotten-Beifuß-Gewürz-Syndrom" benannt. Auch Allergien auf exotische Früchte (Kiwi, Mango) sind beobachtet worden.

Bei der dritten Gruppe, den Gräser- oder Getreidepollenallergikern, wurden bisher Reaktionen auf Tomate, Pfefferminze sowie Sojabohne und Erdnuss (beides Hülsenfrüchte) nachgewiesen. Außerdem sind Reaktionen auf Getreide beschrieben. Allerdings treten sie seltener als erwartet auf und auch nur dann, wenn eine Gräserpollenallergie alleine oder in Kombination mit einer Getreidepollenallergie vorliegt, nicht jedoch bei einer Getreidepollenallergie alleine. Meist ist nur eine Getreidesorte von der pNMA betroffen. Es wird vermutet, dass diese Pollenallergiker bei vermehrtem Verzehr von unerhitztem Getreide – z. B. im Rahmen einer Kostumstellung auf Vollwertkost – auch eine Nahrungsmittelallergie gegen eine Getreidesorte entwickeln können.

Konsequenzen für den Speisenplan

Genauso individuell wie das Auftreten der pNMA sind auch die Empfehlungen, was die Ernährung anbelangt. Es kann sein, dass die pNMA nur während der jeweils akuten Pollensaison auftritt, so dass eine ganzjährige Karenzkost für manche Pollenallergiker nicht nötig ist und die entsprechenden Nahrungsmittel im Herbst oder Winter durchaus verzehrt werden können. Botanische Verwandtschaften zwischen einzelnen Nahrungsmitteln und Pollen sollten nicht dazu führen, dass ganze Pflanzenfamilien aus dem Speiseplan gestrichen werden. So sind beispielsweise Kopf- oder Endiviensalat aus der Familie der Korbblütler eng verwandt mit Beifuß, als Allergieauslöser aber kaum bekannt. Je naturbelassener ein Nahrungsmittel ist, desto eher kann es eine allergische Reaktion hervorrufen. Es hängt allerdings im Einzelnen von dem jeweiligen Allergen ab, da je nach dessen Struktur Verarbeitungsprozesse die Allergenität verändern können. Viele pflanzliche Nahrungsmittelallergene sind hitzelabil, d. h. beim Erhitzen des Lebensmittels wird der allergen wirkende Bestandteil zerstört, so dass der Verzehr des rohen Nahrungsmittels zwar Beschwerden verursacht, die gekochte Speise jedoch gut verträglich ist.

Kreuzallergien zwischen Pollen und Nahrungsmitteln

- **Baumpollen (z. B. Birke, Hasel):** Apfel, Birne, Zwetschge, Kirsche, Pfirsich, Mandel, Walnuss, Haselnuss, Kiwi, Litchi, Avocado, Sellerie, Gewürze.
- **Kräuterpollen:** Sellerie, Chilipfeffer, Paprika, Tomaten, Karotten, Artischocke, Estragon, Kamille, Wermut, Löwenzahn, Pfeffer, Ingwer, Zimt, Melone, Gurke.
- **Gräser- und Getreidepollen:** Soja, Erbse, Erdnuss, Getreidemehle.

Abb. 8.34: Viele Obstsorten werden in der pollenfreien Zeit besser vertragen.

Quincke-Ödem

Quincke-Ödeme sind wiederholt auftretende Schwellungen der Unterhaut. Sie zeigen sich vorwiegend im Bereich der Augenlider und der Lippen, an den Schleimhäuten des Rachenraums und an der Zunge. Quincke-Ödeme können außerdem im Bereich der Extremitäten und an der Schleimhaut des Darmes auftreten. Ein Quincke-Ödem ist dann lebensgefährlich, wenn es die Rachenschleimhaut betrifft und der Patient dadurch unter akuter Atemnot leidet. Selbst heute noch kommt es zu Todesfällen durch Ersticken.

Quincke-Ödeme sind nicht selten: Nahezu jeder fünfte Mensch bekommt im Laufe seines Lebens eine mehr oder weniger ausgeprägte Form eines Quincke-Ödems. Frauen sind häufiger betroffen als Männer.

Es werden zwei Formen unterschieden: eine angeborene und eine allergische Form. Letztere tritt oft im Zusammenhang mit der Nesselsucht (Urtikaria) auf und stellt die häufigste Form dar. Die angeborene bzw. vererbbare Form, das hereditäre Angio-Ödem, ist dagegen selten.

Bei der vererbbaren, angeborenen Form wird ein bestimmtes Protein vermindert und/oder fehlerhaft hergestellt. Der menschliche Organismus ist auf dieses Protein angewiesen, da es ein anderes Enzym, die so genannte C1-Esterase, in seiner Wirksamkeit reguliert. Dieses nunmehr nicht mehr kontrollierte Enzym ist für die Schwellungen verantwortlich.

Wie bei vielen anderen Erbleiden kann auch diese Erkrankung neben dem Vererbungsmodus durch Neumutationen des Erbgutes entstehen. In seltenen Fällen kann dieser Proteinmangel durch eine Schilddrüsen-Funktionsstörung oder eine bösartige Erkrankung des Lymphsystems, wie das Lymphom, verursacht werden.

Abb. 8.35: Auch Spannungsschmerzen können ein Symptom des Quincke-Ödems sein.

Bei der allergischen bzw. durch eine Unverträglichkeit gegenüber einem gewissen Stoff ausgelösten Form ist dieses Protein in normaler Funktion und Menge vorhanden. Zu den häufigsten Auslösern eines Quincke-Ödems zählen:

- eiweißhaltige Nahrungsmittel,
- Konservierungsmittel,
- sonstige Lebensmittelzusatzstoffe,
- Insektenstiche durch Bienen oder Wespen,
- bestimmte Medikamente.

In etwa 80 Prozent der Fälle kann keine auslösende Ursache gefunden werden.

Die Symptome

- *plötzliches Auftreten einer unklar begrenzten Schwellung, manchmal mit Spannungsschmerzen am Körper*
- *meist kein Juckreiz*
- *Atemnot bei Schwellungen im Halsbereich*

Die Diagnose kann häufig durch das charakteristische Aussehen der Quincke-Ödeme gestellt werden. Eine feingewebliche Untersuchung ist in der Regel nicht notwendig.

Aus therapeutischer Sicht ist eine Unterscheidung in die beiden genannten unterschiedlichen Formen notwendig. So erkranken Patienten, in deren Familien das Quincke-Ödem bereits aufgetreten ist, häufig nach kleineren Verletzungen vor allem im Mundbereich. Ist die Darmwand befallen, leiden die Betroffenen oft unter starken Bauchbeschwerden. Handelt es sich dagegen um die angeborene Form, tritt die Krankheit meist im Kindes- und Jugendalter erstmals auf.

Eine spezielle Blutuntersuchung ermöglicht die Feststellung, ob es sich um eine angeborene oder allergische Form handelt. Diese Untersuchung sollte vorzugsweise während einer akuten Schwellung durchgeführt werden.

Handelt es sich um die häufigere erworbene Form des Quincke-Ödems, so wird der Arzt in einem akuten Anfall entzündungshemmende Medikamente verabreichen. Hierbei handelt es sich um Cortisonpräparate, Antihistaminika, Kalzium oder auch Adrenalin. Sie werden in der Regel intravenös verabreicht.

Wurden bei einer ausführlichen Allergiediagnostik bestimmte Stoffe als auslösende Ursache festgestellt, so wird der Arzt einen Allergiepass ausstellen. Natürlich muss der Patient in Zukunft diese Stoffe meiden.

Bei der seltenen angeborenen Form helfen die oben genannten Medikamente weniger oder überhaupt nicht. Hier muss der Arzt im akuten Anfall das defekte oder fehlende Protein ersetzen oder eine Transfusion mit Blutplasma veranlassen. In lebensbedrohenden Situationen mit Halsschwellung kann es sogar notwendig sein, einen Luftröhrenschnitt, die Tracheotomie, durchzuführen. Treten die Quincke-Ödeme gehäuft auf, so kann als Dauermedikation das männliche Hormon Danazol verabreicht werden. Dies ist aufgrund von unerwünschten Nebenwirkungen eher Männern vorbehalten. Bei Frauen und Kindern wird der Arzt sorgsam Nutzen und Risiko abwägen.

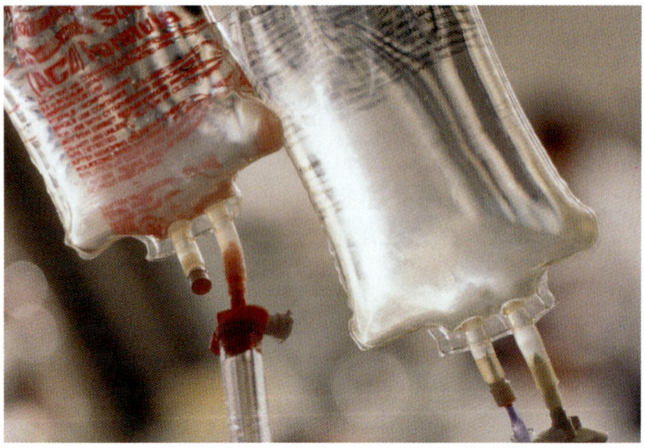

Abb. 8.36: Im akuten Notfall kann eine Transfusion mit Blutplasma erforderlich sein.

Schimmelpilzallergie

Schimmelpilze sind mikroskopisch kleine Organismen, die in einer großen Zahl auftreten und aus vielen Zellen bestehen. Die Schimmelpilzarten unterscheiden sich in den Eigenschaften ihrer Sporen wie Form, Größe und Farbe voneinander. Diese noch kleineren Pilzsporen oder auch Bruchstücke von Schimmelpilzorganismen können, wenn sie eingeatmet werden, allergische Reaktionen auslösen. Die Sporen schweben in der Luft und werden vom Wind weit verbreitet.

Lediglich 20 bis 30 aller bekannten Schimmelpilzarten sind als Auslöser von Allergien bekannt.

Die Symptome

Typische Beschwerden bei einer Schimmelpilzallergie sind:

- *Niesanfälle,*
- *Fließschnupfen,*
- *Husten,*
- *Asthma,*
- *Magen-Darm-Beschwerden,*
- *Nesselsucht,*
- *Migräne,*
- *Gelenkbeschwerden,*
- *Konzentrationsstörungen.*

Diese Symptome können ganzjährig als auch saisonal begrenzt auftreten.

Abb. 8.37: Vor allem im Bad können sich Schimmelpilze ausbreiten.

Schimmelpilze wachsen in feuchtem Milieu und auf organischem Material, z. B. auf verdorbenen Nahrungsmitteln. In der Natur findet man eine erhöhte Konzentration von Sporen unter anderem auf Laubhaufen, Kompost oder Brennholzstapeln. Eine hohe Luftkonzentration an Pilzsporen besteht insbesondere in Monaten mit feuchtem Klima und häufigem Wetterwechsel, also im Frühjahr und Herbst.

Typische Schimmelpilzquellen in Wohnungen sind feuchte Mauern, feuchte Stellen hinter Tapeten und Textilien, Holzverschalungen und Kachelwänden; außerdem auch Klimaanlagen, Matratzen, Polstermöbel und Luftbefeuchter. Hohe Konzentrationen von Schimmelpilzsporen finden sich ebenfalls in lange ungelüfteten Räumen, in Räumen mit einer generell höheren Luftfeuchtigkeit, wie Bad oder WC, in Kellern und in Gewächshäusern.

Pilzbefall auf Baumaterialien lässt sich in der Regel nur schwer dauerhaft beseitigen. Tapeten, Putz und Fugen müssen tief gesäubert werden. Wichtigste Maßnahme zur Verhinderung des Wachstums von Schimmelpilzen ist ausreichendes Lüften.

Nahrungsmittel sind ebenfalls eine Quelle möglicher Allergene. Die Anzahl der über das Essen sensibilisierten Schimmelpilzallergiker ist jedoch wesentlich geringer als die derjenigen, die auf die eingeatmeten Schimmelpilzprodukte reagieren. Treten aber bei einem Schimmelpilzallergiker Symptome nach der Nahrungsaufnahme etwa in Form von Magen-Darm-Beschwerden auf, sollte an eine Nahrungsmittelallergie gedacht werden. Nahrungsmittel können natürlich auch direkt mit Schimmelpilzen kontaminiert sein. Manche sind offensichtlich verschimmelt, bei anderen sind verschimmelte Zutaten (z. B. in Obstsaft, Obstessig, Wein oder Tomatenketchup) verwendet worden.

Außerdem werden Schimmelpilze in manchen Nahrungsmitteln bewusst als Veredler eingesetzt (z. B. Roquefort, Wein) oder deren Stoffwechselprodukte, z. B. Enzyme zur Be- und Verarbeitung von Produkten benutzt.

Sonnenallergie

Wenn man nach dem Sonnenbad plötzlich Rötungen, Bläschen oder Quaddeln an sich entdeckt, muss es sich nicht gleich um einen Sonnenbrand handeln. Die Beschwerden können auch durch eine allergische oder Überempfindlichkeitsreaktion hervorgerufen sein, die meist noch durch die Inhaltsstoffe von Medikamenten, Sonnenschutzmitteln oder Kosmetika verstärkt wird. Meist treten diese Symptome bei Menschen mit heller Haut auf, wenn sie sich intensivem

Sonnenlicht aussetzen. Es handelt sich dann um eine Sonnenallergie.

Die Sonnenallergie ist keine „echte“ allergische Reaktion mit einer Antigen-Antikörperreaktion, sondern wird zu den physikalisch ausgelösten Schädigungen beziehungsweise zu den Pseudoallergien gezählt.

Sonnenbestrahlung führt bei nichtallergischen Menschen bekanntlich zu einer Bräunung der Haut oder – häufig, weil man zu viel des „Guten“ tut – zu einem Sonnenbrand. Es gibt aber auch andere Folgen der Sonnenstrahlen. Die Medizin spricht dann von einer Sonnen- bzw. Photoallergie, wenn ein Mensch die Sonnenstrahlen zunächst ohne Probleme vertragen hat, plötzlich aber mit einer Hautentzündung, Juckreiz und Quaddeln reagiert.

Es gibt verschiedene Arten einer Sonnenallergie, die wir an dieser Stelle kurz anführen möchten:

- **Polymorphe Lichtdermatose (PMD):** Die häufigste aller Sonnenallergien tritt bevorzugt auf Hautpartien auf, die noch nicht an die Sonne gewöhnt sind (Ausschnitt, Schultern, Nacken). Meist äußert sich die PMD mit Quaddeln, juckenden Flecken oder Bläschen. Verantwortlich für diese Hauterscheinungen ist die UVA-Strahlung. Meist sind junge Frauen davon betroffen. Da die PMD unterschiedliche Erscheinungsformen hat, kann man nicht genau vorhersehen, wann sie auftritt. Oft verschwindet der Ausschlag nach ungefähr ein bis drei Wochen Sonnengewöhnung oder er tritt nur im Urlaub auf. Zur Vorbeugung wird die Einnahme von Betacarotin (Provitamin A), ca. einen Monat vor Antritt der Reise beginnend, empfohlen. Zu Beginn empfiehlt sich eine Dosis von 75 bis 100 mg, nach zwei Wochen kann man auf 50 mg reduzieren. Diese Dosis sollte auch während des Urlaubs eingenommen werden. Zusätzlich empfiehlt sich eine stufenweise Lichttherapie beim Dermatologen zur Gewöhnung der Haut an das Licht. Die Verwendung von Sonnenschutzmitteln mit hohem Lichtschutzfaktor, vor allem einem UVA-Filter, wird ebenfalls empfohlen.

Abb. 8.38: Nicht jedes Sonnenbad bleibt ungestraft.

- **Mallorca-Akne:** Diese Art der Sonnenallergie tritt durch Reaktionen zwischen dem UV-Licht der Sonne und Inhaltsstoffen der Sonnenschutzpräparate oder anderer Körperpflegemittel auf. Vor allem fetthaltige Inhaltsstoffe und Emulgatoren macht man für diese Reaktion verantwortlich. In Verbindung mit den „freien Radikalen“, die durch Sonneneinstrahlung in der Zelle auftreten, und den Fetten kommt es zu einem Riss des Talgdrüsenfollikels und dadurch zu den akneähnlichen Knötchen auf der Haut. Um den Hautausschlag zu verhindern, genügt es meist schon, auf ein fettfreies Sonnenschutzgel umzusteigen. Da die Zusammensetzung der heutigen Lichtschutzmittel immer mehr verfeinert wird, wird diese Allergieform seltener.

- **Photoallergische Reaktionen:** Viele Stoffe bilden durch Reaktion mit dem Sonnenlicht Abbauprodukte, die Allergien oder Hautverfärbungen auslösen können. So kann nicht nur die Einnahme von Arzneimitteln (z. B. bestimmte Antibiotika, Antirheumatika, Entwässerungsmittel, Johanniskraut) zu solchen Erscheinungen führen, auch der Kontakt mit manchen Pflanzen (Zitrusfrüchte, Sellerie, Petersilie, Saft des Feigenbaums, Bärenklau) ruft photoallergische Reaktionen hervor. Bei bekannten Allergien auf die chemischen Filter der Lichtschutzpräparate empfiehlt sich die Verwendung von Sonnenschutzmitteln mit ausschließlich mineralischen Filtern, Mikropigmenten wie Titandioxid oder Zinkoxid. Auf dem Markt gibt es mittlerweile eine größere Auswahl an Sonnenschutzcremes mit Mikropigmenten.

Eine besondere Form der Sonnenlicht-Unverträglichkeit ist die „Photosensibilisierung" der Haut durch Substanzen im Blut. Da diese Stoffe und deren Abbauprodukte mit dem Blut auch direkt in die Haut gelangen, wird die Wirkung der Sonnenstrahlen hier übermäßig verstärkt. Die Haut wird sensibilisiert und es kommt zu einem Sonnenbrand, obwohl normalerweise die Einstrahlungsstärke hierfür nicht ausreichen würde.

Abb. 8.39: Gewöhnen Sie Ihre Haut allmählich an die Sonne!

Maßnahmen zur Selbsthilfe

Die einfachste Lösung wäre, direktes Sonnenlicht im Sommer zu meiden. Für die meisten Sonnenhungrigen ist dies natürlich keine ideale Lösung. Manche Sonnenallergiker schwören auf Kalzium-Tabletten, obwohl die Wirkung nicht sicher belegt ist. Es gibt leider kein Patentrezept. Vorsicht ist allerdings bei Sonnenschutzlotionen und -cremes angezeigt. Diese enthalten Konservierungs- und Duftstoffe, Emulgatoren etc., die auf empfindlicher Haut selbst eine Allergie auslösen können.

Meistens wird eine solche Hautreaktion durch den ultravioletten Teil im Sonnenlicht ausgelöst. Es kann aber auch der Infrarotanteil als Auslöser wirken.

Darum gilt: Besonders bei Medikamenteneinnahme im Sommer ist ein vorheriger Blick in den Beipackzettel durchaus sinnvoll.

Ist von dem Medikament eine photosensibilisierende Wirkung bekannt, so findet man dort einen entsprechenden Warnhinweis.

Es gibt aber auch andere Substanzen mit einer solch unangenehmen Nebenwirkung. Die nachfolgende Liste ist sicherlich nicht vollständig, gibt aber einige wichtige Hinweise:

- Antibiotika (z. B. Tetracycline),
- Chemotherapeutika,
- Anti-Babypillen,
- ätherische Öle,
- Parfüms,
- Kosmetika,
- Süßstoff in Diätgetränken,
- Inhaltsstoffe in Sonnenschutzmitteln.

Abb. 8.40: Verzichten Sie im Sommerurlaub auf ätherische Öle.

Vorsicht ist auch vor der Natur geboten. Einige Pflanzenarten enthalten Bestandteile, die auf der Haut, zusammen mit dem Sonnenlicht, zu heftigen Reaktionen führen können. Der große Bärenklau gehört zu dieser Gruppe, aber auch andere Pflanzenarten.

In erster Linie trifft die Sonnenallergie Frauen zwischen 16 und 60 Jahren, die Gründe dafür sind noch weitgehend ungeklärt. Gleiches gilt für die Ursachen, die die Erkrankung auslösen. Neue Forschungsergebnisse legen jedoch nahe, dass es sich bei der Sonnenallergie um eine zellvermittelte Immunreaktion vom verzögerten Typ handelt. Ein durch Sonnenlicht induziertes konkretes Allergen, wie beispielsweise bei Heuschnupfen die Pollen, konnte bislang noch nicht identifiziert werden. Sichere Erkenntnisse hat die Medizin jedoch hinsichtlich des Auslösers. Eine Sonnenallergie mit den typischen Hauterscheinungen wie stark juckenden Pusteln, Quaddeln oder auch großflächigen Plaques wird hauptsächlich durch langwelliges UV-Licht (UVA-Licht) ausgelöst. So kann die unangenehme Hautreaktion selbst durch Fensterglas oder auch bei leichterer Bewölkung provoziert werden. Vorsicht ist also schon bei der Autofahrt zum Urlaubsort und auch bei „schlechtem" Wetter im Urlaub geboten.

Die Symptome

Die allergische Reaktion auf die Sonne beginnt meist am zweiten oder dritten Tag nach dem ersten Sonnenbad. Die Betroffenen spüren einen extremen Juckreiz, dann zeigt sich eine flächige Hautrötung, die anschließend in die verschiedenen Bläschenformen übergeht. Betroffen sind vor allem das Dekolleté, die Streckseiten der Arme und das Gesicht, seltener Handrücken und Oberschenkel. Selbst bei guter Behandlung dauert es mehrere Tage, bis die Haut sich wieder beruhigt hat.

Abb. 8.41: Auch wenn die Temperaturen „harmlos" erscheinen, sollten Sie sich vor der Sonne schützen.

Wichtiger Hinweis

Bevor eine Sonnenallergie zweifelsfrei diagnostiziert werden kann, sollten zunächst andere Hauterkrankungen ausgeschlossen werden. Denn es gibt Krankheiten, die unter Lichteinfluss eine deutliche Verschlechterung aufweisen und deshalb im Winter von den Patienten möglicherweise gar nicht bemerkt werden. Beispielsweise kann die Unverträglichkeit von Arzneimitteln und von bestimmten Nähr- oder Zusatzstoffen durch die Sonne verstärkt werden.

Während allerdings bei genügend intensiver Sonnenbestrahlung jeder Mensch von Sonnenbrand bedroht ist, setzt die Sonnenallergie eine „allergische“ Bereitschaft voraus, die weitgehend vom Hauttyp unabhängig ist. Die Reaktion tritt vor allem zu Beginn der warmen Jahreszeit auf, wenn die Haut noch nicht an die Sonne gewöhnt ist. Wer dennoch das Bad in der Sonne genießen möchte, sollte sich bereits vier bis fünf Wochen vor Urlaubsbeginn von einem allergologisch geschulten Arzt beraten lassen, um die für ihn geeigneten therapeutischen Maßnahmen zu besprechen.

Während für den normalen Sonnenanbeter ein Lichtschutz gegen Sonnenbrand mit UVB-Filter durchaus ausreichend ist, sind bei Sonnenallergie normale Lichtschutzmittel nicht geeignet. Hier sind nur diejenigen zu empfehlen, die hochwirksame UVA-Filter enthalten. Treten trotzdem behandlungsbedürftige Hautveränderungen auf, so sind eine kurzzeitige Anwendung von Cortison-Cremes oder -Lotionen und eventuell die Einnahme eines modernen, nicht müde machenden Antihistaminikums in Tablettenform nicht zu umgehen. Bei schwerer Ausprägung kann sogar die kurzzeitige Gabe von Cortisontabletten notwendig werden.

Exkurs: Allergie und Sex

Das Thema Sex wird im Zusammenhang mit Allergien oft ausgeklammert oder nur kurz abgehandelt. Dieser Exkurs soll die Problematik etwas ausführlicher beschreiben und beginnt mit einem allgemeinen Hinweis:

Beschwerden im Genitalbereich nach einem Geschlechtsverkehr müssen nicht sein, ja, sind wahrscheinlich nicht die Folge einer allergischen Reaktion auf den Partner. Viel häufiger ist eine Infektion der Verursacher. Die Schleimhäute sind dann sehr viel empfindlicher gegenüber mechanischen Reizungen.

Bevor man also den Partner als „Allergen“ einstuft, sollte man unbedingt einen Arzt aufsuchen. Meist muss bei einer Infektion auch der Partner mit in eine Behandlung einbezogen werden, denn sonst wird eine erneute Infektion wahrscheinlich.

Wenn man das Thema Sex bearbeitet, so ist es unbedingt notwendig, entsprechend den Allergieformen getrennt vorzugehen. Wer mit Hautproblemen, Hausstaubmilben oder Pollen zu tun hat, wird sich in einer sehr viel komplizierteren Situation befinden als jemand mit Latexallergie oder Asthma.

Sex, Verhütung und Latexallergie

Es ist relativ einfach festzustellen, dass bei einer Latexallergie Kondome, Diaphragmen oder andere Barrieremethoden zur Verhütung wegfallen, wenn diese aus Latexmaterial gefertigt sind. Entweder man verzichtet auf solche Verhütungsmethoden oder verwendet Kondome aus anderen Kunststoffmaterialien. Wer allerdings auf ständig wechselnde Partner nicht verzichten will,

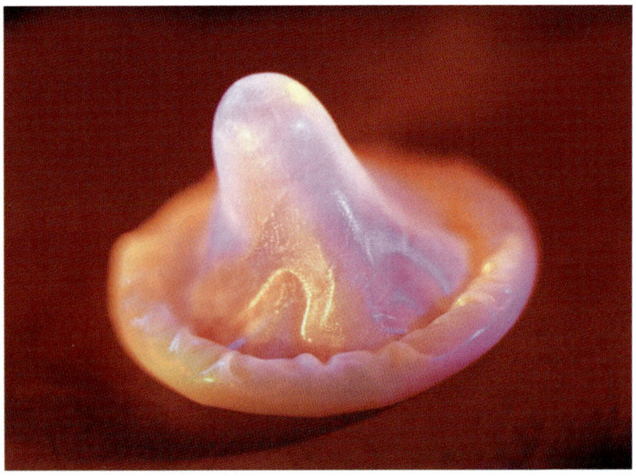

Abb. 8.42: Vorsicht: Auch Kondome enthalten Latex.

steht ohne Kondombenutzung vor einem realen Infektionsrisiko mit Chlamydien, Trichomonaden oder sogar HIV.

Nun ist Latex ein weit verbreiteter Rohstoff und wird nicht nur zur Herstellung von Hygienehandschuhen oder Kondomen eingesetzt. Latex kann auch in Gegenständen zur Reizsteigerung, wie etwa Vibratoren oder anderen „Hilfsmitteln", enthalten sein und ist mit Sicherheit in Gummi-Sexbekleidung enthalten (wird unter dem Reizwort „Latex" von der Erotikindustrie angepriesen). Allergiker gegen diesen elastischen Naturstoff werden sich also nach anderen Methoden oder Kunststoffen umsehen müssen.

Es gibt allerdings noch einen Punkt, der zu beachten ist. Latex ist der verarbeitete Naturkautschuk aus Gummibäumen. Eine neue Bekanntschaft, ein unbekanntes Wohn- oder Schlafzimmer ... und was steht da als botanische Dekoration? Ein latexsafthaltiger Ficus benjamini. Diese deutsche Modepflanze hat allerdings die unangenehme Eigenschaft, ihre Latexallergene durch Ausschwitzen auf den Blättern freizusetzen. Die verbinden sich dann mit dem mikrofeinen Zimmerstaub und werden folglich bei der nächsten Reinigungsaktion gleichmäßig im Zimmer verteilt.

Kommt es trotz Latexverzicht zu allergischen Reaktionen, können auch Gleitmittel oder verwendete Spermizide verantwortlich sein. Das Problem kann natürlich auch durch sehr versteckte Auslöser bedingt sein und erschwert auf diese Weise die Ursachenerforschung.

Abb. 8.43: Auch der Ficus Benjamini kann zur Allergiefalle werden.

Sex und Asthma

Asthmatiker leben immer mit der Angst, einen Anfall von Luftnot zu bekommen, und vermeiden körperliche Anstrengung. Sex verlangt aber nun mal eine erhöhte Aktivität, und eine Frage lautet daher immer: Muss man als Asthmatiker sein Sexualverhalten einschränken oder ändern? Die Medizin gibt hierzu die Antwort, dass das Sexualleben im Normalfall kaum von der Krankheit beeinflusst wird. Im Einzelfall muss man dem veränderten Leistungsvermögen natürlich Rechnung tragen. Generell kann man nur empfehlen, die Belastungsgrenzen selbst zu ermitteln.

Vorsichtigen Patienten kann die vorherige Inhalation aus ihrem Dosieraerosol helfen, so wie es auch Asthmatikern bei sportlicher Betätigung empfohlen wird. Auf keinen Fall soll man aufgrund der Krankheit auf sexuelle Kontakte verzichten, sonst werden nur zusätzliche Probleme mit dem Partner entstehen.

Allergie auf Sperma, Speichel, Schleim und die Haut des Partners

Überempfindlichkeitsreaktionen auf Sperma und Speichel etc. sind in der Medizin bekannt, kommen jedoch nur sehr selten vor. Grundsätzlich gilt hier, dass erst alle anderen möglichen Ursachen ausgeschlossen sein müssen, ehe man sich diesen Faktoren zuwendet. Die wahren Gründe können ganz woanders liegen, so z. B. bei Deos oder vorher aufgesprühten Parfüms, Seifenprodukten oder Gleitcremes für den Analverkehr.

Und wenn der „neue" Partner vorher noch mal schnell die Zähne putzt und mit einem roten Mundwasser spült, dann können die Probleme für einen Lebensmittelfarbstoff-Allergiker schon nach den ersten Küssen beginnen.

Abb. 8.44: Nur sehr selten ist der Partner selbst der Auslöser der Allergie.

... und was hat der Partner vorher gegessen?

In Berichten und Publikationen findet man auch Hinweise auf einen möglichen Zusammenhang zwischen dem Nahrungsmittelgenuss des Partners und allergischen Reaktionen. Aus den USA werden in Zeitungen immer wieder Fälle berichtet, bei denen der nichtallergische Partner Erdnussbutter gegessen hatte und dieses noch Stunden später zu Reaktionen beim allergischen Partner geführt hat. Diese Einzelberichte stimmen sicherlich, sollten jedoch nicht überbewertet werden.
Ob sich vom Partner gegessene Nahrungsmittel auch auf die Zusammensetzung der Spermaflüssigkeit auswirken, muss hier offen bleiben. Jeder, der Spargel oder Knoblauch gegessen hat, kennt jedoch die Wirkungen auf Urin bzw. Atemluft und Haut.
Da im Bereich Allergie alles möglich ist, soll diese Variante der indirekten Allergieauslösung nicht grundsätzlich als Unsinn abgetan werden. Vermutet man solche Ursachen, so sollte der nichtallergische Partner zeitweise auf die allergenen Lebensmittel verzichten. Verschwinden dann die Probleme, so kann man einen Zusammenhang annehmen.

Die möglichen Reaktionen finden im Mund- und Gesichtsbereich oder an den Unterschenkeln und im Genitalbereich statt. Manche Stoffe sind eher harmlos, bis Schweiß und Reibung die Haut durchlässiger machen und die Substanzen besser in die Haut eindringen können. So können beispielsweise sonst gut vertragene Waschmittel oder ein Deodorant bei einem intimen Kontakt Reaktionen auslösen. Hierbei muss es sich allerdings nicht immer um eine Allergie handeln. Es kann auch eine einfache Unverträglichkeit sein.

Vorsicht vor dem Kuschelplatz Tierfell

Zu Tierfellen mit Herkunftsländern in der Dritten Welt ist übrigens noch zu bemerken, dass dort Felle durchaus mit starken Insektengiften imprägniert werden (z. B. Lindan). Bei Sex auf einem Tierfell kann man sich also direkt in einer Insektizidwolke befinden – ein nicht gerade erotischer Gedanke.

Bei einer Hausstaubmilbenallergie beziehungsweise Tierhaarallergie sind konstante Partnerschaften weniger von einem Risiko betroffen. Man kennt die heimische Wohnung, und das Bett ist entsprechend allergenfrei schutzüberzogen worden. Bei neuen Partnern trifft man auf unbekannte Räumlichkeiten und möglicherweise war noch vor wenigen Wochen eine Katze oder ein Hund in der Wohnung. Und man ist eher bereit, sich dort zu räkeln, wo Milben bevorzugt wohnen oder sich ein Kater wohlgefühlt hat: auf dem Teppichboden, auf dem Fell vor dem Fernseher oder Kamin oder auf dem Bettvorleger. Kommt es zu Problemen, so hilft nur die Suche nach anderen Kuschelplätzen.

Es muss nicht immer Sex sein, der zu allergischen Reaktionen führen kann. Es gibt Berichte, in denen Frauen eine Allergie gegen den Ehemann vermuteten. Ein Beispiel: Immer, wenn der Mann von der Arbeit, er war Bäcker, nach Hause kam und die Frau ihn begrüßte, bekam sie prompt Atemprobleme. Der Verursacher war aber nicht der Ehemann selbst, sondern Mehlstaub mit Backenzymen in seinen Haaren, und gegen diese Enzyme hatte die Ehefrau im Laufe der Jahre eine Allergie entwickelt. Ein Kuss zur Begrüßung und schon gelangte Mehlstaub auf die weibliche Nasenschleimhaut und in die Atemwege. Abhilfe schafft hier nur der Gang unter die Dusche. Ein ähnliches Risiko geht in solchen Fällen auch von der Berufskleidung aus, wenn die allergisierte Hausfrau diese waschen muss.

Abb. 8.45: Eltern sollten mit allergischen Kindern auch über das Thema Sex und Allergie sprechen.

Aufklärung für jugendliche Allergiker

Allergien unter Jugendlichen haben in den letzten Jahren zugenommen. Als Eltern sollte man mit seinem allergiegeplagten Kind auch über das Thema Sex und Allergie reden, allerdings nur dann, wenn man Probleme bemerkt und Handlungsbedarf besteht. Dabei ist eine vorsichtige Thematisierung besser als die Holzhammermethode. Verliebte Jugendliche reagieren möglicherweise falsch, wenn man über – theoretische – Risiken redet, die sie selbst noch gar nicht erfahren haben.

Die besten Tipps zur Allergievermeidung

Allgemeine Maßnahmen

10 goldene Regeln ...
- *... für Pollenallergiker*
- *... bei Heuschnupfen und Kreuzallergien*
- *... für Kontaktallergiker*
- *... für Insektengiftallergiker*
- *... für Nahrungsmittelallergiker*
- *... für Sonnenallergiker*
- *... bei Juckreiz*

Die besten Tipps ...
- *... für Milcheiweißallergiker*
- *... für Arzneimittelallergiker*
- *... für Milbenallergiker*
- *... für Schimmelpilzallergiker*
- *... für Tierhaarallergiker*

Allergie und Urlaub
- *Urlaub von der Allergie*

Ist eine Allergie einmal vorhanden und das Immunsystem entsprechend in die Irre geleitet, lässt sich dies kaum noch rückgängig machen beziehungsweise heilen. Dennoch muss ein Leben mit der ständig triefenden Nase, lebenslang geröteten Augen oder anhaltendem Juckreiz nicht sein. Das Stichwort für höhere Lebensqualität heißt hier Allergen-Karenz, also der Versuch, dem auslösenden Allergen konsequent aus dem Wege zu gehen. Dies ist zwar nicht immer einfach, dennoch gibt es einige Ratschläge, die das Ausbrechen der Allergie zumindest einschränken können.

Allgemeine Maßnahmen

Bei jeder Allergie gibt es wie gesagt einige allgemeine Verhaltensregeln, die einem Allergiker das Leben erleichtern können und die er im Interesse seiner Gesundheit auch befolgen sollte.

Was Sie tun können:

- Allergieauslösende Substanzen meiden.
- Zur Vorbeugung und zur Behandlung können Kalziumtabletten und ein Nasenspray oder Augentropfen mit Cromoglycinsäure verwendet werden.
- Sind die Nasenschleimhäute angeschwollen, kann man abschwellende Nasentropfen benutzen.
- Bei geröteten Augen können kurzfristig Augentropfen gegen Bindehautentzündung helfen.
- Bei starken, akuten Beschwerden helfen antiallergische Tabletten (so genannte Antihistaminika) oder Tropfen. Hierbei sind Tabletten mit modernen Wirkstoffen, die nicht müde machen (z. B. Terfenadin), vorzuziehen.
- Zur Vorbeugung und Behandlung gibt es auch einige homöopathische Mittel (z. B. Luffa).

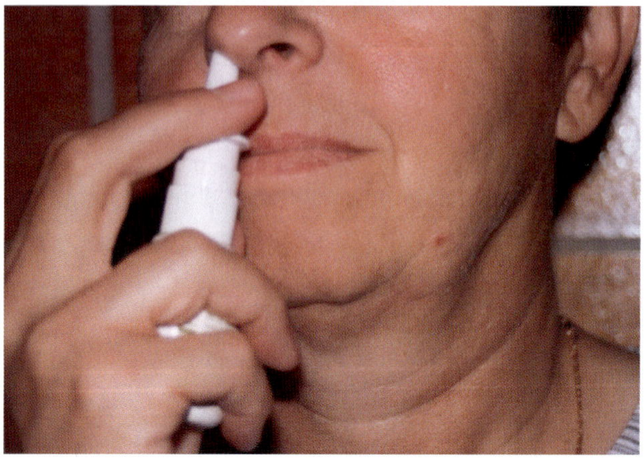

Abb. 8.1: Abschwellende Nasentropfen können die Symptome lindern.

Wann Sie zum Arzt müssen:

- Wenn Sie nicht wissen, worauf Sie allergisch reagieren.
- Wenn Sie Atemnot oder andere asthmaverdächtige Beschwerden haben.
- Wenn sich die Beschwerden auch nach Selbstbehandlung nicht bessern.

Was Ihr Arzt tun kann:

- Einen Allergietest durchführen.
- Verordnung stärkerer antiallergischer und entzündungshemmender Tabletten, Nasensprays oder Augentropfen.

Möglichkeiten der Vorbeugung

- Nahrungsmittelallergiker müssen natürlich auf die entsprechenden Lebensmittel verzichten!
- Bei Schimmelpilzallergie sollte die Wohnung auf eventuelle Schimmelquellen hin untersucht und wenn möglich saniert werden (keine oder wenig Topfpflanzen).
- Tierhaarallergiker sollten keine Haustiere halten!
- Bei Hausstaubmilbenallergie hilft ebenfalls eine Sanierung der Wohnung, zumindest jedoch des Schlafzimmers: keine Teppiche, wenig Polster, Spezialmatratzen, nur feucht Staub wischen!
- Pollenallergiker haben es während der Hauptblühzeit „ihrer“ Pflanzen besonders schwer, da der Allergenkontakt praktisch nicht vermieden werden kann. Es gibt jedoch einige Hilfsmittel, wie etwa Pollenfilter für das Auto.
- Spättyp- bzw. Kontaktallergiker sollten natürlich auch den Kontakt mit dem auslösenden Stoff meiden bzw. geeignete Schutzmaßnahmen treffen.

10 goldene Regeln ...

... für Pollenallergiker

1. Machen Sie einen großen Bogen um blühende Felder. Einzelnen Pollen kann man nicht so leicht entkommen, denn diese können bis zu 400 Kilometer weit fliegen. Doch je höher die Pollenkonzentration ist, der man sich aussetzt, desto ausgeprägter sind die Krankheitssymptome. Deshalb ist der Aufenthalt in der Nähe von blühenden Bäumen, Wiesen und Getreidefeldern zu meiden.
2. Halten Sie sich lieber vormittags als abends im Freien auf. Die Pollenbelastung ist je nach Tageszeit und Umgebung unterschiedlich stark. In ländlichen Gegenden fliegen die meisten Pollen morgens zwischen fünf und acht Uhr, am wenigsten abends zwischen 18 und 24 Uhr. In Städten dagegen ist die Pollenkonzentration am späten Nachmittag am höchsten. Obwohl es in den Städten normalerweise weniger blühende Bäume und Gräser gibt, kann die Pollenbelastung trotzdem im Durchschnitt höher sein als auf dem Land.
3. Gehen Sie ruhig mal im Regen raus. Einsetzender Regen drückt die Pollen auf den Boden. In der ersten halben Stunde nach Beginn des Regens ist die Pollenkonzentration deshalb besonders hoch. Danach ist die Luft aber rein und damit geeignet für Spaziergänge. Tagelanger Regen und tiefe Temperaturen verhindern sogar, dass die Blüten ihre Pollen freisetzen.
4. Schlafen Sie bei geschlossenem Fenster. Lüften Sie zu pollenflugarmen Tageszeiten. Ziehen Sie sich außerhalb des Schlafzimmers aus, denn in der Kleidung befinden sich Pollen. Waschen Sie sich abends die Haare, bevor Sie zu Bett gehen.
5. Schützen Sie Wohnung und Auto mit Pollenfiltern. Für Autos gibt es spezielle Filter, die auch nachträglich eingebaut werden können. Pflegen und warten Sie diese Geräte regelmäßig, sonst verwandeln sie sich leicht in Pollenschleudern. Wer sich keinen Filter anschaffen möchte, sollte beim Autofahren die Fenster geschlossen und die Lüftung ausgeschaltet lassen.
6. Machen Sie Urlaub im Gebirge oder an der Küste. Je nach Region blühen die Pflanzen zu unterschiedlichen Zeiten. Im Hochgebirge über 2000 Meter ist die Luft so gut wie allergenfrei. Im Vorgebirge fliegen die Pollen etwa vier Wochen später als im Flachland. Günstig sind auch Küstengebiete, an denen der Wind hauptsächlich vom Meer her weht. Denn der ist weitgehend pollenfrei.
7. Halten Sie keine Haustiere. Pollenallergiker neigen dazu, mit der Zeit auch eine Allergie gegen bestimmte andere Allergene zu entwickeln. Häufig sind es Tierhaar- und Hausstauballergien.
8. Genießen Sie Obst und Gemüse mit Vorsicht. Bei etwa der Hälfte der Pollenallergiker kann sich zusätzlich zum Heuschnupfen eine Kreuzallergie auf bestimmte, botanisch verwandte Nahrungsmittel entwickeln.
9. Lassen Sie sich rechtzeitig behandeln. Ein unbehandelter Heuschnupfen kann sich mit den Jahren zum Asthma bronchiale entwickeln. Mit einer rechtzeitigen und sorgfältigen Behandlung kann diese Entwicklung vom Schnupfen zum Asthma verzögert oder sogar verhindert werden.
10. Hören Sie auf zu rauchen. Säuglinge und Kleinkinder aus Familien, in denen geraucht wird, bekommen häufiger Allergien als Nichtraucher-Kinder. Aber auch Raucher selbst neigen nachweislich überdurchschnittlich oft zu Allergien.

... bei Heuschnupfen und Kreuzallergien

1. Finden Sie heraus, welche Pollen für den Heuschnupfen verantwortlich sind.
2. Lernen Sie die chemisch und botanisch verwandten Nahrungsmittel kennen.
3. Führen Sie Tagebuch über die verzehrten Nahrungsmittel, um diejenigen zu erkennen, die eine allergische Reaktion verursachen.
4. Meiden Sie konsequent alle als allergisierend identifizierten Obst- und Gemüsesorten und Gewürze.
5. Durch Erhitzen können einige Allergene unschädlich gemacht werden. Probieren Sie es vorsichtig aus.
6. Informieren Sie sich bei Ihrem Arzt über die Möglichkeiten der Hyposensibilisierung.
7. Schützen Sie sich während der Pollensaison durch ein rasch wirksames, nicht müde machendes Antiallergikum.
8. Die Beschwerden der Kreuzreaktion werden dadurch ebenfalls gelindert.
9. Nehmen Sie Medikamente frühzeitig ein, dadurch wird ein Eskalieren der Symptome verhindert. Nicht behandelte Allergien können zu einer chronischen Entzündung der betroffenen Schleimhaut führen.
10. Behandeln Sie Heuschnupfen und Kreuzallergie konsequent, damit die Entzündung der Nasen- und Rachenschleimhaut sich nicht auf die Bronchien ausdehnt.

... für Kontaktallergiker

1. Waschen Sie sich die Hände nur mit milder Seife, die möglichst nicht parfümiert ist.
2. Waschen Sie sich die Hände nur so oft wie wirklich notwendig.
3. Vermeiden Sie aggressive Reinigungsprozeduren mit Bürsten und Schwämmen.
4. Cremen Sie sich nach jedem Waschen mit einer nicht zu wässrigen Schutzcreme ein.
5. Die Schutzcreme kann idealerweise passend zu den beruflichen Kontaktstoffen ausgewählt werden.
6. Ringe und Armbänder sollten bis zur vollständigen Abheilung möglichst nicht getragen, auf jeden Fall aber beim Waschen abgelegt werden, um das Verbleiben von Seifenresten zu verhindern.
7. Meiden Sie jeden Kontakt mit Lösungs-, Reinigungsmitteln und anderen hautaggressiven Substanzen (auch Obst- und Gemüsesäfte bei der Küchenarbeit) im beruflichen, privaten und insbesondere auch im Hobbybereich. Dazu sind allerdings oft organisatorische Umstellungen notwendig.
8. Wenn der Kontakt unvermeidbar ist, sollten Sie Handschuhe tragen, allerdings nur so kurz wie möglich. Falls Sie Gummi- oder Latexhandschuhe benutzen, sollten Sie Handschuhe aus Baumwolle darunter ziehen.
9. Führen Sie eine konsequente dermatologische Therapie durch, wobei in akuten Phasen die äußerliche Anwendung von

Abb. 8.2: Verwenden Sie nur milde Seifen und Cremes.

Cortison oft unvermeidbar ist. Dessen Daueranwendung muss allerdings durch eine langfristige Basistherapie minimiert werden.

10. Auch wenn es sehr schwer fällt: möglichst nicht kratzen, weil dadurch zusätzliche Schäden gesetzt werden; gegebenenfalls sollten Sie nachts zur Vermeidung des unbewussten Kratzens Baumwollhandschuhe tragen oder die Hände verbinden.

... für Insektengiftallergiker

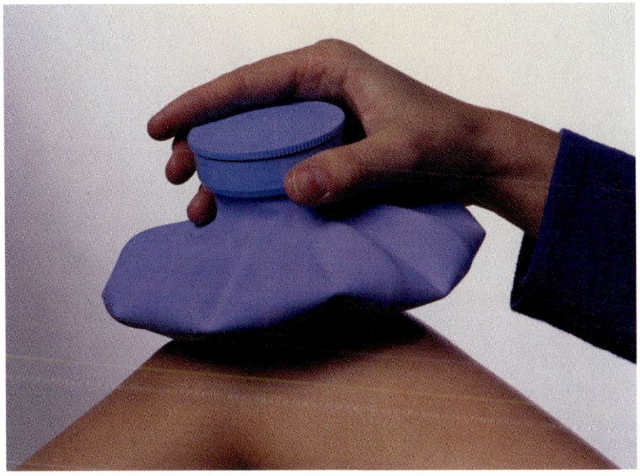

Abb. 8.3: Versuchen Sie, die Einstichstelle zu kühlen.

1. Die Hyposensibilisierung ist die primäre Behandlung bei einer Insektengiftallergie. Sie wird meist stationär in einer Fachklinik durchgeführt.
2. Immer ein Notfall-Set (Cortison, Adrenalin, Antihistaminikum) mitführen und sofort anwenden, wenn man gestochen wurde.
3. In der Nähe von Bienen und Wespen rasche Bewegungen vermeiden und nicht nach ihnen schlagen.
4. Möglichst nicht in die Nähe von blühenden Blumen oder reifem Fallobst gehen. Vorsicht beim Obst- und Blumenpflücken.
5. Vorsicht bei Gartenarbeiten! Bedecken Sie dabei so viel wie möglich von Ihrem Körper (lange Ärmel, lange Hosen, Hut).
6. Weite, flatternde Kleider, schwarze Stoffe und farbige Blumenmuster meiden.
7. Meiden Sie Parfüms, Haarsprays, stark parfümierte Pflegeprodukte.
8. Lassen Sie beim Essen im Freien keine Süßigkeiten oder Fleischreste herumliegen.
9. Gehen Sie im Sommer nie barfuß. Bienen bevorzugen den Aufenthalt im Klee, und viele Wespen leben in Bodenlöchern.
10. Meiden Sie Mülltonnen und Abfallkörbe im Freien.

Tipps zur Eigenbehandlung von Insektenstichen

- Stachel mit Hilfe eines Fingernagels, einer Kreditkarte, eines Messers oder einer Pinzette entfernen. Den Stachel niemals ausdrücken, denn dadurch verbreitet sich das Gift noch mehr.
- Die Benutzung einer Spritze zum Absaugen von Gift ist empfehlenswert. Solche Spritzen sind in Apotheken erhältlich. Sie sehen aus wie normale Spritzen, werden aber umgekehrt angewandt: die Spritze über den Einstich platzieren und den Kolben nach oben ziehen. So wird das Gift aus der Wunde gesaugt. Oder die Hautstelle mit dem Mund aussaugen (Vorsicht: Ausgesaugtes nicht schlucken!).
- Den Einstich mit Wasser und Seife waschen, und/oder mit Eiswürfeln, die z. B. in einen Waschlappen eingewickelt sind, kühlen.
- Den gestochenen Körperteil ruhig halten, um die Schwellung etwas zu reduzieren.
- Zur Verminderung des Juckreizes ist eine Creme oder ein Gel mit einem Antihistaminikum empfehlenswert.

... für Nahrungsmittelallergiker

1. Meiden Sie Fertigprodukte, da nie klar ist, welche Stoffe verarbeitet werden. Nicht überall besteht eine Deklarationspflicht über die Inhaltsstoffe.
2. Einige Nahrungsmittel (z. B. einige Gemüsesorten) verlieren durch Kochen oder Braten (also Erhitzen) ihre allergene Potenz bzw. sie verursachen auf diese Weise keine unerwünschten Wirkungen.
3. Durch Trocknen kann bei frischen Nahrungsmitteln wie Kräutern das Gleiche bewirkt werden.
4. Meiden Sie Arzneimittel, deren Inhalte unbekannt sind.
5. Führen Sie keine unkritischen Arzneimitteltherapien etwa mit Schmerzmitteln, Verdauungsförderern oder Mitteln gegen Durchfall durch. Unerwünschte Reaktionen können so verstärkt werden!
6. Bereits beim Auftreten der ersten Allergie-Symptome sollten Sie ein wirksames Medikament zur Beschwerdelinderung einnehmen. Dadurch wird eine Eskalation der Symptome meist verhindert.
7. Streichen Sie alle Produkte, die potenziell eine Allergie auslösen, konsequent vom Speiseplan.
8. Achten Sie auf häufige Kreuzallergien. Viele Menschen reagieren bei entsprechender Disposition zum Beispiel gleichzeitig auf Äpfel, Pfirsiche, Nüsse und verschiedene Gewürze.
9. Führen Sie möglichst genau Tagebuch darüber, welche Nahrungsmittel Sie verzehren. So können unverträgliche Speisen leichter identifiziert werden.
10. Wenn Sie nicht auf Fertigprodukte verzichten möchten oder können, prüfen Sie die enthaltenen Zutaten sorgfältig auf mögliche Allergene oder fragen Sie beim Hersteller nach den Inhaltsstoffen.

... für Sonnenallergiker

1. Halten Sie sich vor allem während der Mittagsstunden in geschlossenen Räumen auf.
2. Schatten ist gut, aber besonders in der Nähe von Wasser gibt es auch hier noch eine hohe UV-Belastung.
3. Bekleidung, die den Körper bedeckt, hilft, insbesondere wenn es sich um spezielle UV-undurchlässige Stoffe handelt. Allerdings kann sie keinen vollen Schutz bieten.
4. Verwenden Sie Lichtschutzmittel mit hoher UVA-Schutzwirkung (Apotheke) und lagern Sie sie kühl.
5. Lichtschutzmittel sind nicht unbegrenzt haltbar, verwenden Sie deshalb keine Reste vom Vorjahr.
6. Um anderen Unverträglichkeiten vorzubeugen, sollten unparfümierte Produkte und für Erwachsene Produkte auf einer Gel-Grundlage bevorzugt werden.

Wichtige Hinweise für Sonnenallergiker

Wer an einer Sonnenallergie leidet, muss sich langsam an die Sonnenstrahlen im Frühsommer gewöhnen. Das heißt auch, dass man bei einer Reise in den Süden besonders vorsichtig sein muss. Die gängigen Empfehlungen für die Vermeidung von Sonnenbrand reichen bei Sonnenallergikern nicht aus.
Die einzig sinnvolle Maßnahme ist es daher, die Sonne zu Beginn der Saison nur in kleinsten Dosen genießen. Tritt die Allergie trotzdem auf, sollten Sie weniger sonnenreiche Urlaubsziele und Zeiten auswählen – auch wenn es zunächst schwer fällt.

7. Tragen Sie das Lichtschutzmittel rechtzeitig auf, es braucht mindestens 30 Minuten, bis es seine Wirksamkeit erreicht.
8. Achten Sie beim Eincremen besonders auf den Nasenrücken und die Ohrmuscheln; für behaarte Hautpartien sind Sonnenschutz-Sprays geeignet.
9. Verwenden Sie beim Baden unbedingt wasserfesten Lichtschutz.
10. Übrigens: UV-Filtersubstanzen sind nicht völlig unbedenklich, das heißt der Rest der Lichtschutzcremes sollte nicht als Bodylotion entsorgt werden.

... bei Juckreiz

1. Lassen Sie vom Arzt eine Infektion ausschließen!
2. Folgende Erkrankungen lösen Juckreiz aus: Allergie, Ekzem, Schuppenflechte, andere Einwirkungen.
3. Verwenden Sie die richtigen Medikamente bei entsprechender Diagnose (Antiallergika, Cortison).
4. Meiden Sie alle Substanzen oder Nahrungsmittel, die den Juckreiz auslösen können.
5. Pflegen Sie Ihre Haut besonders sorgfältig mit rückfettenden oder feuchtigkeitsspendenden Cremes.
6. Beobachten Sie die Reaktion der Haut auf die verwendeten Kosmetika und Pflegeprodukte.
7. Stellen Sie in der Heizsaison Luftbefeuchter auf, damit die Haut nicht austrocknet.
8. Kratzen Sie nicht und vermeiden Sie Hautverletzungen: Infektionsgefahr!
9. Unerträglicher Juckreiz kann mit juckreizstillenden, entzündungshemmenden und/oder antiallergischen Medikamenten gelindert werden.
10. Für kurze Zeit hilft es, durch festes Kneifen einen Gegenreiz zu setzen und den Juckreiz zurückzudrängen.

Die besten Tipps ...

... für Milcheiweißallergiker

Auch bei einer Milchallergie gibt es Maßnahmen, die vor allem im Kleinkindalter die Allergie zwar nicht verhindern, aber ihre Entwicklung doch verzögern können. Zu diesen Maßnahmen gehören:

- Langes Stillen: Erblich vorbelastete Kinder sollten mindestens sechs Monate lang voll gestillt werden.
- Wenn das Stillen nicht möglich ist, sollten Sie nur anerkannte Säuglingsmilchpräparate verwenden, die der Muttermilch ähnlich sind.
- Führen Sie feste Nahrung erst mit vier bis sechs Monaten ein und stellen Sie sicher, dass es sich um gering allergene Nahrung handelt, die von einem Ernährungsexperten oder Kinderarzt empfohlen wird.
- Füttern Sie Kuhmilchprodukte nicht vor dem 13. Monat.

Abb. 8.4: Langes Stillen ist die beste Vorbeugung.

... für Arzneimittelallergiker

- Das Medikament oder die Stoffklasse, für die eine Unverträglichkeitsreaktion oder eine Allergie nachgewiesen wurde oder wahrscheinlich ist, sollten Sie strikt meiden.
- Lassen Sie sich einen Allergiepass ausstellen und führen Sie diesen immer mit, am besten im Geldbeutel beziehungsweise in der „Nähe" des Personalausweises.
- Im Notfall (Unfall) oder bei stationärer Aufnahme bei der Erfassung der Daten sollten Sie die Ärzte – falls möglich – immer von Ihrer Allergie informieren.
- Verwenden Sie keine frei verkäuflichen Medikamente, ohne mit Ihrem Arzt vorher darüber zu sprechen.
- Denken Sie auch beim Zahnarztbesuch an die Vorlage des Allergiepasses.

... für Milbenallergiker

Der Kampf gegen Milben im Überblick

- Staubfänger aus der Wohnumgebung entfernen.
- Regelmäßig lüften.
- Luftfeuchtigkeit im Wohn- und Schlafbereich auf weniger als 45 Prozent senken.
- Teppiche aus der Wohnung entfernen.
- Teppichböden durch Holz- oder Steinfußböden ersetzen.
- Textilien oder Bettwäsche benutzen, die bei mehr als 60 Grad Celsius waschbar sind.
- Kleinere Staubfänger oder Kuscheltiere über Nacht ins Gefrierfach legen.
- Milbenabweisende Matratzen oder Überzüge verwenden.
- Immer ein antiallergisches Medikament zur Hand haben, frühzeitig einnehmen.

Es ist kaum möglich, die Milben ganz aus dem Haushalt zu entfernen. Ihre Anzahl lässt sich jedoch durch folgende Maßnahmen deutlich verringern:

- **Schlafzimmer und Bett:** Schlafzimmer sollten grundsätzlich gut gelüftet werden, um Temperatur und Luftfeuchtigkeit zu senken. Dadurch werden die Überlebensbedingungen für Milben verschlechtert. Lassen Sie Oberbett und Kopfpolster nicht auf dem Bett liegen. Hautschuppen sollten regelmäßig mit dem Staubsauger entfernt werden. In den Staubsauger ist zusätzlich ein milbendichter Filter einzubauen. Es empfiehlt sich, die Matratzen nach gründlichem Absaugen mit einem milbendichten Bezug (Encasing) zu versehen. Dadurch wird verhindert, dass Schuppen in die Matratzen und Milbenallergene nach außen gelangen. Das Gleiche gilt für so genannte Allergikermatratzen, da diese ebenfalls von Milben besiedelt werden und somit keinen ausreichenden Schutz bieten. Auch Polster und Oberbetten sind mit einem Encasing zu umhüllen, wenn Sie zum Beispiel wie bei einer Polyesterfüllung nicht bei 60 °C waschbar sind. Alle vier bis acht Wochen müssen Polster und Oberbetten gewaschen werden. Eine sinnvolle Maßnahme ist, Oberbetten und Polster regelmäßig in den Wäschetrockner zu stecken. Dabei werden einerseits Milben abgetötet (die Temperatur muss dabei mindestens 60 °C betragen), andererseits wird das Allergen teilweise mechanisch entfernt. Über die Encasing-Bezüge sollten am besten normale Bettbezüge aus Baumwolle kommen. Frottee-Stoffe sind ungeeignet, da sich die Milben in dem dicken Stoff schneller ansiedeln können.
- **Kuscheltiere:** Kinder mit einer Milbenallergie müssen auf ihren Teddybär im Bett verzichten. Die kleinen Lieblinge sollten besser auf einem Regal stehen

Abb. 8.5: Kuscheltiere sollten vom Regal aus den Schlaf bewachen.

und müssen regelmäßig gewaschen werden. Wenn sie nicht bei hohen Temperaturen waschbar sind, empfiehlt es sich, sie über Nacht in die Tiefkühltruhe zu stecken und anschließend abzusaugen. Dadurch werden die Milben effektiv abgetötet und entfernt.

- **Fußböden:** Glatte, wischbare Böden sind empfehlenswerter, da sie sich auch einfacher durch feuchtes Wischen reinigen lassen als kurzflorige Teppichböden. Falls Sie jedoch auf Teppichböden nicht verzichten wollen, sollten Sie diese regelmäßig saugen und mit einem speziellen milbentötenden Teppichschaum behandeln. Problematisch ist eine Fußbodenheizung, da sie vorhandene Allergene in die Luft wirbelt.
- **Polstermöbel:** Da Polstermöbel eine hohe Milbenkonzentration aufweisen, ist Ledersitzmöbeln der Vorzug zu geben. Aber auch diese sind regelmäßig abzusaugen und feucht abzuwischen. Sind die Polstermöbel nicht ersetzbar, können sie ebenfalls mit einem speziellen Teppichschaum oder Feuchtpulver behandelt werden.
- **Kleidung:** Kleidung enthält naturgemäß viele Hautschuppen, die die Hauptnahrung von Milben darstellen. Es ist daher empfehlenswert, sich nicht im Schlafzimmer auszuziehen. Die Kleider sollten im Vorzimmer aufbewahrt werden.
- **Luftfilter:** Im Handel gibt es Umluftfilter und Filter, die nur gefilterte Luft von draußen in den Raum bringen. Generell sind Luftfilter nicht besonders effektiv, da Milbenallergene nur bei Luftbewegung in der Raumluft zu finden sind, ansonsten sinken sie aufgrund ihres Gewichts schnell zu Boden.

... für Schimmelpilzallergiker

- Wohnung oder Haus sollten gut gelüftet sein, die relative Luftfeuchtigkeit in den Räumen sollte idealerweise zwischen 40 und 50 Prozent liegen.
- Lüften Sie regelmäßig.
- Achten Sie auf Stockfleckenbildung hinter Schränken, Kacheln und Holzverkleidungen.
- Lassen Sie keine Küchenabfälle liegen.
- Obst und Gemüse sollten Sie kühl lagern.
- Verzehren Sie Lebensmittel möglichst frisch und vermeiden Sie unnötige Lagerzeiten.
- Keine Zimmerpflanzen im Schlafbereich.
- Lassen Sie Ihre Klimaanlage regelmäßig warten und reinigen.
- Vorsicht mit Luftbefeuchtern an Heizkörpern.

... für Tierhaarallergiker

- Vermeiden Sie grundsätzlich jeden Tierkontakt. Allerdings müssen Sie sich erst dann von Ihrem eigenen Tier trennen, wenn der Arzt nach mehrmaligem Auftreten der Beschwerden und einer nachgewiesenen Allergie dazu rät.
- Gestalten Sie Ihre Wohnung weitgehend allergenarm. Die Beseitigung von potenziellen Schimmelpilz-Ecken, die regelmäßige gründliche Reinigung mit einem Staubsauger mit Spezialfiltern sowie

Holz- statt Teppichboden tragen viel dazu bei.

- Ziehen Sie vor Betreten der Wohnung die Straßenschuhe aus und lassen Sie sie entweder vor der Tür stehen oder reinigen Sie sie gleich.
- Erkundigen Sie sich vor einem Besuch bei Freunden nach eventuell vorhandenen Haustieren.
- Erkundigen Sie sich bei Ihrem Arzt nach den Bedingungen, die die Erkrankung auslösen oder verschlimmern können, also den so genannten „Triggerfaktoren".
- Richtet sich die Allergie gegen Federn, gilt natürlich das Gleiche wie bei der Tierhaarallergie. Darüber hinaus empfiehlt sich die Anschaffung von „hypoallergener" Bettwäsche, d. h. Synthetikkopfkissen und Bettdecke. Auch bei der Tierhaar- und Federnallergie hat sich das so genannte Encasing bewährt, also das Beziehen der Matratze und der Bettwäsche mit entsprechenden Materialien.

Allergie und Urlaub

Da man auf Reisen eher mit neuen Substanzen in Berührung kommt als zu Hause, steigt die Gefahr von Überempfindlichkeitsreaktionen, Kreuzreaktionen oder Reaktionen auf bisher unbekannte Allergene. Besonders bei unbekannten Obst- und Gemüsesorten oder bei Gewürzmischungen besteht die Gefahr einer Kreuzreaktion.

Was kann im Urlaub passieren?

- Menschen mit einer Allergie gegen Naturlatex sollten bei Avocados, Bananen und Esskastanien vorsichtig sein. Erdnüsse und Sojabohnen können bei Pollenallergikern zu Überempfindlichkeitsreaktionen führen.
- Pollenallergikern, die im Winter gerne in wärmere Gegenden fahren, kann es passieren, dass sie in Gebiete kommen, in denen gerade „ihre" Pollen aktiv sind. Für sie empfiehlt sich ein Blick auf die Pollenflugscheibe, aus der ersichtlich ist, wo und wann mit welchen Pollen gerechnet werden muss. Leider ist die Pollenflugscheibe bis jetzt nur für Europa erhältlich.
- Die Hausstaubmilbe dagegen scheint sich zu jeder Jahreszeit auf der ganzen Welt wohl zu fühlen. Nicht einmal geringe Höhenluft schadet ihr. Daher muss man sogar jenseits der 1000-Meter-Grenze bis zu einer Höhe von 1500 Metern mit ihr rechnen. Schimmelpilze hingegen fühlen sich besonders wohl in feuchtwarmen Klimazonen.
- Insektengiftallergiker müssen auch in kühleren Regionen mit Wespen und Bienen rechnen, da diese teilweise bei Temperaturen bis unter 10 °C überleben und nicht erst im Frühling aktiv werden. Darum sollte man stets – auch in unseren Breiten – ein Notfallpäckchen mit den entsprechenden Medikamenten dabeihaben.
- Sonnenallergiker sollten Ihre Haut nur langsam an die Sonne gewöhnen und die Dauer der Sonnenbäder nur langsam steigern. Vor allem die intensive Mittagssonne muss gemieden werden. Wenn die Sonnenallergie erst einmal aufgetreten ist, heißt es, die Sonne konsequent zu meiden. Denn bei jedem neuen Sonnenbad werden die Hautveränderungen schlimmer.

Weiß man über seine Allergien bzw. über die Möglichkeit, plötzlich auf unbekannte Erreger allergisch zu reagieren, Bescheid, dann kann man schon vor Reiseantritt die notwendigen Vorsorgemaßnahmen treffen:

Die Basismedikamente sollten üblicherweise wie gewohnt weitergenommen werden, auch wenn es am Urlaubsort zunächst zu einer Besserung der Symptome kommt.

Wichtig ist es, über das richtige Verhalten im Notfall Bescheid zu wissen. Der Arzt kann eine Reiseapotheke zusammenstellen, die auch Notfallmedikamente enthält, so dass man im Notfall nicht unbedingt von der medizinischen Versorgung vor Ort abhängig ist.

Wenn Symptome einer Allergie auftreten, sollte vor Ort ärztliche Hilfe in Anspruch genommen werden. Ist dies – aus welchen Gründen auch immer – nicht möglich, muss der Arztbesuch so rasch wie möglich nachgeholt werden.

Das Mitführen eines Allergiepasses ist eine sinnvolle Maßnahme.

Urlaub von der Allergie

Für Pollenallergiker sind die Ferien eine Chance, den Pollen zu entkommen. Man kann den Pollen während der Pollenflugzeit jedoch nur „davonlaufen“, wenn man in Regionen reist, in denen die Blütezeit der Pflanzen, gegen die man allergisch ist, eine andere ist oder in denen diese Pflanzen gar nicht wachsen.

Am frühesten müssen Hasel- und Erlenallergiker auf Reisen gehen – Februar, März ist ihre beste Reisezeit. Bei einer Allergie gegen Gräser, Kiefer und Roggen sollte der Urlaub zwischen Mai und August liegen, bei Ulme und Pappel im März und April.

Es gibt Regionen, in denen generell wenig Pollen fliegen. Dazu gehört das Hochgebirge (über 2000 m) und die See. Im Hochgebirge wie den Alpen kann es zwar für eine begrenzte Zeit zu einer relativ hohen Gräserpollenbelastung kommen, diese Zeit ist aber nur sehr kurz. Ab Ende Juni kann man gefahrlos in die Berge reisen.

Speziell die Nordseeinseln gelten als besonders allergenarm; Helgoland ist die ideale Urlaubsregion für Pollenallergiker, da es sehr weit von der Küste entfernt liegt und somit auch keine Pollen vom Land die Insel erreichen. Bei den friesischen Inseln etwa ist das anders. Dort hängt die Allergiegefahr von der Windrichtung ab. Bei Seewind sind auch diese Inseln nahezu pollenfrei, kommt der Wind aber von Land, können vom Festland Pollen herangeweht werden.

Auch allergenspezifische regionale Unterschiede müssen bekannt sein, um sinnvoll genutzt werden zu können. So gibt es in Südwesteuropa oder auf den Kanarischen Inseln kaum Birkenpollen, dagegen in Skandinavien extrem viele. Die Blütezeiten der Pollen sind unterschiedlich.

Übrigens: Vorsicht bei Eschenpollen-Allergie! Olivenpollen, wie sie häufig in Mittelmeerländern fliegen, enthalten ähnliche Allergene wie die Eschenpollen.

Als Faustregel gilt: Je weiter man nach Süden reist, desto früher fliegen die Pollen; im Norden blüht es später. Die Differenzen können bis zu zwei Monate betragen.

Nehmen Sie immer ausreichend antiallergische Medikamente mit auf die Reise und verteilen Sie die Medikamente auf mehrere Gepäckstücke, falls ein Koffer verloren geht.

Vorsicht Blindfahrt!

Allergische Symptome wie tränende Augen und Niesanfälle beeinträchtigen nicht nur die Lebensqualität, sondern auch die Alltagssicherheit. Besonders gefährlich sind allergische Attacken, wenn sie während der Autofahrt auftreten. Wer mit 100 Stundenkilometern niesen muss, legt etwa 90 Meter fast blind zurück – das sollte man bedenken, wenn man als Allergiker mit dem Auto auf Reisen geht.

Register